Lieutenant Eve Dallas

Du même auteur
aux Éditions J'ai lu

Les illusionnistes (n° 3608)
Un secret trop précieux (n° 3932)
Ennemies (n° 4080)
Meurtres au Montana (n° 4374)
La rivale (n° 5438)
Ce soir et à jamais (n° 5532)
Comme une ombre dans la nuit (n° 6224)
La villa (n°6449)
Par une nuit sans mémoire (n° 6640)
La fortune de Sullivan (n° 6664)
Bayou (n° 7394)
Un dangereux secret (n° 7808)
Les diamants du passé (n° 8058)
Le lumières du Nord (n°8162)

Lieutenant Eve Dallas :
Lieutenant Eve Dallas (n° 4428)
Crimes pour l'exemple (n° 4454)
Au bénéfice du crime (n° 4481)
Crimes en cascade (n° 4711)
Cérémonie du crime (n° 4756)
Au cœur du crime (n° 4918)
Les bijoux du crime (n° 5981)
Conspiration du crime (n° 6027)
Candidat au crime (n° 6855)
Témoin du crime (n° 7323)
La loi du crime (n°7334)
Au nom du crime (n° 7393)
Fascination du crime (n° 7575)
Réunion du crime (n° 7606)
Pureté du crime (n° 7797)
Portrait du crime (n° 7953)
Imitation du crime (n° 8024)
Division du crime (n° 8128)
Visions du crime (n° 8172)
Sauvée du crime (n° 8259)
Aux sources du crime (n° 8441)
Souvenir du crime (n° 8471)

Les frères Quinn :
Dans l'océan de tes yeux (n° 5106)
Sables mouvants (n° 5215)
À l'abri des tempêtes (n° 5306)
Les rivages de l'amour (n° 6444)

Magie irlandaise :
Les joyaux du soleil (n° 6144)
Les larmes de la lune (n° 6232)
Le cœur de la mer (n° 6357)

Les trois clés :
La quête de Malory (n° 7535)
La quête de Dana (n° 7617)
La quête de Zoé (n° 7855)

Les trois sœurs :
Maggie la rebelle (n° 4102)
Douce Brianna (n° 4147)
Shannon apprivoisée (n° 4371)

Trois rêves :
Orgueilleuse Margo (n° 4560)
Kate l'indomptable (n° 4584)
La blessure de Laura (n° 4585)

En grand format

Le secret des fleurs :
Le dahlia bleu
La rose noire
Le lys pourpre

NORA ROBERTS

Lieutenant Eve Dallas

Traduit de l'américain par Maud Godoc

J'AI LU

Titre original :

NAKED IN DEATH

Berkley Boooks are published by
The Berkley Publishing Group, N.Y.

1

Eve se réveilla en sursaut dans l'obscurité. Les premières lueurs de l'aube blafarde commençaient à poindre à travers les lamelles des stores, projetant des ombres obliques sur le lit, tels les barreaux d'une cellule. Elle resta allongée un long moment, grelottant, tandis que le rêve s'estompait. Au bout de six années au sein de la police de New York, les cauchemars n'avaient toujours pas cessé de l'obséder.

Six heures auparavant, Eve avait abattu un psychopathe. Ce n'était pas la première fois ; elle avait appris à accepter l'acte et ses conséquences. C'était l'enfant qui la hantait, cette fillette qu'elle n'avait pas eu le temps de sauver et dont les hurlements déchirants résonnaient encore dans ses oreilles. Tout ce sang, songea Evc, essuyant d'un revers de la main la sueur qui trempait son front. Comment une aussi petite fille pouvait-elle en contenir autant ? Elle s'efforça de chasser cette pensée macabre. Dans son métier, c'était vital.

Conformément à la procédure habituelle, sa matinée serait consacrée aux tests. Tout policier ayant abattu une personne dans l'exercice de ses fonctions se voyait contraint de subir un contrôle physique et mental avant de reprendre son service. Mais Eve ne s'en inquiétait guère : une corvée, rien de plus.

Quand elle se leva, les spots encastrés dans le plafond s'allumèrent automatiquement au niveau minimal, éclairant ses pas jusqu'à la salle de bains. Elle tressaillit devant le reflet peu flatteur que lui renvoya son miroir. Sans s'attarder sur ses yeux bouffis par le manque de sommeil et son teint aussi livide que les cadavres qu'elle avait transférés la veille au service médico-légal, elle se mit sous la douche en bâillant.

— Trente-huit degrés, pleine puissance, ordonna-t-elle, tendant le visage vers le jet d'eau bienfaisant.

Eve laissa l'eau fumante ruisseler le long de son corps et se savonna avec indolence tout en se remémorant les événements de la nuit. On ne l'attendait pas au centre de tests avant neuf heures. Elle allait mettre à profit les trois heures de battement pour se calmer et dissiper complètement son cauchemar. Si infimes fussent-ils, les doutes et les regrets étaient implacablement détectés et impliqueraient une deuxième séance plus intense qu'elle était bien décidée à s'épargner. Pas question d'abandonner son poste plus de vingt-quatre heures.

Après avoir enfilé un peignoir, elle se rendit

dans la cuisine et programma son AutoChef : café noir et toast légèrement grillé. Par les fenêtres lui parvenait le vrombissement sourd des navettes aériennes emportant les banlieusards vers leurs bureaux de Manhattan ou les ramenant chez eux après leur service de nuit. Réprimant un autre bâillement, elle connecta son ordinateur sur le serveur du *New York Times* et fit défiler les titres à l'écran, savourant le coup de fouet revigorant de la caféine de synthèse. Une fois de plus, l'AutoChef avait brûlé son toast. Il faudrait qu'elle se décide enfin à le remplacer, songea-t-elle.

Les sourcils froncés, elle était plongée dans la lecture d'un article sur le rappel en masse de cockers droïdes quand son vidéocom bourdonna. Eve passa en mode communication. Le visage de son chef apparut à l'écran.

— Bonjour, commandant.

Le commandant Whitney répondit d'un hochement de tête, ignorant les cheveux encore mouillés et les yeux ensommeillés de sa subalterne.

— Incident sur la 27e Rue, Broadway-Ouest, dix-huitième étage. Vous êtes chargée de l'affaire, lieutenant Dallas, annonça-t-il, la mine grave.

Eve leva un sourcil étonné.

— Je suis attendue à neuf heures au centre de tests. Sujet éliminé à vingt-deux heures trente-cinq.

— Dérogation accordée, répondit-il d'une

voix monocorde. Il s'agit d'une enquête code cinq, lieutenant.

— Très bien, commandant.

Le visage s'évanouit de l'écran. Eve se leva, la mine songeuse. Code cinq... une enquête strictement confidentielle sans coopération interservices, ni communications aux médias. Bref, elle ne devrait compter que sur elle-même.

Comme toujours, Broadway Avenue était bruyante et bondée, à l'image d'une réception que des invités tapageurs ne quitteraient jamais. Sur la chaussée se déversait un flot incessant de véhicules, tandis que la masse grouillante des passants engorgeait les trottoirs. Même à cette heure matinale, des nuages de vapeur montaient des stands ambulants qui proposaient des nouilles au riz et des hot dogs au soja aux piétons pressés. Eve évita de justesse un Glissa-Grill qui zigzaguait entre les files de véhicules. Le conducteur la gratifia d'un majeur dressé vindicatif.

Eve se gara en double file et, esquivant un homme qui exhalait une odeur de bière infecte, descendit sur le trottoir. Elle leva les yeux vers l'imposant gratte-ciel dont les cinquante étages d'acier rutilant s'élançaient majestueusement vers les nuages. A deux reprises, des hommes l'abordèrent avant même qu'elle eût atteint l'entrée de l'immeuble. Pas étonnant, dans ce quartier de Broadway surnommé à juste titre la Promenade des Prostituées... Elle tendit son insigne au policier en uniforme à l'entrée.

— Lieutenant Dallas.

— A vos ordres, lieutenant, répondit le policier qui l'accompagna jusqu'à la rangée d'ascenseurs. Dix-huitième, indiqua-t-il à la commande vocale tandis que les portes se refermaient dans un chuintement derrière eux.

— De quoi s'agit-il ? s'enquit Eve en branchant son enregistreur.

— Je n'étais pas le premier sur les lieux, lieutenant. Aucune information n'a filtré d'en haut. Il s'agit d'un homicide code cinq dans l'appartement 1803. Vous en saurez bientôt davantage. Vous êtes attendue.

Quand les portes s'ouvrirent, le policier resta dans l'ascenseur. Eve se retrouva seule dans un étroit couloir. Les objectifs des caméras de surveillance miniatures se braquèrent aussitôt sur elle. A pas silencieux, presque étouffés par l'épaisse moquette, elle avança jusqu'à l'appartement 1803 et tendit son insigne à la hauteur de l'œilleton électronique. Un rouquin trapu lui ouvrit la porte.

— Dallas, quelle bonne surprise !

— Feeney ! s'exclama-t-elle, heureuse de retrouver un visage familier.

Ryan Feeney était un ami de longue date et un ancien collègue qui avait quitté la patrouille pour un poste à responsabilités à la division de détection électronique.

— Alors, comme ça, le chef m'envoie un de

ses meilleurs limiers de l'informatique, plaisanta Eve avec un regard espiègle.

— Eh oui, répondit-il sur le même ton. Il voulait le haut du panier. Dis-moi, tu as l'air crevée.

— J'ai eu une nuit éprouvante.

— C'est ce que j'ai entendu.

Il lui offrit une noix de cajou dragéifiée. Il en avait toujours sur lui. Il l'observa à la dérobée, évaluant si elle était à même d'affronter le spectacle qui l'attendait dans la chambre attenante.

Eve était jeune pour son grade, à peine trente ans, et ses grands yeux bruns n'avaient jamais eu la chance d'être naïfs. Sa chevelure châtain clair était taillée court, à la garçonne, davantage par commodité que par souci d'élégance, mais cette coupe simple mettait en valeur son visage triangulaire aux pommettes effilées. La petite fossette qui ponctuait son menton volontaire ajoutait encore à son charme naturel. Sa silhouette élancée pouvait donner une impression de fragilité, mais Feeney savait que sa veste de cuir dissimulait des muscles d'acier.

— Cette affaire promet d'être délicate, Dallas.

— C'est ce que j'ai cru comprendre. Qui est la victime ?

— Sharon DeBlass, la petite-fille du sénateur DeBlass.

— Inconnus au bataillon, mais la politique n'est pas mon fort.

— DeBlass est sénateur de Virginie, ultraconservateur, vieille fortune. La petite-fille a pris un brusque virage à gauche voici quelques années, s'est installée à New York et a embrassé la carrière de compagne accréditée.

— Une prostituée... Ce n'est guère étonnant, vu le quartier où elle habite, fit remarquer Eve.

Elle jeta un regard circulaire.

Le mobilier était moderne à l'obsession : verre et chromes rutilants, hologrammes signés aux murs, bar d'un rouge audacieux dissimulé dans un renfoncement. Sur un large écran d'ambiance derrière le bar ondoyait une infinité de formes changeantes et fusionnant dans des teintes pastel.

— La politique rend l'affaire délicate. La victime avait vingt-quatre ans, type caucasien, expliqua Feeney. C'est au lit qu'elle a payé de sa vie.

Eve leva un sourcil intrigué.

— Quelle est la cause du décès ?

— Je préfère que tu voies par toi-même.

Sur le seuil de la chambre, les deux policiers se vaporisèrent les mains d'un produit destiné à neutraliser les sécrétions sébacées et les empreintes digitales. Eve était déjà sur ses gardes. Dans des circonstances normales, deux autres enquêteurs auraient été présents sur le lieu de l'homicide, armés d'enregistreurs en tout genre. L'équipe de médecine légale piaffait déjà dans le couloir, pressée de passer l'appartement au peigne fin. Si seul Feeney avait été chargé de l'enquête à ses côtés, elle pouvait s'attendre à devoir marcher sur des œufs.

— Caméras de sécurité dans le hall, l'ascenseur et les couloirs, souligna-t-elle.

— J'ai déjà embarqué les disquettes, lui apprit Feeney.

Il ouvrit la porte de la chambre et laissa Eve y pénétrer la première. Le spectacle n'était pas beau à voir. Pour Eve, la mort était rarement une expérience paisible et mystique, mais plutôt la fin sordide et brutale d'une existence, indifférente à toute notion de péché ou de vertu. Pourtant, cette mort-là avait un côté choquant, telle une mise en scène délibérément provocatrice.

Sur le lit rond d'un diamètre impressionnant, luisaient des draps couleur pêche qui semblaient en satin véritable. De petits spots étaient braqués vers le centre du lit, éclairant une femme nue qui gisait dans le creux du matelas flottant. Celui-ci se mouvait en ondulations à la fois gracieuses et obscènes au rythme d'une musique programmée qui s'échappait de la tête de lit.

La mort n'avait pas ravi sa beauté à la malheureuse victime : une chevelure d'un roux flamboyant tombait en cascade sur ses épaules nues, encadrant un visage aussi délicat que de la porcelaine de Saxe. Ses yeux émeraude contemplaient fixement le miroir qui couvrait le plafond, mais déjà le voile vitreux de la mort ternissait ses pupilles. Ses longues jambes d'une blancheur laiteuse, bercées au rythme des ondulations du lit, évoquaient d'élégantes arabesques dignes du *Lac des cygnes*. Leur position n'avait pourtant rien d'artistique : écartées avec obscénité tout comme les bras, elles donnaient au corps de la victime la forme d'un grand X impudique. Eve nota un impact dans le front, un autre dans la poitrine et un dernier entre ses cuisses ouvertes. Une mare écarlate s'était formée sur les draps de satin et des éclaboussures maculaient les murs laqués telles des peintures macabres.

Après les événements de la nuit dernière, Eve déglutit avec difficulté et se força à chasser de son esprit l'image obsédante de la fillette baignant dans son sang.

— Tu as filmé la chambre ?

— Affirmatif.

— Alors arrête cet engin infernal, tu veux.

Feeney localisa les commandes du lit. Au grand soulagement d'Eve, la musique cessa et le lit s'immobilisa.

— Ces blessures... murmura-t-elle en se penchant sur la jeune femme. Trop net pour un couteau, trop brouillon pour un laser.

Un déclic se produisit dans sa tête. De vieux films d'entraînement, des vidéos anciennes, des crimes du passé...

— Seigneur, Feeney, on dirait des blessures par balles !

Feeney sortit un sachet scellé de sa poche.

— L'assassin a même laissé un souvenir.

Il le tendit à Eve.

— Une antiquité pareille doit aller chercher dans les huit à dix mille dollars par les canaux légaux, le double au marché noir.

Fascinée, Eve tourna et retourna le revolver sous plastique dans sa main.

— Il est lourd, dit-elle comme pour elle-même. Massif.

— Calibre 38, expliqua Feeney. Le premier que je vois hors d'un musée. C'est un Smith & Wesson, modèle 10, acier bleu, ajouta-t-il en regardant l'arme avec affection. Un vrai classique en usage dans la police jusque vers la fin du XXe siècle. La fabrication a été arrêtée vers 2022, 2023 avec le vote de la loi sur la Prohibition des armes.

— Drôlement calé en histoire, plaisanta Eve. Il a l'air neuf.

A travers le sac, elle renifla une légère odeur d'huile brûlée.

— Elle paraît bien entretenue, ajouta-t-elle d'un air songeur en rendant l'arme à Feeney. Horrible façon de mourir… En dix ans de carrière, c'est la première fois que je vois une arme pareille. Il va falloir passer les collectionneurs en revue. Peut-être l'un d'entre eux aura-t-il déclaré un vol de ce modèle ?

— Possible.

— Il est néanmoins plus probable que l'arme provienne du marché noir, poursuivit Eve. Si la victime était dans le métier depuis quelques années, elle possède sûrement des disquettes, un fichier-clients. Avec le code cinq, je vais devoir me charger moi-même des interrogatoires, ajouta-t-elle en fronçant les sourcils. Qui a prévenu le Central ?

— L'assassin en personne.

Stupéfaite, Eve se tourna vers lui sans un mot.

— D'ici même, poursuivit-il devant son regard interrogateur. Tu vois le vidéocom près du lit, dirigé droit sur son visage ? C'est de là qu'il a appelé. Par circuit vidéo, pas audio.

— Décidément, il a le don de la mise en scène, dit Eve avec un soupir. C'est un type intelligent, arrogant, sûr de lui. Je parierais mon insigne qu'il a d'abord couché avec elle. Puis il s'est levé et pan ! Un, deux, trois ! compta-t-elle, mimant le geste d'un tireur.

— Brutal, murmura Feeney.

— Nous avons affaire à un homme brutal. Une fois son crime accompli, il lisse les draps... Regarde comme ils sont bien tirés. Puis il dépose sa victime au centre du lit, lui écarte les bras et les jambes avec une exacte symétrie. Il n'arrête pas le mécanisme du lit qui vient parfaire sa mise en scène morbide. Il laisse l'arme parce qu'il veut que nous sachions d'emblée qu'il n'est pas un homme ordinaire : le corps doit être découvert tout de suite. Gratification instantanée qui flatte son ego.

— Il ? Elle possédait une licence pour les deux sexes, fit remarquer Feeney.

Eve secoua la tête avec conviction.

— Ce crime n'est pas l'œuvre d'une femme. Une femme ne l'aurait pas laissée à la fois aussi belle et impudique. Non, je ne crois pas à cette hypothèse. T'es-tu déjà intéressé à son ordinateur ?

— C'est ton affaire, Dallas. Je suis seulement autorisé à t'assister.

— Vois si tu peux accéder à son fichier-clients.

Eve pénétra dans le dressing attenant à la chambre. Elle inspecta d'abord les tiroirs avec attention. Goûts de luxe, songea-t-elle en y découvrant de somptueux foulards en soie véritable qu'aucun textile de synthèse ne pouvait égaler. Le contenu des tiroirs était rangé avec méticulosité : la lingerie était impeccablement pliée, les pull-overs classés par couleurs et matières. Même constatation dans la penderie. Une femme passionnée de beaux vêtements qui meurt nue, quelle ironie ! songea Eve.

— Elle gardait ses fichiers scrupuleusement à jour, annonça Feeney. Rien ne manque : liste de ses clients, de ses rendez-vous... jusqu'à ses bilans médicaux mensuels à la clinique Trident et ses visites hebdomadaires au salon de beauté Paradis.

— Deux établissements prestigieux. J'ai une amie qui a économisé pendant un an pour se faire pomponner une journée au Paradis. Tous les goûts sont dans la nature.

— La sœur de ma femme y est allée pour ses vingt-cinq ans. Ça lui a coûté presque aussi cher que le mariage de ma fille. Tiens, tiens... voilà son fichier d'adresses personnelles.

— Parfait. Tu fais une copie de l'ensemble, d'accord ?

Feeney émit un long sifflement. Eve jeta un coup d'œil par-dessus son épaule à l'ordinateur de poche doré à l'or fin qu'il tenait dans le creux de sa main.

— Hé, il y a du beau linge. Politique, show-business... Tiens, elle a même le numéro personnel de Connors.

— Qui ça ?

— Connors, le célèbre homme d'affaires irlandais. Tu ne le connais pas ? Une fortune immense. Le genre de type capable de changer le plomb en or. Tu devrais suivre davantage les actualités, Dallas.

— Je lis les gros titres, c'est déjà bien. As-tu entendu parler du rappel des cockers droïdes défectueux ? demanda-t-elle avec un sourire espiègle.

— Connors crée toujours l'événement, répondit Feeney, imperturbable. Et il possède une des plus belles collections d'art au monde.

Eve retrouva aussitôt son sérieux.

— C'est aussi un collectionneur d'armes licencié, ajouta-t-il. Et selon la rumeur, il sait s'en servir.

— Je crois qu'une petite visite à ce monsieur s'impose.

— Estime-toi heureuse si tu l'approches à moins d'un kilomètre.

— En ce moment, c'est ma période de chance, répliqua Eve qui revint près du lit et glissa les mains sous les draps.

— Il a des amis influents, Dallas. Tu ne peux te permettre de murmurer qu'il est mêlé à cette affaire avant d'avoir du solide entre les mains.

— Feeney, tu sais bien qu'il ne faut pas me

lancer de défi, répliqua-t-elle avec un pétillement dans le regard.

Soudain, elle s'immobilisa. Ses doigts venaient de frôler du plastique entre la chair froide et les draps ensanglantés. Avec précaution, Eve souleva l'épaule de la morte et dégagea sa découverte : une petite feuille de papier sous film protecteur. Elle essuya le sang qui la maculait et lut le message : SIX MOINS UN.

— Regarde ça, on dirait que c'est écrit à la main, dit-elle à Feeney en lui tendant le papier. A l'évidence, notre meurtrier n'a pas l'intention d'en rester là.

Après avoir recueilli les témoignages et impressions des voisins de la victime pendant des heures, tâches d'ordinaire réservées aux enquêteurs droïdes, Eve décida de terminer sa journée par une visite au Paradis.

Jamais elle n'avait vu un décor aussi luxueux. Sauf peut-être dans un film, se dit-elle, foulant l'épaisse moquette carmin du hall d'accueil. Une myriade de gouttelettes de cristal, pendant du plafond en cascades scintillantes, diffusaient une lumière discrète aux mille reflets de kaléidoscope, au milieu d'une débauche de plantes exotiques. Un parfum délicat de fleurs flottait dans l'air et les accords apaisants d'une discrète musique d'ambiance semblaient jaillir de nulle part. Occupées à feuilleter des revues de mode dans d'élégants fauteuils et canapés, les clientes patientaient en sirotant une tasse de véritable *espresso* ou une flûte de champagne.

Le buste voluptueux de l'hôtesse d'accueil témoignait des compétences incontestables de la maison en matière de sculpture de la silhouette. Vêtue d'une robe courte très moulante, la jeune femme arborait un chignon d'une incroyable sophistication : ses longues boucles noir ébène se lovaient tels des serpents sur le sommet de son crâne.

Eve s'efforça de garder son sérieux.

La réceptionniste la détailla de la tête aux pieds avec un dédain non dissimulé. Pas étonnant, se dit Eve, amusée. Après la nuit et la matinée qu'elle venait de passer, elle devait donner l'impression de sortir tout droit du caniveau.

— Désolée, susurra la jeune femme d'une voix aux modulations artificielles. Nous ne recevons que sur rendez-vous.

Affichant son plus beau sourire, Eve lui tendit son insigne sous le nez.

— Ceci devrait en tenir lieu. Je souhaiterais quelques renseignements. Qui s'occupait de Sharon DeBlass ?

— Les dossiers de nos clientes sont strictement confidentiels, protesta la réceptionniste avec un regard horrifié vers le salon d'attente.

— Je n'en doute pas.

Savourant la situation, Eve se pencha sur l'élégant comptoir.

— Je peux parler à voix basse, comme ça, glissa-t-elle sur le ton de la confidence. Ou bien plus fort et tout le monde en profitera. Vous me comprenez, n'est-ce pas?... Denise, ajouta-t-elle après un rapide coup d'œil sur le badge de la jeune femme. Si vous préférez la première proposition, je vous suggère de me conduire dans une pièce bien tranquille où nous ne dérangerons pas les clientes et vous pourrez me présenter la personne chargée de Sharon DeBlass. J'ignore le terme en usage dans la maison.

— Consultant, corrigea Denise d'une voix éteinte. Si vous voulez bien me suivre...

— Avec grand plaisir.

L'hôtesse la fit entrer dans un petit salon où un hologramme de prairie d'été occupait tout un pan de mur. Des chants d'oiseaux et le souffle léger d'une brise donnaient à la pièce une atmosphère douce et reposante.

— Si vous voulez bien attendre ici.

— Aucun problème.

Quand la porte se fut refermée, Eve s'assit dans un confortable fauteuil en cuir véritable. Aussitôt, l'écran fixé sur un des accoudoirs s'alluma. Un visage amical et bienveillant qui ne pouvait être que celui d'un androïde lui adressa un sourire éclatant.

— Bonjour. Bienvenue au Paradis. Votre beauté et votre bien-être sont nos uniques priorités. Souhaitez-vous un rafraîchissement en attendant votre consultant personnel?

— Pourquoi pas? Un café, bien noir.

— Parfait. Quelle marque préférez-vous? Appuyez sur C au clavier.

Réprimant un gloussement, Eve suivit les

2

Eve ne put s'empêcher de pester en parcourant le rapport d'autopsie. Aucune trace de sperme ni de sang, à part celui de la victime. Aucune empreinte, ni de la victime ni même de sa femme de ménage, et encore moins du meurtrier. Les disquettes de vidéosurveillance étaient selon elle plus révélatrices encore de la méticulosité du meurtrier à effacer ses traces. Elle glissa à nouveau dans son lecteur la disquette de l'ascenseur A du Gorham Complex en date du 12 février 2058. Elle fit défiler les images de l'après-midi, puis ralentit la vitesse, stabilisant d'une tape sèche sur l'écran l'image saccadée, et s'intéressa au couple élégant qui avait pénétré dans l'ascenseur à vingt-deux heures pile. L'homme ouvrit le manteau de fourrure de sa compagne. Pour tout vêtement, elle portait une rose tatouée dont la tige prenait naissance à la hauteur de son pubis et la fleur épanouie venait taquiner son sein gauche. Il entreprit de caresser son corps et sa main ne tarda pas à s'enhardir, un geste illégal dans une zone sous surveillance. Quand l'ascenseur s'arrêta au dix-huitième, la femme rajusta son manteau et le couple sortit comme si de rien n'était, discutant avec animation de la pièce qu'ils venaient de voir. Eve prit note d'interroger l'homme dès le lendemain. C'était le voisin de la victime.

La panne se produisait à minuit cinq précisément. L'image se brouillait avec un léger bip et se mettait à défiler sans heurt sur l'écran, avant de revenir à la normale à deux heures quarante-six. Un blanc de deux heures quarante et une minutes. Même phénomène avec la disquette du couloir du dix-huitième. L'assassin connaissait donc suffisamment les lieux pour saboter le système de sécurité, songea Eve en sirotant un café tiède. Et il avait pris son temps. L'autopsie fixait l'heure du décès à deux heures. Si Sharon DeBlass avait enregistré un rendez-vous, personnel ou professionnel, pour minuit, celui-ci était lui aussi effacé. Il était décidément très fort…

— Gorham Complex, Broadway, New York. Propriétaire ? interrogea Eve, poussée par son intuition.

Elle fronça les sourcils en découvrant les données qui s'inscrivirent à l'écran : *Gorham Complex, propriété de Connors Industries, siège social, 500, Cinquième Avenue. Connors, P.-D.G., résidence à New York : Central Park West.*

— Connors, murmura-t-elle, te voilà encore sur mon chemin. Affichage et impression de instructions et passa deux bonnes minutes à parcourir une carte impressionnante. Elle allait opter pour Crème des Caraïbes quand la porte s'ouvrit. Elle se leva avec un soupir déçu et se retrouva nez à nez avec un épouvantail au look extraordinairement sophistiqué. Sur sa chemise fuchsia et son pantalon prune à pattes d'éléphant, il portait une blouse rouge carmin qui lui tombait jusqu'aux pieds. Ses cheveux mi-longs artistement ondulés vers l'arrière, de la même teinte que son pantalon, révélaient un visage d'une minceur artificielle. Dans ses yeux se lisait un indéniable désarroi.

— Je suis effroyablement désolé, officier, mais je ne comprends pas…

Eve sortit à nouveau son insigne et le lui tendit sous le nez.

— Je désire des informations sur Sharon DeBlass.

— Euh, oui, lieutenant Dallas… Mais vous devez savoir que les dossiers de notre clientèle sont strictement confidentiels. Le Paradis a une réputation de discrétion autant que d'excellence.

— Et vous devez savoir aussi que je peux revenir avec un mandat, monsieur… ?

— Sébastian. Je ne mets pas votre autorité en doute, lieutenant, poursuivit-il, agitant une main malingre étincelante de bagues. Mais sans vouloir vous offusquer, quel est le motif de votre enquête ?

— Le meurtre de Sharon DeBlass.

Sébastian écarquilla les yeux de stupéfaction. Son visage devint aussi blanc que la craie.

— Je ne peux rien vous révéler d'autre, ajouta-t-elle ingénument. Dossier strictement confidentiel.

— Un meurtre... ? Mon Dieu, notre adorable Sharon est morte ! C'est sûrement une méprise.

Il s'affaissa dans un fauteuil et se prit la tête entre les mains. Quand l'écran lui proposa un rafraîchissement, il agita une main indolente.

— Seigneur, oui ! Donne-moi un cognac, chéri. Un verre de Trevalli.

Eve sortit son enregistreur et s'assit près de lui.

— Parlez-moi de Sharon.

— C'est... c'était une créature merveilleuse. Un physique de rêve, bien sûr, mais c'était plus profond.

Le cognac arriva sur un plateau porté par un robot sur coussin d'air. Sébastian but une gorgée revigorante.

— Elle avait un goût sans faille, un cœur généreux, un esprit mordant. Je l'ai vue il y a seulement deux jours. Elle venait régulièrement chaque semaine. Une demi-journée alternant avec une journée complète tous les quinze jours.

D'un geste vif, il sortit de sa poche un foulard jaune d'or et se tapota les yeux avec ostentation.

— Sharon prenait un soin extrême de son corps.

— Dans son métier, c'est plutôt un atout, non ?

— Bien sûr. Elle ne travaillait que pour le

plaisir. Du fait de ses origines familiales, l'argent n'était pas un problème. En fait, elle adorait le sexe.

— Avec vous ?

Sébastian tressaillit et pinça ses lèvres en une petite moue indéfinissable.

— J'étais son consultant, son confident et son ami, répondit-il froidement, drapant avec désinvolture le foulard jaune sur son épaule gauche. Il aurait été indiscret et peu professionnel de notre part d'entretenir une liaison.

— Donc vous n'étiez pas attiré par elle ?

— Comment ne pas être attiré par Sharon ? Il émanait de sa personne un charme sensuel aussi enivrant qu'un parfum de luxe, répondit-il avec un geste ample. Mon Dieu...

Il prit une autre gorgée de cognac.

— Je n'arrive pas à croire qu'elle soit morte. Assassinée, vous dites ?

Il leva un regard sombre vers Eve.

— Ce quartier où elle habitait... Personne n'a jamais pu la convaincre de déménager dans un endroit plus convenable. Elle aimait étaler sa vie dissolue sous le nez aristocratique de sa famille.

— Elle était en froid avec ses parents ?

— Et comment ! Elle prenait un malin plaisir à les choquer. C'était un esprit si libre et eux sont si... vieux jeu. A ce qu'elle m'a raconté, son grand-père ne cesse de déposer des projets de loi contre la prostitution. Il se bat aussi contre la régulation des naissances, l'égalité des sexes et la prohibition des armes. Bref, un vrai réac.

— Contre la prohibition des armes ? répéta Eve, aussitôt alertée.

— C'est une de ses marottes. Sharon m'a dit qu'il possède toute une collection d'armes anciennes sordides. Si cela ne tenait qu'à lui, nous serions replongés en plein XXe siècle à nous assassiner à chaque coin de rue.

— Malgré les années, le crime n'a malheureusement pas disparu, objecta Eve. Avait-elle déjà mentionné des amis ou des clients mécontents ou agressifs ?

— Sharon comptait des dizaines d'amis. Elle était ensorcelante comme une fleur exotique, répondit Sébastian qui se tapota à nouveau le coin de l'œil avec son foulard. Quant à ses clients, autant que je sache, ils étaient tous ravis. Elle les triait sur le volet. Tous ses partenaires sexuels devaient répondre à certaines exigences : physique irréprochable, intelligence, savoir-vivre et fortune. Comme je l'ai dit, elle adorait le sexe sous toutes ses formes. C'était une... aventurière.

Ce portrait cadrait assez bien avec les « jouets » qu'Eve avait découverts dans l'appartement : menottes de velours et fouets en cuir, huiles parfumées et drogues hallucinogènes. Pourtant endurcie, elle n'avait pu s'empêcher d'être choquée par les scènes très osées qu'offrait le système de réalité virtuelle à plusieurs casques que la jeune femme possédait dans sa chambre.

— Avait-elle une relation, disons, plus personnelle ?

— Des hommes parfois. Mais elle s'en désintéressait vite. Récemment, elle m'avait parlé de Connors, vous savez, le milliardaire irlandais. Elle l'avait rencontré à une réception. En fait, elle devait le voir le soir même de sa consultation ici. Elle souhaitait un look exotique car ils allaient dîner au Mexique.

— La veille de sa mort, donc.

— Oui. Elle débordait de joie à l'idée de cette soirée. Je lui ai fait une coiffure gitane, un hâle doré sur tout le corps. Rouge Rascal sur les ongles et un adorable tatouage vermillon en forme de papillon sur la fesse gauche. Maquillage spécial « vingt-quatre heures » haute tenue... Croyez-moi, le résultat était spectaculaire. Puis elle m'a embrassé en me disant que cette fois c'était peut-être le grand amour. « Souhaite-moi bonne chance, Sébastian », m'a-t-elle lancé en partant. Ses dernières paroles... soupira Sébastian, un sanglot étranglé dans la voix.

toutes les données, reprit-elle à voix haute à l'adresse de sa commande vocale.

Connors — aucun patronyme connu —, né le 6-10-2023 à Dublin, Irlande. Parents inconnus. Etat civil : célibataire. P.-D.G. de Connors Industries, fondées en 2042. Principales succursales : New York, Chicago, New Los Angeles, Dublin, Londres, Bonn, Paris, Francfort, Tokyo, Milan, Sydney. Succursales hors planète : Colonie Bridgestone, Vegas II, FreeStar I. Secteurs d'activité : immobilier, import-export, transport, show-business, industrie, produits pharmaceutiques. Valeur brute estimée : trois milliards huit cents millions.

Un homme apparemment très occupé, conclut Eve devant la liste impressionnante d'entreprises qui s'affichait à l'écran.

— Etudes ? poursuivit-elle.

Inconnu.

— Casier judiciaire ?

Vierge.

— Description et photo.

Connors, cheveux noirs, yeux bleus, un mètre quatre-vingt-six, quatre-vingt-sept kilos.

Bougonnant devant ce portrait pour le moins laconique, Eve se rabattit sur l'image vidéo. Elle eut presque le souffle coupé devant la beauté du visage qui s'afficha à l'écran. Dans le cas de Connors, une photo valait tous les discours... Comment un homme peut-il être aussi séduisant ? se demanda-t-elle, admirant la finesse altière de ses traits. Certes, il avait les cheveux noirs comme le jais, mais l'ordinateur ne disait pas qu'ils retombaient en arrière jusqu'à ses épaules en mèches épaisses, dévoilant un front volontaire. Bleu... Ce petit mot était bien incapable de décrire l'intensité et le pouvoir envoûtant qui émanaient de ses yeux magnifiques. Le visage d'ange qui lui souriait avec assurance à l'écran dégageait un charme redoutable, celui d'un homme habitué à obtenir sans état d'âme ce qu'il convoitait. Sans doute irait-il même jusqu'à tuer si cela devait servir ses intérêts, songea Eve, comme hypnotisée par l'écran. Avec sang-froid et méthode...

Rassemblant ses disquettes, elle décida d'avoir très bientôt une conversation avec ce mystérieux Connors.

Lorsque Eve quitta le Central, la neige tombait dru et des bourrasques glaciales soulevaient les flocons en tourbillons tumultueux. Frigorifiée dans sa veste de cuir, elle courut jusqu'à sa voiture. Dans les embouteillages, elle eut tout le temps de regretter d'avoir encore oublié de faire réparer le système de chauffage. Si elle arrivait à bon port avant d'être transformée en glaçon, promis, juré, elle prendrait rendez-vous au garage.

Rêvant d'un bol de soupe fumante et d'une montagne de chips vitaminées, Eve déverrouilla la porte codée de son appartement et s'arrêta net sur le seuil : une disquette était posée par terre, juste dans l'entrée. Mue par un réflexe professionnel, elle dégaina aussitôt son laser et fouilla chaque pièce, arme au poing. Personne. Rassurée, elle jeta sa veste sur le canapé, puis ramassa la disquette par les bords. Celle-ci ne portait ni message ni étiquette. Elle la sortit avec précaution de son film protecteur et la glissa dans le lecteur de son ordinateur.

Les images se mirent à défiler sur l'écran. Comme hypnotisée, Eve s'assit à son bureau et en oublia instantanément le garage et sa faim de loup. Sur son immense lit rond, Sharon DeBlass était nue. Elle se mit à genoux, pétrissant ses seins voluptueux. *Tu veux quelque chose de spécial, chéri ?* demanda-t-elle en s'humectant les lèvres avec une langue gourmande. *Viens, on va recommencer.* Son regard descendit et son visage s'éclaira d'un sourire de chatte. *On dirait que tu es plus que prêt,* susurra-t-elle avec un gloussement sensuel. *Oh... tu veux jouer à un petit jeu.* Toujours souriante, elle leva les deux bras en l'air, feignant un frisson de peur. Mais ses yeux pétillaient d'excitation. *Viens, je me soumettrai à tous tes fantasmes. Prends-moi de force, viens...*

La détonation fit sursauter Eve. Sous ses yeux horrifiés, la jeune femme fut projetée en arrière comme une poupée désarticulée. Du sang jaillit de son front. Le deuxième coup de feu ne provoqua pas le même effet de surprise, mais Eve dut rassembler toute sa volonté pour continuer de regarder l'écran. Une troisième détonation, puis un silence sinistre, seulement troublé par la musique d'ambiance et une respiration haletante. Celle de l'assassin. La caméra s'avança et cadra le corps en un gros plan macabre. Puis, par la magie de la vidéo, Eve découvrit Sharon DeBlass étalée en croix sur le lit comme elle l'avait découverte dans son appartement. Le film se terminait par une surimpression graphique : *SIX MOINS UN*.

Eve se força à repasser le film, espérant découvrir un indice. Mais l'assassin était trop intelligent. Tout ce qu'il désirait, c'était une démonstration de sa force et de sa cruauté. Et aussi lui montrer qu'il savait où la trouver... Agacée par le léger tremblement de ses mains, Eve sortit une bouteille de vin du réfrigérateur et s'en versa un verre. Elle le but d'un trait, puis composa fébrilement le code de son supérieur sur son vidéocom.

Ce fut la femme du commandant qui répondit. A ses bijoux scintillants et à sa coiffure sophistiquée, Eve comprit qu'elle interrompait une de ses nombreuses réceptions.

— Excusez-moi, madame Whitney, je dois absolument parler à votre mari.

— Nous recevons, lieutenant.

— Je suis désolée, mentit-elle en se forçant à sourire, mais c'est urgent.

— C'est toujours urgent, non ?

Au bout de trois minutes d'attente, heureusement sans intermède musical ou flash d'information, son supérieur apparut à l'écran.

— Dallas ?

— Commandant, j'ai un document de la plus haute importance à vous transmettre par ligne codée.

— Ça a intérêt à être urgent, Dallas. Ma femme va me haïr.

— Je peux vous garantir que ça l'est.

Les flics devraient rester célibataires, songea-t-elle en lançant la transmission. Quelques minutes plus tard, Whitney réapparut à l'écran, la mine très préoccupée.

— Où avez-vous eu ce film ?

— L'assassin me l'a envoyé. J'ai trouvé une disquette dans mon appartement à mon retour. Commandant, il connaît mon identité, mon domicile, mon métier, ajouta-t-elle d'une voix neutre et maîtrisée.

Silence à l'autre bout de la ligne.

— Demain matin, sept heures dans mon bureau. Apportez la disquette.

— Bien, commandant.

Aussitôt la communication interrompue, Eve copia la disquette sur son disque dur et s'empressa de se verser un deuxième verre de vin.

Eve se réveilla en sursaut à trois heures du matin, frissonnante et baignée de sueur. Un gémissement s'étrangla dans sa gorge quand elle ordonna l'allumage des lumières. Ses rêves lui paraissaient toujours plus effrayants dans le noir. Elle se redressa. Ce cauchemar avait été pire que les autres. Bien pire. Elle avait abattu l'homme. Quel autre choix avait-elle ? Trop hébété par les drogues pour réagir à ses injonctions, il s'était avancé vers elle avec son regard de dément, le couteau dégoulinant de sang à la main. La fillette était déjà morte ; Eve n'avait eu aucun moyen de la sauver. Seigneur, dites-moi qu'il n'y avait *vraiment* aucun moyen... Mais le cauchemar ne s'était pas arrêté là. Cette fois, l'homme avait continué d'avancer. Et elle était nue, à genoux dans un bouillonnement de satin. Le couteau s'était métamorphosé en revolver et l'homme qui le brandissait avait le visage de Connors. Il lui souriait. De tout son corps, elle frissonnait de terreur et de désir. Puis il avait tiré. D'abord dans la tête, ensuite dans le cœur et le bas-ventre. Et au milieu de ce chaos, les hurlements de la malheureuse fillette terrorisée qui appelait à l'aide. Trop épuisée pour refouler son chagrin, Eve enfouit son visage dans son oreiller et laissa couler ses larmes.

A sept heures précises, le commandant Whitney invita Eve à s'asseoir.

— Lieutenant.

Il tendit la main sans un mot, notant cependant ses traits tirés. Elle lui remit la pochette scellée contenant la disquette et son emballage. Whitney y jeta un coup d'œil et la posa sur son bureau.

— Conformément au protocole, je suis obligé de vous demander si vous souhaitez être déchargée de cette affaire. (Il marqua une pause.) Avec votre permission, nous ferons comme si.

— Bien, commandant.

— Votre domicile possède-t-il un système de surveillance, Dallas ?

— Je le croyais, répondit-elle, sortant une autre disquette et un rapport de son porte-documents. Après notre conversation, j'ai contrôlé le dispositif de l'immeuble. Il y a un blanc de dix minutes. Comme vous le lirez dans mon rapport, l'assassin s'y connaît en systèmes de surveillance, en vidéo et bien sûr en armes anciennes.

— Ceci ne restreint pas beaucoup le champ d'investigation, dit Whitney en mettant son rapport de côté.

— Non, commandant. Mais il me reste encore plusieurs témoins à interroger. Notre homme semble exceller à couvrir ses traces. A part l'arme qu'il a choisi de laisser sur le lieu du crime, nous ne possédons aucune preuve matérielle. Feeney n'a pas réussi à remonter la piste par le circuit légal. Elle provient sûrement du marché noir. J'ai commencé à éplucher les fichiers-clients et l'agenda de la victime, mais Sharon DeBlass était du genre très occupé. Ce travail de fourmi risque de prendre du temps.

— C'est justement là le problème, lieutenant. « Six moins un », ça vous suggère quoi ?

— Qu'il a cinq autres meurtres en tête et tient à ce que nous le sachions. Il se délecte à l'avance de ses crimes et veut monopoliser notre attention. Nous ne disposons pas encore de suffisamment d'éléments pour établir un profil psychiatrique. Comment savoir quand il récidivera ? Peut-être aujourd'hui et tout aussi bien dans un an.

Whitney se contenta de hocher la tête.

— Avoir tué un homme l'autre jour vous pose-t-il un problème ?

Le couteau dégoulinant de sang... Le petit corps mutilé à ses pieds...

— Non, commandant, j'assume.

— Dallas, dans une affaire aussi sensible, je n'ai que faire d'un officier accablé d'états d'âme.

— J'en suis sûre et certaine.

— Vous sentez-vous d'attaque pour affronter l'arène politique ? poursuivit-il avec un léger sourire. Le sénateur DeBlass est arrivé à New York hier soir et veut rencontrer l'officier chargé de l'affaire.

— La diplomatie n'est pas vraiment mon fort.

— J'en suis conscient. Mais il va falloir faire un effort. Je n'ai pas été consulté. L'ordre vient d'en haut. Vous devez assurer au sénateur toute votre coopération.

— Il s'agit d'un code cinq, répondit Eve froidement. Je me moque que les ordres viennent du Seigneur Tout-Puissant en personne, je refuse de communiquer des informations confidentielles à un civil.

Le sourire de Whitney s'élargit, révélant une dentition d'une blancheur éclatante encore rehaussée par sa peau couleur chocolat.

— Nous dirons que je n'ai rien entendu. Ne lui révélez rien de plus que les faits évidents. Passez-moi l'expression, Dallas, mais c'est un emmerdeur fini. Je ne connais pas plus arrogant que lui. Mais c'est aussi un homme très influent. Alors attention où vous mettez les pieds. Que ceci reste entre nous.

— Bien, commandant.

Il consulta sa montre, puis glissa le rapport et les disquettes dans son tiroir blindé.

— Vous avez le temps de boire une tasse de café… lieutenant, ajouta-t-il comme elle se levait. Si vous avez des difficultés à trouver le sommeil, prenez donc le sédatif prescrit par le médecin du travail. Vous avez une petite mine en ce moment. Il me faut des officiers au meilleur de leur forme.

— N'ayez crainte, commandant.

Au bout d'une minute en compagnie du sénateur Gérald DeBlass, Eve constata par elle-même que son supérieur n'avait pas exagéré : le portrait correspondait en tout point au personnage.

DeBlass, un homme massif, avec une carrure de lutteur, qui devait peser dans les cent dix kilos pour un mètre quatre-vingts. Ses cheveux blancs et drus étaient si plaqués sur son crâne que celui-ci paraissait disproportionné et pointu comme un obus. Ses yeux inquisiteurs et froids étaient d'un noir profond comme ses sourcils broussailleux. Sous un nez un peu trop long, ses lèvres épaisses pincées en une moue sévère rehaussaient encore sa mine austère. Etonnamment larges pour un intellectuel, ses mains rappelaient des battoirs à linge.

Il était flanqué de son conseiller personnel, Derrick Rockman, un homme élancé d'une quarantaine d'années, tiré à quatre épingles dans un costume rayé impeccable égayé d'une cravate bleu ardoise. Son visage aux traits réguliers était empreint de gravité. Avec des gestes mesurés et efficaces, il aida son patron à ôter son manteau en cachemire.

— L'enquête piétine, commandant. Que faites-vous donc pour démasquer le monstre qui a assassiné ma petite-fille ?

— Tout notre possible, sénateur, répondit Whitney, encore debout.

Il avait invité le sénateur à s'asseoir, mais celui-ci arpentait la pièce à grandes enjambées ostentatoires, comme il l'aurait fait dans la galerie d'apparat du Nouveau Sénat à Washington-Est.

— Vous avez eu plus de vingt-quatre heures ! revint-il à la charge d'une voix tonitruante. A ce que j'apprends, vous n'avez confié l'affaire qu'à deux enquêteurs.

— Pour des raisons de sécurité, oui. Deux de mes meilleurs éléments, ajouta Whitney. Le lieutenant Dallas qui dirige l'enquête ne rend compte qu'à moi-même.

DeBlass gratifia Eve d'un regard glacial.

— Où en êtes-vous, lieutenant ?

— Nous avons identifié l'arme et établi l'heure du décès. Nous interrogeons les habitants de l'immeuble de Mlle DeBlass et étudions ses fichiers personnels et professionnels. Je m'efforce de reconstituer son emploi du temps des vingt-quatre heures qui ont précédé sa mort.

— Il devrait être évident, même à l'esprit le plus borné, qu'elle a été assassinée par un de ses clients, siffla-t-il entre ses dents.

— Nous n'avons retrouvé aucune trace d'un rendez-vous plusieurs heures avant sa mort. Son dernier client a un alibi.

— Démontez-le, exigea DeBlass. Un homme prêt à payer pour des faveurs sexuelles ne doit avoir aucun scrupule à tuer.

Se souvenant du conseil de son supérieur, Eve se contenta de hocher la tête.

— J'y travaille.

— J'exige une copie de ses fichiers de rendez-vous.

— Impossible, sénateur, objecta Whitney d'une voix posée malgré son agacement. Dans ce genre d'affaire, toutes les pièces à conviction sont confidentielles.

En guise de réponse, DeBlass laissa échapper un ricanement méprisant et fit signe à Rockman qui sortit un document à sceau holographique de sa mallette.

— Commandant, intervint-il, ce document du chef de la police et de la sécurité autorise le sénateur à accéder à toutes les pièces à conviction et données du dossier concernant le meurtre de Mlle DeBlass.

Whitney y jeta un bref coup d'œil et le posa sur son bureau. Il détestait le jeu politique et ses méandres tortueux, d'autant plus quand il s'imposait à lui.

— J'en référerai en personne à mon supérieur. Si l'autorisation tient, nous vous transmettrons les copies cet après-midi.

Ignorant Rockman, il se tourna vers DeBlass.

— La confidentialité du dossier est un outil majeur dans une enquête. En maintenant votre exigence, vous risquez de nuire à son bon déroulement. J'espérais que vous auriez à cœur d'aider la justice.

— Je sers la justice depuis plus de cinquante ans. Je veux ces informations pour midi, ordonna le sénateur d'un ton sans appel.

Il prit son manteau et le jeta sur son bras.

— Si je ne suis pas satisfait des progrès de l'enquête, je veillerai personnellement à ce que vous soyez démis de vos fonctions, commandant Whitney.

Il se tourna vers Eve.

— Quant à vous, lieutenant, vous pourriez très bien vous cantonner aux vols à la tire ou à la circulation.

Sur ces menaces, il sortit du bureau d'un pas martial.

— Il faut excuser le sénateur, intervint Rockman de sa voix doucereuse. Malgré les tensions entre Mlle DeBlass et lui, elle n'en était pas moins sa petite-fille. Il est bouleversé.

— C'est le moins qu'on puisse dire, marmonna Eve. Il a l'air tout retourné.

— Les hommes fiers dissimulent souvent leur chagrin derrière une certaine agressivité.

Nous avons entière confiance en vos capacités et votre ténacité, commandant Whitney, ajouta-t-il avec un signe de la tête. Nous attendons les données pour cet après-midi. Merci de votre coopération.

— Quel beau parleur ! bougonna Eve quand Rockman eut refermé la porte derrière lui. Vous n'allez pas céder, n'est-ce pas, commandant ?

— Je leur communiquerai le strict minimum, répondit-il d'un ton sec où perçait une colère contenue.

Après cinq heures de recherches fastidieuses à l'ordinateur, Eve se sentait plus épuisée qu'à la fin du marathon de New York. Malgré l'aide de Feeney, la liste des clients de Sharon DeBlass était trop longue pour une équipe aussi réduite. A l'évidence, c'était une femme très populaire. Au milieu de l'après-midi, Eve avait joint par vidéocom en tout et pour tout une petite douzaine de clients. Elle décida de retourner au Gorham Complex. Quand elle sonna à la porte du voisin de Sharon DeBlass, l'homme élégant de l'ascenseur vint lui ouvrir, vêtu d'un peignoir de soie noire. Après un rapide coup d'œil appréciateur, il lui adressa un sourire engageant.

— Charles Monroe ?

— Lui-même.

Il examina l'insigne qu'elle lui tendait.

— Je suis terriblement désolé, lieutenant.

Mais mon rendez-vous de trois heures a encore droit à quinze minutes.

— Je peux attendre, répondit Eve qui entra sans invitation dans un grand séjour confortable et sophistiqué.

— Ah bon...

A la fois amusé et embarrassé, Charles Monroe se retourna vers une porte close au bout d'un petit couloir.

— L'intimité et la confidentialité sont, vous le comprenez, vitales pour ma profession. Ma cliente pourrait être... déconcertée de trouver la police chez moi.

— N'ayez aucune inquiétude. Où est la cuisine ?

Il laissa échapper un soupir résigné.

— Par ici sur votre droite. Faites comme chez vous. Je ne serai pas long.

— Prenez votre temps.

D'un pas nonchalant, Eve se rendit à la cuisine. Dans le réfrigérateur, elle dénicha un Pepsi en tube qu'elle sirota en attendant la fin du rendez-vous. Un quart d'heure plus tard, elle entendit des murmures dans le couloir, des rires... Puis Charles Monroe reparut dans la cuisine, le même sourire charmeur aux lèvres.

— Désolé de vous avoir fait patienter.

— Pas de problème. Vous attendez quelqu'un d'autre ?

— Pas avant ce soir.

Il prit un Pepsi, brisa le sceau de fraîcheur et le versa dans un grand verre. Puis il roula le tube et le jeta dans le recycleur.

— Dîner, opéra et rendez-vous romantique, ajouta-t-il avec un grand sourire.

— Vous aimez l'opéra ?

— J'en ai horreur. Pouvez-vous imaginer plus ennuyeux qu'une dame au buste généreux hurlant en allemand la moitié de la nuit ?

Il la rejoignit devant la fenêtre et son sourire s'évanouit.

— J'ai appris la mort de Sharon au journal de ce matin. Je m'attendais à une visite de la police. C'est horrible. Je n'arrive pas à y croire.

— Vous la connaissiez bien ?

— Nous étions voisins depuis plus de trois ans et, à l'occasion, nous travaillions ensemble quand un de nos clients réclamait un trio.

— Et en dehors du travail ?

— Sharon était une femme superbe et elle me trouvait séduisant, répondit-il, serrant son peignoir de soie autour de sa taille, tandis que son regard suivait une navette de touristes passant devant la vitre teintée. Si l'un de nous deux était d'humeur, l'autre était là. Mais c'était rare, poursuivit-il, retrouvant son sourire. C'est comme travailler chez un confiseur : au bout d'un moment, on perd le goût du chocolat. Sharon était une amie, lieutenant, et je l'aimais beaucoup.

— Où vous trouviez-vous la nuit de sa mort entre minuit et trois heures ?

Charles Monroe leva un sourcil étonné. S'il ne lui était pas encore venu à l'idée qu'il pût être suspecté, il était excellent acteur.

— Ici avec une cliente. Elle est restée toute la nuit.

— Est-ce l'habitude ?

— Avec cette cliente, oui. Je vous communiquerai ses coordonnées si nécessaire, lieutenant, mais je préférerais m'en abstenir tant que je ne lui aurai pas expliqué moi-même la situation.

— Désolée, monsieur Monroe, mais il s'agit d'un homicide. A quelle heure êtes-vous rentré ?

— Vers vingt-deux heures. Nous avons dîné au Miranda, le café aérien au-dessus de la Sixième Avenue.

— Vingt-deux heures, exact.

Il plissa le front avec perplexité.

— La caméra dans l'ascenseur, dit-il, retrouvant son sourire enjôleur. Voyons, lieutenant, c'est une loi rétrograde. Vous n'allez quand même pas me chercher noise pour cette peccadille ?

— Tout attouchement sexuel dans une zone surveillée est un délit, monsieur Monroe. Vous risquez une suspension de licence de six mois. Donnez-moi les coordonnées de cette dame et, exceptionnellement, je fermerai les yeux.

— Vous allez me faire perdre une de mes meilleures clientes, bougonna-t-il en allant consulter son agenda électronique. Elle s'appelle Darleen Howe. Je vais vous chercher son adresse.

— Merci. Sharon DeBlass vous parlait-elle de ses clients ?

— Nous étions amis, répondit-il d'un air

las. Oui, nous parlions boulot, même si c'est contraire à l'éthique professionnelle. Elle avait souvent des anecdotes amusantes. Je suis plutôt conventionnel. Sharon, elle, était attirée par... l'insolite. Mais elle ne citait jamais de nom. Elle leur trouvait toujours un petit sobriquet : l'empereur, la fouine, la laitière...

— Aurait-elle mentionné quelqu'un qui l'inquiétait, la rendait mal à l'aise ? Quelqu'un de violent ?

— La violence ne la dérangeait guère. Non, personne ne l'inquiétait. Sharon avait toujours la situation en main. A l'entendre, un juste retour des choses. Elle disait avoir été manipulée toute sa vie et était très amère envers ses proches. Elle avait décidé de se prostituer dans le seul but de faire enrager sa famille. Mais ensuite elle a trouvé du plaisir à exercer son métier. Faire d'une pierre deux coups... C'était sa phrase favorite. Pauvre Sharon...

Elle se leva et rangea son enregistreur.

— Ne quittez pas la ville, monsieur Monroe. Je vous recontacterai.

— Vous êtes pressée ? demanda-t-il en se levant à son tour avec un sourire aguicheur.

D'un doigt expert, il effleura le bras d'Eve. Devant son haussement de sourcils étonné, il caressa sa joue du revers de la main.

— J'ai deux heures devant moi et vous êtes très séduisante. Ces grands yeux aux reflets dorés... et cette charmante fossette au milieu du menton. Pourquoi ne pas décrocher tous les deux un moment ? murmura-t-il d'une voix caressante.

— Est-ce une tentative de corruption, monsieur Monroe ? Car si tel était le cas, je me verrais dans l'obligation de vous inculper. Et cela nous attristerait tous les deux, n'est-ce pas ? ajouta-t-elle d'un air moqueur.

Amusée par son mouvement de recul, elle se dirigea vers la porte.

— Eve ?

— Pardon ? fit-elle, la main sur la poignée électronique.

— Si jamais vous changiez d'avis, je serais très heureux de vous revoir dans des circonstances, disons, plus intimes.

— Vous ne manquez pas d'aplomb. Je vous ferai signe, répliqua-t-elle sans se démonter.

Plongée dans ses réflexions, Eve monta dans l'ascenseur. Charles Monroe avait très bien pu se glisser ni vu ni connu dans l'appartement de Sharon pendant que sa cliente dormait. Et comme résident, il lui était facile d'accéder au système de surveillance de l'immeuble. Dommage, songea-t-elle. Charles Monroe lui était sympathique. Mais tant qu'elle n'aurait pas vérifié son alibi, il figurait désormais en tête de la liste des suspects.

3

Eve avait horreur des enterrements. Les fleurs, la musique funèbre, les discours interminables, les pleurs étouffés... Elle avait pourtant tenu à assister aux obsèques de Sharon DeBlass en Virginie, une excellente occasion d'observer à sa guise la famille et les amis réunis.

Le sénateur était au premier rang, le visage grave et les yeux secs, l'incontournable Rockman juste derrière lui. A la droite de la femme du sénateur qui paraissait en état de choc, se tenaient son fils Richard et sa belle-fille. La tête baissée et les yeux dissimulés derrière des verres teintés, Richard DeBlass ressemblait beaucoup à son père, bien qu'il soit plus mince et moins dynamique. Fine et élégante dans son tailleur noir cintré, Elizabeth, avocate comme son mari, semblait figée auprès de lui. Ses cheveux acajou, ondulés et brillants, encadraient un visage marqué par le chagrin et ses yeux rougis ne pouvaient retenir ses larmes. Que peut ressentir une mère qui vient de perdre son enfant? se demanda Eve que cette question obsédait depuis toujours. Un peu à l'écart au bout de la rangée venait ensuite Catherine DeBlass, parlementaire comme son père, accompagnée de son mari et d'un adolescent dégingandé qui devait être son fils. D'une minceur presque maladive, elle ne pouvait détacher les yeux du cercueil vernis, couvert de roses, posé sur le catafalque devant l'autel.

Derrière eux, la nef était bondée. Les cousins, amis et connaissances se tapotaient les yeux ou regardaient autour d'eux, un peu hébétés, tandis que le prêtre officiait la cérémonie. Le Président avait envoyé un représentant et l'église abritait plus de députés que le restaurant du Congrès en pleine session parlementaire.

Malgré l'affluence, Eve n'eut aucun mal à repérer Connors dans l'assistance, cinq rangs devant elle de l'autre côté de la travée. Une âme solitaire au milieu de la foule, songea-t-elle. Son visage d'ange ne trahissait ni culpabilité ni chagrin. Imperturbable, il aurait tout aussi bien pu assister à une représentation de théâtre de qualité moyenne. Au premier abord, elle fut tentée de le taxer de froideur et d'indifférence. Mais l'intelligence qu'elle devinait dans son regard ne suffisait à expliquer sa foudroyante réussite économique. Il fallait y ajouter une bonne dose d'ambition. Le feu qui couvait sous la glace...

Alors que retentissaient les premiers accords de *La Marche funèbre* marquant la fin de la cérémonie, il tourna la tête vers l'arrière comme s'il cherchait quelqu'un. A la stupéfaction d'Eve, son regard énigmatique s'arrêta sur elle. Elle réprima un sursaut et soutint son regard pendant de longues secondes sans ciller ni détourner les yeux. Puis les rangs se vidèrent peu à peu et elle le perdit de vue dans la foule. Quand elle parvint à son tour dans la travée, il avait disparu.

Eve se joignit au long cortège de voitures et de limousines qui suivaient le corbillard vers le cimetière. Quelle tradition désuète! songea-t-elle. Seules les familles conservatrices très aisées pouvaient encore se permettre d'enterrer leurs morts.

Dans l'intimité de sa voiture de location, elle profita de la lenteur du convoi pour enregistrer ses observations. Arrivée à Connors, elle fronça les sourcils et tapota nerveusement son volant.

— Pourquoi prendrait-il la peine d'assister aux obsèques d'une connaissance aussi vague? murmura-t-elle dans son enregistreur de poche. Selon mes renseignements, leur première rencontre est très récente. Un rendez-vous en tout et pour tout. Comportement incohérent et suspect.

En franchissant les grilles du cimetière, Eve réprima un frisson. S'il ne tenait qu'à elle, elle ferait voter une loi contre les enterrements. Les pâles rayons du soleil ne parvenaient pas à chasser le froid glacial, encore renforcé par un vent vif et piquant. Un peu en retrait de l'assistance, elle fourra ses mains gelées dans ses poches. Une fois de plus, elle avait oublié ses gants. Sous le long manteau noir qu'elle avait dû emprunter, elle ne portait qu'un mince tailleur gris, le seul de sa garde-robe. Dans ses bottes de cuir non fourrées, ses orteils recroquevillés menaçaient de se transformer en glaçons.

L'inconfort l'aida à oublier un moment la tristesse des pierres tombales et l'odeur pesante de terre fraîchement retournée. Encore des discours, encore des pleurs... Elle rongea son frein jusqu'à la fin de l'oraison funèbre. Puis elle prit place dans la longue file des amis et connaissances.

— Toutes mes condoléances, sénateur DeBlass, ainsi qu'à votre famille, lui dit-elle quand elle parvint enfin à sa hauteur.

Le sénateur la foudroya de son regard dur et refusa de serrer sa main tendue.

— Epargnez-moi vos condoléances, lieutenant. Tout ce qui m'importe, c'est la justice.

— C'est aussi mon unique souci, rétorqua Eve du tac au tac, tendant la main à sa femme. Sincères condoléances, madame DeBlass.

Elle eut l'impression de serrer un fagot de brindilles cassantes.

— Merci d'être venue, répondit Anna DeBlass d'un ton morne, visiblement sous l'emprise d'un sédatif. Merci d'être venu, continua-t-elle de la même voix mécanique, alors que la file continuait d'avancer.

Avant qu'Eve n'ait pu arriver à la hauteur des parents de Sharon, une main se referma sur son bras. Elle se retourna. Rockman lui adressa un sourire mielleux empreint d'une gravité de circonstance.

— Lieutenant Dallas, le sénateur et sa famille apprécient votre compassion, dit-il en l'éloignant d'une main douce mais ferme. Vous comprendrez cependant aisément qu'en pareilles circonstances il serait difficile aux parents de Sharon de rencontrer sur la tombe de leur fille l'enquêteur chargé de son assassinat.

Eve se laissa entraîner avant de libérer son bras d'un geste brusque.

— Décidément, ce métier vous va comme un gant, Rockman. Voilà une façon délicate et diplomatique de m'inviter à aller voir ailleurs.

— Mais qu'imaginez-vous là ? répondit-il de sa voix onctueuse qui insupportait Eve. Simplement, le moment et le lieu me paraissent déplacés. Soyez cependant assurée de notre entière coopération, lieutenant. Si vous souhaitez interroger la famille du sénateur, je me ferai un plaisir de vous arranger une entrevue.

— Je préfère fixer moi-même mes rendez-vous, à l'heure et à l'endroit qui me conviennent. A propos d'interrogatoire, Rockman, riposta-t-elle, agacée par son sourire doucereux, avez-vous un alibi pour la nuit du meurtre ?

A la satisfaction d'Eve, le sourire du conseiller se figea. Mais l'homme se ressaisit vite.

— Le terme alibi me déplaît profondément, lieutenant Dallas.

— A moi aussi, répliqua-t-elle avec son plus beau sourire. C'est pour cela que j'adore les démonter. Vous n'avez pas répondu à ma question, Rockman.

— Cette nuit-là, je me trouvais à Washington-Est. Le sénateur et moi avons mis la dernière main à un projet de loi qu'il entend présenter le mois prochain.

— Le trajet est rapide entre Washington-Est et New York.

— Nous avons travaillé jusqu'à minuit, puis je me suis retiré dans la chambre d'ami du sénateur. Nous avons pris le petit déjeuner ensemble à sept heures le lendemain matin. Selon votre rapport, Sharon a été tuée à deux heures, ce qui me laisse pour agir une fenêtre très étroite.

— On arrive toujours à se faufiler par une fenêtre même étroite, rétorqua-t-elle dans le seul but de l'irriter.

Sur ces mots, elle pivota et le planta au milieu de l'allée. Aucune chance de ce côté-là, songea-t-elle, presque déçue. Le meurtrier se trouvait dans le Gorham Complex à minuit. Et puis Rockman ne pouvait impliquer son employeur, qui plus est le grand-père de la victime, sans que cet alibi soit solide comme le roc. L'étroite fenêtre venait de lui claquer au nez.

Soudain, elle remarqua Connors aux côtés d'Elizabeth Barrister. Celle-ci était pendue à son bras, tandis qu'il lui murmurait quelques mots à l'oreille. Plutôt intime comme comportement entre deux inconnus, se dit-elle, intriguée, quand Connors posa une main sur la joue droite d'Elizabeth et l'embrassa sur l'autre avant de s'entretenir tranquillement avec Richard DeBlass. Il s'approcha ensuite du sénateur, mais les deux hommes n'échangèrent pas de poignée de main et la conversation fut brève. Puis Connors s'éloigna vers la sortie, traversant seul la pelouse du cimetière entre les monuments funéraires.

— Connors !

Il se retourna. Eve crut discerner dans ses yeux une lueur furtive d'agacement, mêlé de chagrin et d'impatience. Mais elle disparut aussitôt et ses yeux bleus retrouvèrent leur indifférence insondable. Elle le rejoignit sans précipitation, serrant son long manteau.

— J'aimerais vous parler, dit-elle en sortant son insigne.

Il y jeta un rapide coup d'œil et plongea un regard interrogateur dans le sien.

— J'enquête sur le meurtre de Sharon DeBlass.

— Avez-vous pour habitude d'assister aux obsèques des victimes d'assassinat, lieutenant Dallas ? demanda-t-il d'une voix douce avec un soupçon de charme irlandais qui, dans l'esprit d'Eve, évoqua le whisky chaud à la crème.

— Avez-vous pour habitude d'assister aux obsèques de femmes que vous connaissez à peine ? répliqua-t-elle du tac au tac.

— Je suis un ami de la famille. Vous êtes frigorifiée, lieutenant.

Eve fourra ses doigts gelés dans les poches de son manteau.

— Je n'ai pas réussi à vous joindre plus tôt.

— J'étais en voyage, répondit-il laconiquement.

La tête penchée, Connors observa la jeune femme qui venait de l'interpeller. Ses cheveux trop courts à son goût encadraient un visage très intéressant : intelligent, tenace, sensuel... Dans moins d'une minute, songea-t-il, elle va se mettre à claquer des dents.

— Ne serait-il pas plus commode de discuter dans un endroit plus confortable ?

— Je n'ai que quelques minutes. La prochaine navette pour New York part bientôt.

— Rentrons donc ensemble. Cela vous laissera le temps de me passer sur le gril.

— De vous interroger, corrigea-t-elle entre ses dents, agacée de le voir tourner les talons et s'éloigner sans même lui demander son avis.

» Juste quelques questions, insista-t-elle en le rattrapant. Nous fixerons un rendez-vous plus formel à New York.

— Je déteste perdre du temps. Et vous aussi, il me semble. Avez-vous loué une voiture ?

— Oui.

Il s'arrêta à la hauteur d'une longue limousine noire. Un chauffeur en livrée lui ouvrit la portière arrière. Connors tendit la main, attendant qu'elle lui remette la carte-contact de son véhicule.

— Mon chauffeur va s'en occuper.

— C'est inutile, je vous assure.

— Vous et moi avons la même destination, lieutenant Dallas. Bien sûr, rien ne vous empêche de prendre une navette et d'appeler mon bureau pour un rendez-vous. Vous pouvez aussi profiter de l'intimité de mon jet et de mon entière attention pendant le voyage.

Après une hésitation, Eve sortit la carte de sa poche et la laissa tomber dans la main toujours tendue. Avec un sourire satisfait, Connors l'invita à monter dans la voiture où elle s'installa pendant qu'il donnait ses instructions au chauffeur.

Durant le trajet jusqu'à l'aéroport, ils restèrent tous deux silencieux. Tandis qu'Eve savourait la chaleur du véhicule qui réchauffait ses membres engourdis, Connors ne la quitta pas des yeux. Alors, comme ça, elle est flic, songeat-il, déconcerté. Cette idée ne lui serait pas venue à l'esprit. Bizarre, d'ordinaire son instinct était plus fiable. Dans l'église, son regard avait été attiré par cette jolie brune élancée aux yeux dorés comme le miel et à la bouche sensuelle. Mais il était à mille lieues de penser qu'elle était de la police. Dommage...

Eve détestait être impressionnée. Mais quand elle monta à bord du jet privé de l'homme d'affaires, elle ne put s'empêcher d'écarquiller les yeux devant les luxueux fauteuils en cuir et les tapis d'Orient qui meublaient la cabine décorée avec raffinement. Une hôtesse en uniforme vint à leur rencontre.

— Un cognac, monsieur? demanda-t-elle sans paraître s'étonner de la présence d'une inconnue aux côtés de son patron.

Connors se tourna vers Eve.

— Peut-être préférerez-vous un café si vous êtes en service, lieutenant ?

Eve hocha la tête.

— Alors un café et un cognac, Diana.

— C'est le célèbre JetStar 6000 de Connors Industries, n'est-ce pas ? demanda Eve, tandis que l'hôtesse la débarrassait de son manteau.

— Exact. La conception nous a pris deux ans, expliqua-t-il en l'invitant à s'asseoir. Vous allez devoir boucler votre ceinture pour le décollage.

Puis il se pencha vers l'intercom placé près de son siège.

— Autorisation de décoller dans trente secondes, lui signala le commandant de bord.

L'appareil atteignit son altitude et sa vitesse de croisière sans même qu'Eve ait ressenti la désagréable impression d'être plaquée sur son fauteuil comme dans les vols commerciaux classiques. L'hôtesse leur servit leurs boissons, accompagnées d'un plateau de fromages et de fruits frais. Un parfum délicieux montait de la tasse fumante. Eve en avala une petite gorgée… et laissa presque échapper un soupir d'aise. C'était du vrai café de Colombie. Rien à voir avec le concentré végétal qui le remplaçait depuis la disparition des forêts vierges à la fin des années 2020.

— Depuis quand connaissiez-vous Sharon DeBlass ? commença-t-elle après avoir siroté sa tasse en fermant les yeux.

— Je l'avais rencontrée récemment chez des connaissances communes.

— Vous disiez être un ami de la famille…

— De ses parents, précisa Connors sans se troubler. Je connais Beth et Richard depuis plusieurs années. A l'époque, Sharon était à l'université, puis en Europe. Nos chemins se sont croisés seulement quelques jours avant sa mort.

Il sortit un étui plat en or de sa poche intérieure. Eve fronça les sourcils quand il prit une cigarette et l'alluma.

— Le tabac est illégal, Connors.

— Sauf dans l'espace aérien libre, les eaux internationales et les propriétés privées, corrigea-t-il avec un sourire à travers un léger filet de fumée bleutée. Lieutenant, ne pensez-vous pas que la police a plus intéressant à faire que d'essayer de réglementer nos vies et notre moralité ? Vous aimez les règles et l'ordre, n'est-ce pas, lieutenant ?

La question semblait anodine, mais Eve perçut l'ironie sous-jacente. Elle choisit de l'ignorer.

— Possédez-vous un Smith & Wesson calibre 38, modèle 10, d'environ 1990 ?

Il inspira une longue bouffée et réfléchit un instant, la cigarette rougeoyante serrée entre ses longs doigts élégants.

— Il me semble que oui. C'est avec ce genre d'arme que Sharon a été tuée ?

— Accepteriez-vous de me la montrer ?

— Bien sûr, quand vous voulez.

Trop facile, songea Eve avec suspicion.

— Vous avez dîné avec la victime la veille de sa mort. Au Mexique.

— Exact, confirma Connors qui écrasa sa

cigarette et se cala dans son fauteuil, son verre de cognac à la main. Je possède une petite villa sur la côte Ouest. J'ai pensé qu'elle aimerait l'endroit. Elle n'a pas été déçue.

— Avez-vous eu des relations physiques avec Sharon DeBlass ?

Le regard de Connors pétilla, mais Eve ne put dire si c'était d'amusement ou d'agacement.

— Vous voulez sans doute me demander si j'ai couché avec elle ? Eh bien, non, lieutenant. Nous nous sommes contentés de dîner.

Il prit son temps pour choisir une belle grappe de raisin blanc.

— J'apprécie les belles femmes et aime passer du temps en leur compagnie. Mais je n'ai jamais recours aux professionnelles pour deux raisons : premièrement, je trouve inutile de payer pour le sexe... (il but une gorgée de cognac et la regarda par-dessus son verre)... et deuxièmement, j'ai horreur de partager. Et vous ? demanda-t-il avec défi après une brève pause.

Eve choisit d'ignorer le nœud qui s'était formé dans son estomac.

— Nous ne parlons pas de moi.

— Moi, si. Vous êtes une femme superbe et, depuis un quart d'heure, nous sommes seuls. Pourtant, nous n'avons partagé qu'un café et un cognac. Je me conduis comme un vrai gentleman, n'est-ce pas ? fit-il avec un sourire amusé devant l'irritation mêlée d'étonnement qui transparaissait dans les yeux d'Eve.

— A mon avis, votre relation avec Sharon DeBlass avait un tout autre parfum.

— Tout à fait d'accord, approuva-t-il en choisissant une autre grappe qu'il lui tendit.

Eve l'accepta et croqua avec délices un grain fruité et acidulé. La gourmandise est un vilain défaut, se réprimanda-t-elle, un peu honteuse de sa faiblesse.

— L'avez-vous revue après votre dîner au Mexique ?

— Non. Je l'ai déposée chez elle vers trois heures du matin et je suis rentré chez moi. Seul.

— Pourriez-vous me donner votre emploi du temps durant les quarante-huit heures qui ont suivi votre retour ?

— J'ai passé les cinq premières heures dans mon lit. Pendant le petit déjeuner, j'ai participé à une vidéoconférence. Vers huit heures et quart. Vous pouvez vérifier.

— Je n'y manquerai pas, soyez-en sûr.

Cette fois, il lui adressa ce sourire charmeur qui fit tressaillir son cœur.

— Je n'en doute pas. Vous me fascinez, lieutenant Dallas.

— Et après la vidéoconférence ?

— Elle a pris fin vers neuf heures. J'ai travaillé jusqu'à dix heures, puis quelques rendez-vous m'ont occupé plusieurs heures à mon bureau, répondit-il, sortant de sa poche un agenda miniaturisé. En désirez-vous la liste ?

— Je préfère que vous me fassiez parvenir une disquette au Central.

— Aucun problème. Je suis rentré chez moi

à dix-neuf heures. Je recevais plusieurs cadres d'une de mes entreprises de production japonaises. Nous avons dîné à vingt heures. Dois-je vous envoyer le menu ?

— Epargnez-moi vos sarcasmes, Connors.

— Je tiens à être exhaustif, lieutenant. La soirée s'est terminée tôt. Vers vingt-trois heures, mes invités m'ont quitté. Je suis resté seul, avec un livre et un cognac. Vers sept heures, j'ai bu ma première tasse de café. A propos, en désirez-vous une autre ?

Eve aurait pu se damner pour une deuxième tasse, mais elle secoua la tête avec détermination.

— Huit heures seul ! Quelqu'un vous aurait-il parlé, ou vu, pendant tout ce temps ?

— Non, personne. Je devais me rendre à Paris le lendemain et je souhaitais passer une soirée tranquille. A l'évidence, j'ai mal choisi mon moment. Mais si j'avais l'intention d'assassiner quelqu'un, j'aurais été mal inspiré de ne pas m'assurer un alibi, non ?

— Ou trop arrogant pour vous en soucier, rétorqua Eve. Vous contentez-vous de collectionner les armes anciennes, Connors, ou savez-vous aussi vous en servir ?

— Je suis un excellent tireur, répondit-il, posant son verre vide sur une tablette en acajou. Je me ferai un plaisir de vous en faire la démonstration quand vous viendrez voir ma collection. Demain vous conviendrait-il ?

— Parfait.

— Disons dix-neuf heures? Je suppose que vous connaissez l'adresse, dit-il en se penchant vers elle.

Au contact chaud et vibrant de sa main sur son bras, Eve ne put réprimer un frisson.

— Vous devez vous attacher, expliqua-t-il d'une voix douce. Nous allons atterrir d'un instant à l'autre.

Il boucla lui-même sa ceinture, se demandant avec curiosité si c'était l'homme ou le suspect qui la rendait aussi nerveuse. Ou bien peut-être un peu des deux...

— Eve, murmura-t-il. Un prénom si simple et si féminin. Je me demande s'il vous va.

Embarrassée, Eve resta silencieuse tandis que l'hôtesse venait desservir.

— Etes-vous déjà entré dans l'appartement de Sharon DeBlass? demanda-t-elle ensuite, préférant revenir sur un terrain purement professionnel.

Sous cette carapace se cachent sûrement beaucoup de douceur et de fougue, songea Connors en se calant dans son fauteuil. Peut-être aurait-il un jour l'occasion de le savoir par lui-même?

— Pas tant qu'elle y habitait. Autant que je m'en souviens, je n'y ai jamais mis les pieds, mais c'est certainement possible, répondit-il avec un sourire en bouclant sa propre ceinture. Comme vous le savez sûrement, je suis propriétaire du Gorham Complex.

Sur ces mots, il jeta un regard distrait par le

hublot, tandis que la Terre se rapprochait d'eux à une vitesse vertigineuse.

— Avez-vous un moyen de transport à l'aéroport, lieutenant, ou puis-je vous déposer ? demanda-t-il avec un flegme qui agaça Eve au plus haut point.

4

Dès son retour du Central où elle avait remis son rapport à Whitney, Eve s'empressa de s'installer à l'ordinateur du salon. Elle tombait de fatigue, mais après ce premier interrogatoire de Connors qui s'était terminé sur le score de un à zéro en faveur de ce dernier, il lui tardait d'égaliser.

— Initialisation Dallas, accès code cinq. Code d'identité 53478Q. Ouvrir fichier Sharon DeBlass.

Empreinte vocale et code d'identité identifiés, Dallas. Poursuivez.

— Ouvrir sous-fichier Connors. Suspect. Connu de la victime. Selon source C, Sébastian, la victime désirait le suspect qui répondait à ses exigences comme partenaire sexuel. Eventualité fort engagement émotionnel.

» Opportunité de commettre le crime. Suspect propriétaire de l'immeuble où résidait la victime, donc accès facile et connaissance probable du système sécurité. Pas d'alibi pour quarante-huit heures incluant période système sécurité hors circuit. Le suspect possède une collection armes anciennes, dont le modèle utilisé sur la victime. Reconnaît être excellent tireur.

» Personnalité du suspect : distant, sûr de lui, jouisseur égocentrique, très intelligent. Equilibre intéressant entre agressivité et charme.

» Mobile...

Eve cala sur cette question. Plongée dans ses réflexions, elle se mit à arpenter la pièce. Pourquoi un homme comme Connors tuerait-il ? Par appât du gain ? Très improbable de la part d'un homme possédant sa fortune et son standing. Par dépit amoureux ? Le meurtre de Sharon DeBlass avait une forte connotation sexuelle doublée d'une vulgarité difficilement conciliable avec l'homme élégant et raffiné qu'elle venait de rencontrer, même si elle le soupçonnait de posséder le sang-froid nécessaire.

— Le suspect considère que la moralité relève du domaine personnel et non législatif, reprit-elle à l'adresse de l'ordinateur sans cesser de déambuler dans son salon. Réprouve toute mainmise de la loi sur la sphère privée, exemple prohibition des armes, restrictions sur tabac et alcool. Calculer probabilité, ordonna-t-elle en se rasseyant.

L'ordinateur émit un ronronnement saccadé qui lui rappela une fois de plus qu'elle devait changer une pièce du cerveau central.

Selon données et hypothèses en cours, probabilité culpabilité Connors quatre-vingt-deux pour cent.

Ainsi donc c'était plausible, songea Eve en se calant dans son fauteuil. Mais pourquoi ne pouvait-elle croire à ce scénario ? Elle ne parvenait pas à imaginer Connors abattant à bout portant une femme nue, souriante et sans défense. Pourtant, certains faits la laissaient perplexe. Si elle rassemblait suffisamment d'éléments, elle demanderait un mandat pour une évaluation psychiatrique. Un petit voyage dans l'esprit de Connors s'avérerait sûrement passionnant, songea-t-elle avec un demi-sourire.

A cet instant, on sonna à sa porte.

— Sauvegarde et blocage vocal code cinq. Déconnexion, ordonna-t-elle à l'ordinateur, agacée par cette interruption.

Un coup d'œil à l'écran de surveillance lui ramena son sourire.

— Bonjour, Mavis ! fit-elle en déverrouillant la serrure électronique.

Mavis Freestone entra comme une tornade, dans un cliquetis de bracelets et un nuage de parfum entêtant. Ce soir, elle arborait une longue chevelure argent. D'un geste ample, elle la rejeta derrière ses épaules dans un scintillement d'étoiles. Puis elle se laissa tomber sur le canapé et contempla Eve avec horreur.

— Seigneur, Eve, tu ne peux pas sortir dans cette tenue !

Se sentant terne comme souvent en présence de la flamboyante Mavis, Eve baissa des yeux penauds sur son tailleur fatigué.

— J'imagine que non.

— Ne me dis pas que tu as oublié ?

— Oublié quoi ?

— Dîner, danse et débauche à tout va.

Subitement, Eve se souvint. Mavis voulait l'emmener dans une nouvelle boîte très branchée qu'elle avait découverte aux docks spatiaux de Jersey II.

— Désolée, Mavis, cette soirée m'était sortie de la tête. En tout cas, tu es superbe.

Huit ans plus tôt, quand Eve avait interpellé Mavis pour de menus larcins sur la voie publique, elle était déjà superbe : une commerçante ambulante tout auréolée de soie, aux doigts habiles et au sourire rayonnant. Par la suite, les deux femmes s'étaient liées d'amitié. Pour Eve qui comptait sur les doigts d'une main ses amis hors de la police, cette relation était précieuse.

— Tu as l'air fatiguée, fit remarquer Mavis, davantage sur un ton de reproche que de compassion. Et il te manque un bouton.

Eve porta aussitôt une main à sa veste.

— Mince, ça devait arriver. Ecoute, Mavis, je suis désolée, dit-elle en ôtant rageusement sa veste. J'ai oublié. J'ai eu une journée très chargée.

— Et mon manteau noir, il t'a servi, au moins ?

— Oui, merci. J'étais en Virginie pour une enquête. Il m'a bien dépannée.

— Une enquête... soupira Mavis, tapotant de ses ongles vert émeraude l'accoudoir du sofa. Et moi qui imaginais que tu avais un rendez-vous galant ! Tu devrais vraiment cesser de fréquenter uniquement des criminels, Dallas.

— Je vais me changer, se contenta de répondre Eve.

— Si j'ai bien compris, les garçons de l'espace ne te tentent pas, dit Mavis qui se leva d'un bond, agitant ses longs pendants d'oreilles en cristal. Va donc enlever cette jupe hideuse, je commande un repas au restau chinois.

— Ça ne te dérange pas ? s'enquit Eve avec un profond soulagement.

Pour Mavis, elle aurait supporté une soirée dans un club bruyant et bondé. Avec répugnance, elle s'imaginait déjà repoussant les avances de pilotes surexcités et de techniciens de stations spatiales en manque de sexe. Mais la perspective d'un dîner tranquille la comblait d'aise.

— Je passe toutes mes soirées dans les clubs, ça me changera, dit Mavis en tapotant le clavier de l'ordinateur. Il y a quelques années, je me disais que devenir chanteuse était la plus grande escroquerie de ma vie. Mais en réalité, je travaille bien plus dur que lorsque j'arnaquais les touristes. Tu veux des rouleaux de printemps ?

— Bien sûr. Tu ne vas quand même pas laisser tomber ?

— Non, j'aime trop les applaudissements. Et depuis que j'ai renégocié mon contrat, je touche dix pour cent des entrées. Je suis devenue une femme d'affaires tout ce qu'il y a de plus conventionnelle, ajouta-t-elle en réglant l'addition avec sa World Card dans un élan de générosité.

— Tu n'as rien de conventionnel, objecta Eve qui revint dans le séjour, vêtue d'un jean confortable et d'un sweat-shirt ample aux initiales du Central de New York City.

— C'est vrai. Te reste-t-il encore du vin que j'avais apporté la dernière fois ?

— La deuxième bouteille est à peine entamée, répondit Eve qui alla la chercher à la cuisine. Alors, tu vois toujours ton dentiste ? s'enquit-elle en remplissant deux verres.

Mavis se dirigea d'un pas nonchalant vers la chaîne hi-fi et programma la musique.

— Non, notre relation devenait trop intense. Je ne voyais pas d'inconvénient à ce qu'il tombe amoureux de mes dents, mais il voulait la totale. Figure-toi qu'il s'était mis dans la tête de m'épouser.

— Quel mufle !

— On ne peut vraiment plus avoir confiance en quiconque, approuva Mavis. Et comment vont les affaires dans la police ?

— En ce moment, je ne chôme pas.

Au même instant, la sonnerie de la porte d'entrée retentit.

— Impossible que ce soit déjà le dîner, s'étonna Eve, tandis que Mavis se précipitait joyeusement vers la porte sur ses talons aiguilles de quinze centimètres. Jette au moins un coup d'œil à l'écran vidéo, prévint-elle en emboîtant le pas à son amie.

Mais Mavis fit la sourde oreille. Avec un

juron, Eve n'eut que le temps de se saisir de son arme et la porte s'ouvrit. Lorsqu'elle entendit le rire enjôleur de Mavis, elle se détendit. Puis elle reconnut l'uniforme des coursiers. Un jeune homme au visage poupin, embarrassé, tendit un paquet à Mavis.

— Oh, j'adore les cadeaux d'amoureux, répondit celle-ci avec un battement de paupières qui fit rougir le coursier. Vous n'entrez pas ?

— Laisse-le tranquille, intervint Eve.

L'air réprobateur, elle prit le paquet des mains de son amie et referma la porte.

— Ils sont si mignons à cet âge, soupira Mavis, lançant un baiser à l'écran de contrôle. Pourquoi es-tu donc si nerveuse, Dallas ?

— C'est sans doute ma nouvelle enquête qui me met à cran, répondit Eve qui ne pouvait détacher les yeux du paquet enveloppé dans un délicat papier doré et décoré d'un nœud sophistiqué. Je ne vois pas qui peut m'envoyer un cadeau.

— Il y a une carte, fit remarquer Mavis sèchement. Tu peux toujours la lire, ça te donnera sûrement un indice.

— Voyons, se décida Eve en ouvrant l'enveloppe dorée.

La carte ne portait qu'un seul mot : *Connors*. Quand elle découvrit le nom par-dessus l'épaule d'Eve, Mavis laissa échapper un sifflement admiratif.

— Connors ! Le richissime, le séduisant, l'incroyablement sexy et mystérieux Connors qui possède presque le tiers de la planète et de ses satellites !

— C'est le seul que je connaisse, répondit Eve avec irritation.

— Tu le connais ! s'exclama Mavis, écarquillant ses yeux ombrés de vert. Dallas, pardonne-moi de t'avoir sous-estimée. Raconte-moi tout ! Comment, quand, pourquoi ? As-tu couché avec lui ? Donne-moi tous les détails !

— Nous avons une liaison secrète et passionnée depuis trois ans. De notre amour est né un fils qui est élevé par les moines bouddhistes sur la face cachée de la Lune, ça te va comme explication ?

Les sourcils froncés, Eve remua la boîte avec suspicion.

— Calme-toi, tu veux, Mavis. C'est juste en rapport avec une enquête. Strictement confidentielle, ajouta-t-elle avant que son amie n'ait eu le temps d'ouvrir la bouche.

Eve posa le paquet sur la table basse et le contempla avec perplexité.

— Comment a-t-il su où j'habitais ? Les adresses des policiers ne figurent pas dans l'annuaire. Que me veut-il ?

— Ouvre-le, bon sang, Dallas ! Tu lui as sûrement tapé dans l'œil et il t'envoie un cadeau. Je parierais sur un collier de diamants. Ou de rubis. Tu serais superbe avec des rubis !

A bout de patience, Mavis déchira le papier, ôta le couvercle et plongea la main avec curiosité dans un délicat papier de soie lui aussi doré.

— Qu'est-ce que c'est que ce truc ? s'étonna-t-elle, extirpant de la boîte un petit paquet brun sans prétention.

Mais Eve, qui avait déjà reconnu l'odeur, esquissa un sourire involontaire.

— Du café, murmura-t-elle d'une voix radoucie, prenant le paquet des mains de Mavis comme s'il s'agissait d'un trésor inestimable.

— Du café ? répéta Mavis, atterrée. Ce type est riche à milliards et il t'offre un paquet de café ?

— Du vrai café. Pur Arabica.

— Oh, dans ce cas... répondit Mavis, levant au ciel des yeux exaspérés. Je me moque pas mal du prix de ce truc au kilo. Les femmes aiment ce qui brille.

— Pas toutes, Mavis... murmura-t-elle avec un soupir.

Le lendemain matin, malgré le froid polaire et son chauffage défectueux, Eve arriva au Central avec une mine radieuse. Feeney l'attendait dans son bureau.

— Eh bien, drôlement guillerette ce matin, fit-il remarquer en la dévisageant. Qu'est-ce que tu as pris pour le petit déjeuner ?

— Du café, répondit-elle avec un sourire étincelant. Rien que du café.

Feeney lui tendit une disquette code cinq.

— J'ai fait une recherche poussée sur Richard DeBlass, Elizabeth Barrister et le reste du clan. Pas de véritables surprises. Je me suis aussi intéressé à Charles Monroe. Une vie mouvementée, mais rien de louche qui transparaît. Maintenant, je passe les fichiers de la victime au crible. Parfois, les manipulations informatiques laissent des traces.

— Si tu détectes la moindre irrégularité, Feeney, je t'offre une caisse de ce whisky infect que tu adores.

— Ça marche. Je travaille aussi sur Connors. En voilà un qui sait protéger ses données. Chaque fois que je franchis une barrière de sécurité, je me heurte à une autre plus complexe encore.

— Continue de franchir les barrières, Feeney. Moi, je vais essayer de creuser par-dessous.

Après le départ de Feeney, Eve s'installa à son terminal. Avec fébrilité, elle entra le nom et l'adresse de son complexe résidentiel. Sa question était simple : Propriétaire ? La réponse fut tout aussi simple : *Connors*.

Lola Starr n'avait sa licence que depuis trois mois. Elle l'avait demandée dès que possible, le jour de son dix-huitième anniversaire. Le jour même, elle avait changé son nom, Alice Williams, trop ennuyeux à son goût, et quitté la maison de ses parents à Toledo, Ohio, pour la captivante mégalopole de New York City.

Lola était très fière de son adorable visage mutin. Elle avait dû insister et supplier jusqu'à ce que ses parents acceptent de lui payer un menton plus marqué et un nez joliment retroussé pour son seizième anniversaire. Le résultat était à la hauteur de ses espérances : avec sa peau blanche et ses cheveux noirs taillés en pointes impertinentes, elle ressemblait à un petit lutin sexy.

Mais les dépenses inhérentes à sa profession étaient plus contraignantes qu'elle ne l'avait imaginé dans sa chambre de Toledo. Une fois payés les frais de licence, les examens médicaux obligatoires et l'impôt-luxure, il lui restait juste assez d'argent pour louer un petit studio à l'extrémité la plus minable de la Promenade des Prostituées. C'était pourtant mieux que de travailler dans la rue comme certaines et puis, avec son talent, elle ne resterait pas longtemps au bas de l'échelle.

Ce soir, elle recevait un nouveau client, un homme qui avait exigé d'être appelé « papa ». Ce type pensait sûrement être le premier à lui demander de jouer à la petite fille, songea-t-elle avec un petit sourire. En fait, en quelques mois, c'était devenu sa spécialité. Lola opta donc pour une aguichante robe plissée agrémentée d'un col Claudine blanc. Dessous, elle ne portait que des bas blancs. Elle veilla même à s'épiler le pubis pour ajouter encore à la vérité de son personnage. Après avoir étudié son reflet dans le miroir, elle ajouta un nuage de rouge sur ses joues et du brillant à lèvres transparent sur sa bouche boudeuse.

Quand on frappa à la porte, son visage d'écolière juvénile et candide lui renvoya un sourire polisson. Comme elle ne pouvait encore s'offrir de système de surveillance électronique, elle observa son visiteur par un simple judas. Lola ne fut pas déçue : il était plutôt séduisant et, à son avis, assez vieux pour être son père. Elle ouvrit la porte et lui adressa un sourire timide de coquette effarouchée.

— Bonsoir, papa, dit la jeune prostituée, entrant d'emblée dans la peau de son personnage.

Dès que la porte fut refermée, l'homme s'approcha de Lola et, glissant une main sous sa robe, constata avec satisfaction qu'elle était nue en dessous.

— J'ai appris que tu t'étais caressée, commença-t-il d'une voix mielleuse en ôtant son manteau.

— Oh non, papa !

Il sortit une caméra vidéo miniature qu'il posa sur la commode faisant face au lit couvert d'oreillers et d'animaux en peluche. Lola décida d'attendre pour lui dire que cette excentricité lui coûterait un petit supplément. L'expérience lui avait appris qu'il ne fallait pas contrarier les désirs des clients.

— Petite effrontée, ce n'est pas beau de mentir. Je vais être obligé de te punir. Va t'allonger sur le lit et enlève ta robe, ordonna-t-il en s'asseyant auprès d'elle. Retourne-toi.

Lola s'exécuta. Aussitôt, la main de l'homme s'abattit sur ses fesses rondes à un rythme soutenu. Elle se mit à pousser de petits gémissements commandés, tandis que les claques régulières rougissaient sa peau laiteuse.

— Tu es une fille sage, dit-il, au summum de l'excitation. Papa va te montrer comment il récompense les filles sages, dit-il en se déshabillant avec des gestes précis et méticuleux.

Il entreprit de caresser sa peau veloutée. Puis il pétrit ses seins fermes entre ses doigts fébriles. Si jeune encore, songea-t-il avec un frisson de désir pervers. Il la saisit par les hanches et la guida vers son ventre brûlant. L'étreinte fut plus violente qu'il ne l'avait voulu. Il ralentit le rythme. Inutile de la faire crier, même si dans un tel endroit personne n'y prêterait attention. Excité par sa naïveté et son inexpérience charmantes, il ferma les yeux et savoura sa jouissance.

Lola soupira et se blottit contre un oreiller. Cette première séance avait dépassé toutes ses espérances. Avec un peu de chance, elle venait de gagner un nouveau client régulier.

— Ai-je été une fille sage, papa ?

— Très sage. Mais nous n'avons pas encore fini. Retourne-toi, ordonna l'homme qui se leva et quitta le champ de la caméra.

Il sortit de la poche de son manteau un SIG 210 avec son silencieux. Clignant des yeux avec curiosité, Lola le regarda charger son arme.

— C'est un jouet ? Tu veux que je m'amuse avec ?

L'homme secoua la tête avec un rictus narquois. Il tira d'abord dans la tête. La détonation assourdie par le silencieux projeta Lola contre la tête de lit. Froidement, il visa entre ses seins jeunes et fermes et enfin dans son pubis imberbe. Puis il éteignit la caméra et arrangea la jeune prostituée avec soin sur les oreillers et les peluches trempés de sang, tandis qu'elle fixait le plafond avec des yeux écarquillés par la surprise.

— Ce n'était pas une vie pour une petite fille, murmura-t-il.

Puis il revint à la caméra afin d'enregistrer la scène finale.

5

A dix-neuf heures dix, Eve gara sa voiture devant le domicile new-yorkais de Connors. Protégée derrière une grille de sécurité, l'imposante demeure dressait ses quatre étages pardessus les arbres de Central Park pétrifiés par le gel. Vieille d'environ deux siècles, la bâtisse en pierre de taille avait des allures de forteresse au milieu d'un parc paysager parfaitement entretenu. Mais ce fut surtout le calme qui impressionna Eve. Un vrai paradis... quand on a les moyens, songea-t-elle en remettant le contact. Elle avança jusqu'à la grille et se prépara à s'annoncer. Au même instant, le minuscule faisceau laser du système de surveillance clignota et la grille s'ouvrit sans un bruit. A l'évidence, Connors avait programmé son arrivée. A la fois amusée et agacée, Eve avança dans l'allée et s'arrêta au bas d'un magnifique perron de marbre. Aussitôt, un majordome lui ouvrit. Elle n'en avait jamais vu ailleurs que dans de vieux films, mais avec ses cheveux argentés, son regard imperturbable et son costume sombre étriqué, celui-ci ne déçut pas son imagination.

— Veuillez entrer, lieutenant Dallas, dit-il avec un accent mi-britannique, mi-slave. Monsieur vous attend.

Ils traversèrent un immense vestibule qui évoquait davantage un musée que la demeure d'un particulier. Un lustre monumental en forme d'étoile inondait de lumière un parquet de chêne rutilant agrémenté de grands tapis aux motifs rouges et bleu-vert audacieux. Les murs étaient décorés de tableaux qui rappelèrent à Eve une visite scolaire au Metropolitan Museum. Impressionnistes français d'un siècle qu'elle ne situait pas trop, scènes pastorales et teintes pastel de la période revisitée du début du XXIe siècle. Ni hologrammes ni sculptures vivantes. Juste des toiles et de la peinture.

— Puis-je prendre votre veste ?

Revenant à la réalité, Eve crut discerner une vague lueur de dédain dans le regard insondable du majordome. Elle ôta sa veste de cuir d'un mouvement d'épaules et s'amusa à le voir la saisir entre ses doigts manucurés avec une moue dégoûtée. Elle s'était pourtant appliquée à essuyer les taches de sang !

— Par ici, lieutenant Dallas. Si vous ne voyez pas d'inconvénient à attendre dans le petit salon... Monsieur est retenu par un appel transpacifique.

— Aucun problème.

La visite du musée continue, songea Eve en

pénétrant dans la pièce. Dans une grande cheminée de bois sculpté, un feu crépitait sagement. Sur de luxueux tapis d'Orient, deux canapés anciens rouge saphir se faisaient face au centre du salon, flanqués de colonnes d'albâtre où trônaient de magnifiques lampes à pampilles. Leur lumière tamisée donnait à la pièce une atmosphère à la fois chaleureuse et énigmatique qui mettait en valeur les nombreux objets d'art et meubles en bois massif rutilants.

— Désirez-vous un rafraîchissement, lieutenant ?

Eve se retourna vers le majordome qui tenait encore sa veste entre ses doigts comme une serpillière sale.

— Pourquoi pas ? Qu'avez-vous à me proposer, monsieur... ?

— Summerset, lieutenant. Juste Summerset.

— Le lieutenant adore le café, répondit Connors qui venait d'arriver sur le seuil, mais aujourd'hui, je crois que notre invitée préférera goûter le Montcart 49.

— Le 49, monsieur ? s'étonna le majordome avec un battement de paupières horrifié.

— C'est cela même. Merci, Summerset.

— Bien, monsieur.

Les lèvres pincées, Summerset se retira de sa démarche guindée.

— Désolé de vous avoir fait attendre... commença Connors.

Puis il fronça les sourcils et s'avança vers Eve, le regard sombre. Il lui prit le menton.

Eve tenta de se dégager, mais il refusa de la lâcher. Le contact de ses doigts chauds sur sa peau la fit frémir.

— Vous avez un hématome, dit-il d'un ton neutre, tournant son visage d'une main ferme vers la lumière.

— Rien de grave. J'ai été témoin d'un braquage dans un magasin de mon quartier où j'allais acheter une barre de chocolat et je n'ai pas pu m'empêcher de m'interposer, expliqua-t-elle laconiquement avec un haussement d'épaules.

— Ah, et qui l'a emporté ? demanda-t-il en la dévisageant d'un regard scrutateur qui la troubla.

— A votre avis ? répondit-elle avec défi.

Il lui lâcha le menton et fourra sa main dans sa poche parce qu'il mourait d'envie de lui caresser la joue comme pour effacer le bleu qui marquait sa pommette.

— Je crois que vous apprécierez le menu de ce soir.

— Le menu ? Je ne suis pas venue dîner, Connors. Je désire uniquement voir votre collection d'armes.

— L'un n'empêche pas l'autre, répliqua-t-il en se tournant vers Summerset qui apportait un plateau portant une bouteille de vin doré comme les blés mûrs et deux verres en cristal.

— Le 49, monsieur.

— Merci, Summerset. Laissez-nous, je servirai. Je crois que cette cuvée vous convient à merveille, lieutenant, dit-il à Eve en débouchant la bouteille.

Il lui tendit un verre.

— Son léger manque de douceur est largement compensé par son indéniable sensualité, ajouta-t-il en choquant son verre contre le sien dans un tintement de cristal.

Seigneur, quel visage magnifique ! se dit-il en la regardant siroter son vin. Il dut résister à l'envie de la serrer dans ses bras.

— Comment le trouvez-vous ?

— Excellent, répondit Eve qui avait l'impression de goûter de l'or en bouteille.

— Vous m'en voyez ravi. Venez donc vous asseoir devant le feu.

La proposition était tentante et il fallut à Eve une bonne dose de volonté pour la décliner.

— Ce n'est pas une visite de courtoisie, Connors. J'enquête sur un meurtre.

— Dans ce cas, vous pourrez enquêter sur moi tout à loisir pendant le dîner.

Il la prit par le bras et leva un sourcil étonné quand elle se raidit.

— J'imaginais qu'une femme qui se bat pour une barre de chocolat saurait apprécier un filet de bœuf braisé à point.

— Du vrai steak ! ne put-elle s'empêcher de s'exclamer.

— Tout juste arrivé du Montana. Venez, lieutenant, insista-t-il comme elle hésitait encore. Je doute qu'un peu de viande rouge nuise à vos qualités considérables d'enquêteuse.

— Je vous préviens, Connors, je suis insensible à toute tentative de corruption.

— Je n'en attends pas moins de vous.

Avec un sourire triomphant, il l'entraîna dans une luxueuse salle à manger, lambrissée de chêne ciré. Le feu qui crépitait dans la grande cheminée de marbre rose illuminait les verres en cristal et l'argenterie, disposés pour le dîner sur une longue table recouverte d'une nappe damassée immaculée. Une domestique vint leur servir le vin et l'entrée, une marinade de saumon agrémentée de crevettes fraîches et nappée d'une sauce délicate. Devant un tel raffinement, Eve regretta d'être venue en simple pull-over et jean.

— Comment avez-vous fait fortune? demanda-t-elle quand la domestique se fut retirée.

— De diverses façons, répondit évasivement Connors, incapable de la quitter des yeux.

— Citez-m'en au moins une.

— Le désir...

Le mot resta comme suspendu entre eux.

— Peu concluant, objecta Eve, gênée. La plupart des gens ont le désir de devenir riches.

— Peut-être, mais ils n'ont pas assez de combativité, ni le goût du risque.

— Vous, si, dit Eve avec un sourire espiègle.

— Exactement. La pauvreté est... inconfortable. Et j'aime le confort. Mais vous savez, Eve, nous ne sommes pas si différents, ajouta-t-il, tandis que la domestique leur servait une salade de pointes d'asperges fraîches, relevées de délicates herbes aromatiques. Vous vous êtes battue pour devenir policier et vous assumez les risques de votre métier. Moi, je fais de l'argent, vous, la justice. Ni l'un ni l'autre n'est une affaire simple.

Il marqua une pause songeuse.

— Savez-vous ce que Sharon DeBlass désirait ?

La fourchette d'Eve resta en suspens.

— Le pouvoir. Elle avait les moyens de mener une vie plus que confortable, mais ses ambitions ne s'arrêtaient pas là. Son but ultime était d'avoir la mainmise sur ses clients et, par-dessus tout, sur sa famille.

Eve reposa sa fourchette. Dans la lueur dansante du feu, Connors lui parut soudain dangereux. Dangereux par le désir qu'il pouvait inspirer à une femme.

— Voilà une analyse bien catégorique sur une femme que vous connaissiez à peine, fit-elle remarquer en fixant son regard insondable.

— Sharon se lisait comme un livre ouvert. Je n'ai pas mis longtemps à me faire une opinion. Elle n'avait pas votre profondeur, ma chère Eve.

— Il n'est pas question de moi, répondit-elle, embarrassée par le tour que prenait la conversation. Pensez-vous que l'appétit de pouvoir de Sharon aurait pu lui coûter la vie ?

— Théorie intéressante.

La domestique silencieuse apporta deux grandes assiettes de porcelaine contenant un tournedos délicatement braisé, accompagné d'un appétissant gratin de pommes de terre et d'une jardinière de légumes frais.

— En général, un homme très riche tient à

sa fortune et à son standing, poursuivit Eve en entamant sa viande.

— Ah, maintenant nous parlons de moi ! répondit Connors avec une lueur amusée dans les yeux. Voyons… Sharon me menace d'un quelconque chantage et, plutôt que de payer ou de la dédaigner, je la tue. Dans votre théorie, je couche avec elle d'abord ?

— A vous de me le dire, rétorqua Eve du tac au tac.

— C'est un scénario plausible, vu la profession de Sharon…

Il prit le temps de déguster une bouchée de tournedos.

— Mais il y a un petit problème. Je souffre de ce qui pourrait vous paraître une excentricité démodée : j'ai horreur de brutaliser mon prochain et encore moins une femme. Par exemple, j'ai beaucoup de mal à supporter ce bleu sur votre visage délicat.

Prenant Eve au dépourvu, il caressa d'un doigt sa joue meurtrie avec une grande douceur.

— J'aurais estimé encore plus déplaisant de tuer Sharon DeBlass, poursuivit-il en reprenant son couteau. Il m'est parfois arrivé de devoir surmonter ma sensibilité, mais uniquement quand c'était nécessaire. Comment trouvez-vous votre dîner ?

— Excellent, mais revenons à Sharon DeBlass, dit Eve, s'efforçant de ne pas se laisser déstabiliser par l'atmosphère intime et raffinée. Avez-vous d'autres théories à son sujet ?

— Non, pas vraiment. Elle avait le goût du

risque et ne s'embarrassait guère de principes. Pourtant je la trouvais...

Intriguée, Eve se pencha vers lui.

— Vous la trouviez... ?

— Pitoyable, répondit-il avec une conviction sincère. Elle avait quelque chose de triste sous son vernis brillant. Son corps était tout ce qu'elle respectait en elle. Et elle s'en servait pour donner du plaisir comme de la douleur.

— Vous a-t-elle offert son corps ?

— Bien sûr, et elle ne doutait pas que j'allais accepter.

— Et pourquoi avez-vous refusé ?

— Je vous l'ai déjà expliqué. Disons que ce n'est pas mon type de femme et que je préfère mener le jeu.

Il faillit poursuivre, mais se ravisa.

— Désirez-vous un dessert, lieutenant ?

Eve refusa.

— Non, merci. J'aimerais jeter un coup d'œil à votre collection.

— Dans ce cas, nous garderons le dessert et le café pour plus tard, répondit Connors qui se leva et lui tendit la main.

Eve se contenta de le regarder avec un froncement de sourcils. D'un air amusé, Connors l'invita à regagner le vestibule et la précéda dans le grand escalier.

— C'est une grande maison pour un homme seul.

— Vous croyez ? Je trouvais plutôt votre appartement trop exigu pour une femme seule.

Eve se pétrifia en haut de l'escalier. Il se tourna vers elle, le sourire aux lèvres.

— Vous savez que je suis propriétaire de votre immeuble, n'est-ce pas ? Vous avez sûrement vérifié après avoir reçu mon petit cadeau.

— Vous devriez y envoyer un plombier, rétorqua Eve. Je n'arrive pas à avoir de l'eau chaude dans ma douche pendant plus de dix minutes.

— J'en prends bonne note. Etage au-dessus.

Parvenu devant une lourde porte en chêne sculptée, il plaça sa paume sur le scanner à reconnaissance digitale et tapa un code. La porte s'ouvrit automatiquement. Quand ils franchirent le seuil, un capteur alluma les lumières. Le spectacle qu'Eve découvrit la laissa sans voix : une collection impressionnante d'armes à feu, couteaux aux crosses serties de pierres précieuses, épées rutilantes et arbalètes d'un autre âge étaient exposés dans des vitrines ou aux murs. S'y ajoutait un nombre imposant de systèmes de protection, des sinistres et encombrantes armures du Moyen Age aux gilets pare-balles d'une époque plus récente. Si le reste de la maison semblait appartenir à un autre monde, sans doute plus civilisé que celui où Eve vivait, ce musée de l'arme en tout genre évoquait au contraire une véritable célébration de la violence sous toutes ses formes.

— Pourquoi ? fut le seul mot qu'elle put prononcer.

— Je m'intéresse à l'ingéniosité de l'homme pour nuire à son prochain à travers les âges.

Il désigna un boulet hérissé de pointes acérées pendant à une lourde chaîne.

— Imaginez-vous qu'à l'époque du roi Arthur, les chevaliers maniaient ce genre d'arme lors des joutes et des batailles. Il y a plus de mille ans…

Il actionna plusieurs boutons sur un pupitre dissimulé dans un coffre en acajou et sortit d'une vitrine une arme à feu aux lignes pures qui tenait dans la paume de sa main.

— Le jouet favori des gangs lors de la Révolte urbaine au début du XXIe siècle. Une arme moins encombrante, mais tout aussi mortelle. L'évolution sans le progrès, commenta-t-il en la rangeant dans la vitrine.

Il activa à nouveau le système de sécurité.

— Vous vous intéressez à une arme plus ancienne que celle-ci. Vous parliez d'un Smith & Wesson, calibre 38, modèle 10, n'est-ce pas ?

Eve approuva d'un hochement de tête. Quelle pièce horrible ! songea-t-elle, réprimant un frisson. Horrible et pourtant fascinante. Son regard revint sur Connors. Cette atmosphère raffinée de violence contenue lui convenait à merveille.

— Il a dû vous falloir des années pour amasser une collection aussi impressionnante.

— Quinze ans, presque seize, dit-il en s'approchant d'une autre vitrine. J'ai acquis ma première arme à feu à dix-neuf ans, un Baretta 9 mm. Une histoire plutôt mouvementée qui a marqué la naissance de Connors Industries. Je vous la raconterai une prochaine fois. Ah, voilà celle qui vous intéresse !

Il désactiva l'alarme et ouvrit la vitrine.

— J'imagine que vous voulez l'emporter pour relever les empreintes, vérifier si elle a été utilisée récemment, ce genre de choses...

Plongée dans ses réflexions, Eve hocha lentement la tête. Seules quatre personnes savaient que l'arme du crime était restée chez la victime : elle-même, Feeney, le commandant et... l'assassin. Soit Connors était innocent, soit il était très, très intelligent. Ou peut-être les deux à la fois.

Il sortit le pistolet et le glissa dans le sac hermétique que lui tendait Eve.

— Bien entendu, il n'est pas chargé. Mais j'ai des munitions si vous désirez en emporter un échantillon.

— Merci. Je noterai votre coopération dans mon rapport.

— Vraiment, lieutenant ? Et qu'y noterez-vous d'autre ? demanda-t-il avec un sourire en coin.

— Toutes les remarques que je jugerai nécessaires, répondit-elle avec sérieux.

Elle sortit son ordinateur de poche, y entra son code d'identité, la date et la description des objets réquisitionnés.

— Votre reçu, dit-elle quand l'ordinateur eut imprimé les données. Ces objets vous seront restitués dès que possible à moins qu'ils ne soient ajoutés à la liste des pièces à conviction.

— Le salon de musique se trouve dans l'aile voisine. Pourquoi ne pas y prendre le dessert ? proposa-t-il en empochant le papier.

— Je doute que nous ayons les mêmes goûts musicaux.

— Vous seriez surprise de ce que nous partageons, murmura-t-il d'une voix rocailleuse. De ce que nous allons partager...

Connors lui caressa la joue, puis ses doigts glissèrent sur sa nuque. Eve se raidit et voulut ôter sa main. Aussitôt, il lui saisit le poignet. D'une prise, elle aurait pu le plaquer au sol, mais elle n'esquissa pas un geste, seulement consciente de son souffle court et du sang qui lui martelait les tempes.

— Vous êtes courageuse, Eve, murmura-t-il, alors que sa bouche n'était plus qu'à quelques centimètres de la sienne.

Incapable de toute pensée rationnelle, Eve oublia ses réticences et succomba à son charme envoûtant. Leurs lèvres se joignirent en un baiser langoureux. Du bout de la langue, Connors traça le dessin de ses lèvres pleines qui s'entrouvrirent à ce délicieux contact, tandis que ses mains remontaient la courbe de ses hanches et s'insinuaient sous son pull-over. Les caresses sensuelles de ses doigts sur sa peau arrachèrent à Eve un gémissement de désir. Quand il entreprit de pétrir doucement ses seins, elle se cambra davantage encore contre lui et ses doigts fiévreux glissèrent dans son épaisse chevelure. Connors se fit plus pressant. Jamais il n'avait désiré une femme avec autant de fougue. Emporté par le tourbillon tumultueux de ses sens, il mourait d'envie de la posséder là, tout de suite, sur la moquette. Tandis que ses mains fébriles s'aventuraient sur le ceinturon d'Eve, celle-ci se mit soudain à se débattre, comme prise de panique. Avec force, elle se dégagea de son étreinte.

— Il ne faut pas, bredouilla-t-elle en reculant, haletante et pâle comme un linge.

Il fit un pas en avant, mais elle ne broncha pas et secoua la tête avec détermination.

— Je ne peux pas compromettre une enquête parce que j'éprouve une attirance physique envers un suspect.

— Mais, bon Dieu, je ne l'ai pas tuée! s'emporta-t-il d'une voix vibrante de colère et de frustration.

— J'aimerais pouvoir vous croire, mais ce serait trop simple. J'ai des responsabilités. J'ai le devoir de rester objective…

Et j'en suis incapable, conclut-elle avec effarement en son for intérieur. Au même instant, le signal de son portable retentit. Les mains encore tremblantes, elle le sortit de son sac. Un appel du Central. Après une profonde inspiration, elle entra son code d'identité et répondit à la demande de contrôle vocal.

— Lieutenant Eve Dallas. Pas de message audio, uniquement visuel.

Tandis qu'elle lisait le message, Connors ne la quitta pas des yeux. Avec inquiétude, il vit son regard s'assombrir. Quand elle rangea son portable et se tourna vers lui, il ne restait rien de la femme qui vibrait entre ses bras quelques minutes auparavant.

— Je dois y aller, dit-elle avec gravité. Je vous contacterai au sujet de vos biens.

— Vous vous glissez dans votre peau de policier avec une facilité déconcertante, murmura-t-il. Et cela vous va parfaitement.

— Encore heureux, bougonna Eve. Inutile de m'accompagner. Je trouverai le chemin.

— Eve...

Elle se retourna sur le seuil et contempla la silhouette en noir entourée par des siècles de violence. Elle ne put s'empêcher de tressaillir.

— Nous nous reverrons, n'est-ce pas ? demanda Connors.

— Vous pouvez y compter... Pour les besoins de l'enquête.

Il la laissa partir, sachant que Summerset surgirait de nulle part pour lui rendre sa veste et la raccompagner. Une fois seul, il sortit de sa poche le bouton de tissu gris qu'il avait trouvé sur le sol de sa limousine. Ce bouton tombé de la veste du tailleur gris souris qu'elle portait à leur première rencontre. Il le tourna entre ses doigts avec tendresse. Malgré l'impression de ridicule que lui inspirait son attitude, il n'avait aucune intention de le rendre à Eve.

6

Une jeune recrue montait la garde devant l'appartement de Lola Starr. Eve l'avait tout de suite cataloguée à son allure de gamin, son uniforme flambant neuf et son teint légèrement verdâtre. Après quelques mois de service dans ce quartier, un policier cessait de vomir à la vue d'un cadavre. A peine était-elle sortie de l'ascenseur qu'il l'avait prise en joue avec son laser d'une main tremblante, prêt à lui décocher une salve paralysante.

— Lieutenant Dallas, dit-elle en se hâtant d'exhiber son insigne. Quelle est la situation ?

— Le propriétaire a hélé ma voiture de patrouille et m'a dit qu'il y avait une morte dans l'appartement... expliqua-t-il avec des yeux affolés.

— Etait-ce le cas, agent... Prosky ? demanda-t-elle après un coup d'œil à l'insigne épinglé sur la poche de poitrine du policier.

L'agent Prosky déglutit avec difficulté.

— Oui, lieutenant.

— Comment avez-vous déterminé le décès ? En établissant l'absence de pouls ?

— Non, lieutenant, répondit le policier qui s'empourpra. Confirmation visuelle. J'ai suivi la procédure et alerté aussitôt le quartier général.

— Le propriétaire est-il entré dans l'appartement ?

— Il dit que non, lieutenant. A la suite d'une plainte d'un client de la victime qui avait rendez-vous à vingt et une heures, il est allé jeter un coup d'œil. Il a ouvert la porte et l'a vue... Il n'y a qu'une pièce, lieutenant Dallas. Pris de panique, il a arrêté ma voiture et je l'ai aussitôt accompagné.

— Avez-vous quitté votre poste ? Même brièvement ?

— Non, lieutenant. Quoique... si. Mais pas plus d'une minute. C'est ma première intervention, lieutenant. J'ai eu un peu de mal à tenir le choc.

— Prévenez l'équipe médico-légale et les spécialistes de la criminelle, ordonna-t-elle en pulvérisant ses mains et ses bottes.

Elle fixa son enregistreur sur sa chemise.

— Où se trouve le propriétaire ?

— Bâtiment 1-A.

— Dites-lui de ne pas bouger. J'irai prendre sa déposition quand j'en aurai fini ici, dit-elle en ouvrant la porte de l'appartement.

A la vue du cadavre désarticulé et des peluches éclaboussées de sang, Eve ne flancha pas mais son cœur se serra. Et une indicible colère l'envahit quand elle aperçut l'arme ancienne nichée entre les pattes d'un ours en peluche.

— Ce n'était qu'une enfant, dit-elle à Feeney, pâle de fatigue et les mains tremblantes à cause de la caféine de synthèse des nombreux cafés qu'elle avait ingurgités.

Il était sept heures du matin. Eve n'était pas rentrée chez elle. Elle avait dormi une heure dans son bureau, puis avait consulté les banques de données du centre de documentation international sur les activités criminelles (CDIAC). Pour l'instant, ses recherches n'avaient rien donné.

— C'était une professionnelle, objecta Feeney.

— Tu parles, sa licence avait à peine trois mois.

— Ce n'est pas moi qui vais t'apprendre la législation sur le sexe, Dallas.

— Non, mais ça me révolte ! Regarde cette photo. Avec ses airs de gamine, on l'imagine davantage pom-pom girl que prostituée. Il y avait des poupées et des animaux en peluche sur son lit. Celui qui l'a tuée est vraiment une ordure.

— Calme-toi, Dallas, ça ne sert à rien.

Eve prit sur elle pour retrouver son sang-froid.

— Le rapport d'autopsie devrait arriver ce matin, poursuivit-elle d'une voix professionnelle, mais je situerais la mort vingt-quatre heures minimum avant la découverte du corps. As-tu identifié l'arme ?

— Un Sig 210, la Rolls Royce des armes à feu, environ 1980, importation suisse. Muni d'un de ces vieux modèles de silencieux efficaces pour seulement deux ou trois coups. L'appartement de la victime n'était pas insonorisé comme celui de Sharon DeBlass.

— Et il n'a pas prévenu le Central. Il tenait à assurer ses arrières.

D'un air songeur, Eve prit entre ses doigts le carré de papier sous scellés qui se trouvait sur son bureau.

— « Six moins deux », lut-elle. Un crime par semaine... Il ne nous laisse pas beaucoup de temps.

— D'après son agenda électronique, elle avait un nouveau client avant-hier soir à vingt heures. Si tes conclusions s'avèrent exactes, c'est notre homme.

Feeney esquissa un vague sourire.

— Il s'est présenté sous le nom de John Smith.

— C'est encore plus vieux que l'arme du crime, soupira Eve en se frottant le visage à deux mains. Le CDIAC ne trouvera jamais rien sur lui. Nous avons affaire à une sorte de voyageur temporel, Feeney. Les armes, la violence, les messages rédigés à la main... Ce sont des crimes du XXe siècle. Notre assassin est sans doute un genre d'historien ou de nostalgique.

— Il y a des nostalgiques partout, Dallas.

C'est bien pour cela que la planète grouille de parcs à thèmes.

— Nous devons nous efforcer de raisonner comme lui, poursuivit Eve. Pourquoi commet-il ses crimes ?

— Il n'aime pas les prostituées.

— Trop vague. Depuis Jack l'Eventreur, elles ont toujours été une proie facile. C'est un métier à risques et, malgré toutes les précautions, il y a toujours des clients qui s'en prennent aux prostituées.

— Aujourd'hui, c'est quand même plutôt rare, objecta Feeney. De temps à autre, une soirée sado-maso qui dérape, mais la plupart des prostituées sont moins exposées que les enseignants.

— La situation a évolué, c'est vrai. On ne tue plus avec des armes à feu ; trop cher, trop difficile à se procurer. Et avec les réglementations, le commerce du sexe a perdu la forte connotation d'interdit qu'il avait autrefois. Il n'en demeure pas moins que le crime existe encore. Continue de creuser, Feeney. J'ai un appel urgent à passer.

— Tu as plutôt besoin de sommeil, fillette, fit remarquer Feeney en quittant le bureau.

— Ça attendra, marmonna Eve.

S'armant de courage, elle se tourna vers son vidéocom. Il était temps de prévenir les parents de la victime.

Quand Eve pénétra dans le hall somptueux du siège social de Connors au cœur de Manhattan, elle n'avait pas dormi depuis plus de trente-deux heures. Après avoir laissé deux parents choqués et éplorés à l'annonce du décès de leur fille, elle avait poursuivi ses recherches à l'ordinateur jusqu'à ce que l'écran se brouille devant ses yeux. L'interrogatoire du propriétaire, qui n'avait cessé de geindre, n'avait rien donné de tangible.

Connors Industries New York correspondaient à l'image qu'Eve s'en était faite : cerné par un réseau de tubes de communication et de voies aériennes, le gratte-ciel de cent cinquante étages, noir et luisant comme l'ébène, lançait ses lignes épurées vers le ciel de Manhattan. A l'intérieur, le hall dallé de marbre blanc occupait tout un bloc de la Cinquième Avenue. Des ascenseurs transparents montaient et descendaient sans interruption, transportant avec zèle un flot incessant de passagers. Des petites navettes zigzaguaient silencieusement en tous sens, tandis que des voix désincarnées sorties de nulle part guidaient les visiteurs. Eve se rendit devant un ordinateur.

— Connors, se contenta-t-elle de dire, agacée que son nom ne figure même pas sur le répertoire affiché à l'écran.

— Désolé, je ne suis pas autorisé à fournir cette information, répondit l'ordinateur d'une voix affectée censée être apaisante, mais qui tapa sur ses nerfs déjà éprouvés.

— Connors ! insista-t-elle, brandissant son

insigne devant le scanner de l'ordinateur récalcitrant.

Celui-ci se mit à ronronner. Au bout d'une minute qui parut interminable à Eve, l'écran s'alluma à nouveau.

— Rendez-vous à l'aile est, lieutenant Dallas. Vous êtes attendue.

Elle emprunta un long couloir et traversa un patio de marbre décoré d'une profusion de lys odoriférants et d'un blanc immaculé. Une jeune femme tirée à quatre épingles, dans un tailleur cintré rouge vermillon et arborant une chevelure sophistiquée de la blancheur des lys, vint à sa rencontre, un sourire froid aux lèvres.

— Lieutenant, veuillez me suivre, je vous en prie.

La secrétaire glissa une carte de sécurité dans la fente d'un ordinateur de contrôle dissimulé dans une cloison, puis appliqua sa main contre une plaque de verre noir. La cloison se déroba, révélant un ascenseur privé. Eve y entra à sa suite et ne s'étonna pas de voir son escorte appuyer sur la touche du dernier étage. Elle savait avec certitude que seul le sommet pourrait satisfaire Connors.

Les portes de l'ascenseur s'ouvrirent en silence sur un espace d'accueil aux allures de serre tropicale : ficus et palmiers luxuriants côtoyaient des massifs de superbes orchidées d'un rose délicat mêlé de pourpre éclatant. Eve suivit la secrétaire dans un couloir entièrement en verre transparent : d'un coup d'œil elle embrassait tout Manhattan du regard ! Elles parvinrent devant une magnifique porte en chêne ouvragé.

— Le lieutenant Dallas, monsieur, annonça-t-elle dans un interphone invisible.

— Faites-la entrer, Caro. Merci.

La secrétaire pressa à nouveau sa paume contre un ident-écran digital et le panneau coulissa sans un bruit, révélant un bureau spacieux et luxueux qui s'ouvrait sur la ville par d'immenses baies vitrées occupant trois côtés. Sur le mur du fond s'étendait un gigantesque écran d'ambiance pour l'instant éteint. Au passage, Eve remarqua un fauteuil de relaxation en cuir capitonné équipé d'un système de réalité virtuelle. Par sa sobriété et son élégance, la pièce évoquait davantage un salon d'hôtel de luxe. Connors était assis derrière un long bureau en bois d'ébène luisant.

— Lieutenant Dallas, dit-il en se levant. C'est un plaisir. Comme toujours.

— Vous allez peut-être changer d'avis.

Connors leva un sourcil étonné.

— Approchez donc, nous verrons bien. Une tasse de café ?

— N'essayez pas de me distraire, Connors, répondit Eve en s'avançant.

— Désirez-vous faire le tour du propriétaire ?

— Non. Comment pouvez-vous travailler au milieu de tout ce… vide ? demanda-t-elle, désignant d'un geste large l'impressionnante vue panoramique sur Manhattan.

— Je n'aime pas me sentir cloîtré. Asseyez-vous, je vous en prie.

— Je préfère rester debout. J'ai quelques questions à vous poser. Vous êtes autorisé à vous faire assister par un avocat.

— Suis-je en état d'arrestation ?

— Pas pour l'instant.

— Alors les avocats peuvent attendre. Allez-y, je vous écoute.

— Pouvez-vous justifier votre emploi du temps d'avant-hier soir, entre vingt et vingt-deux heures ?

— J'ai travaillé assez tard à mon bureau. Jusqu'à vingt heures passées, je dirais.

D'un geste assuré, il consulta l'agenda électronique posé sur son bureau.

— J'ai éteint mon écran à vingt heures dix-sept. Puis je suis rentré chez moi.

— Est-ce votre chauffeur qui vous a conduit ?

— Non, il était tard et j'ai utilisé mon véhicule personnel. Je n'ai pas l'habitude d'imposer mes caprices à mes employés.

— Drôlement démocratique de votre part, fit remarquer Eve.

Et drôlement embêtant, songea-t-elle en son for intérieur, regrettant malgré elle qu'il n'ait pas d'alibi.

— Et ensuite ?

— Je me suis servi un cognac, j'ai pris une douche et me suis changé. J'allais dîner chez une amie.

— A quelle heure et avec quelle amie ?

— J'ai dû arriver vers vingt-deux heures, il me semble. J'étais invité chez Madeline Montmart.

Eve eut la vision fugitive d'une blonde aux courbes voluptueuses, à la bouche sensuelle et aux yeux verts en amande.

— Madeline Montmart, l'actrice ?

— Exactement, et nous avons mangé du pigeonneau farci aux herbes, si cela peut aider votre enquête, ajouta-t-il avec un pétillement amusé dans les yeux.

Eve ignora le sarcasme.

— Donc personne ne peut confirmer votre emploi du temps entre vingt heures dix-sept et vingt-deux heures ?

— Un de mes employés m'aura peut-être vu, mais comme je les rétribue généreusement, ils raconteraient sans doute ce que je leur demanderais de dire. Il y a eu un autre meurtre, n'est-ce pas ? demanda-t-il avec une soudaine gravité.

— Lola Starr, compagne accréditée. Possédez-vous un silencieux ?

— Plusieurs, répondit-il sans se troubler. Vous avez l'air épuisée, Eve. Auriez-vous passé une nuit blanche ?

— Ce sont les aléas du métier. Possédez-vous un SIG 210 de fabrication suisse, datant des années 80 ?

— J'en ai acheté un il y a six semaines. Asseyez-vous, Eve.

— Connaissiez-vous Lola Starr ? poursuivit-elle sans bouger d'un pouce.

Elle sortit de son porte-documents un portrait de Lola trouvé dans son appartement. La jeune fille séduisante aux allures de lutin impertinent souriait à l'objectif. Eve tendit la photo à

Connors. Quand il l'examina, une lueur de tristesse teintée de pitié passa dans son regard.

— Cette gamine n'avait pas l'âge d'être accréditée.

— Elle avait posé sa candidature le jour de ses dix-huit ans.

— La malheureuse n'aura même pas eu le temps de changer d'avis, dit Connors avec compassion. Non, je ne la connaissais pas. Comme je vous l'ai dit, je n'ai pas l'habitude de faire appel à des prostituées... encore moins à des adolescentes. Asseyez-vous, insista-t-il en lui rendant la photo.

Eve resta obstinément debout.

— Bon sang, vous allez vous asseoir, oui ou non ?

Il la prit par les épaules et la poussa dans un fauteuil. Le porte-documents d'Eve se renversa et une série de clichés de Lola pris sur le lieu du crime s'en échappa. Connors s'agenouilla et ramassa une photo qui n'avait plus rien à voir avec le charme impertinent de la jeune fille.

— Seigneur, vous me croyez capable d'une boucherie aussi révoltante ? Comment arrivez-vous à dormir après avoir vu une telle horreur ?

A cette question, Eve ne put s'empêcher de tressaillir. S'efforçant de dissimuler son trouble, elle s'empressa de rassembler les clichés.

— En sachant que je finirai par coincer l'ordure qui l'a tuée. Laissez-moi passer.

Connors se leva. Il la prit par le bras et la força à le regarder.

— Il va recommencer et cela vous ronge de

savoir où et quand. C'est pour cela que vous êtes à cran.

— Epargnez-moi vos analyses. Au Central, nous avons des psys dont c'est le métier.

— Alors, pourquoi essayez-vous toujours d'échapper aux tests ?

Eve fronça les sourcils.

— J'ai des relations, lieutenant...

— Mêlez-vous de vos affaires et allez au diable avec vos relations !

— De quoi avez-vous peur, Eve ? Redoutez-vous ce que les psys découvriraient dans votre tête ? Ou dans votre cœur ?

— Je n'ai peur de rien ! protesta-t-elle en libérant son bras d'un geste brusque.

Connors posa la main sur sa joue. Prise au dépourvu, Eve sentit un frisson la parcourir.

— Laissez-moi vous aider, poursuivit-il d'une voix douce.

— Je... C'est inutile, bredouilla-t-elle, profondément troublée. Vous pourrez récupérer votre revolver dès demain neuf heures.

Elle tourna les talons et se dirigea vers la sortie, les yeux rivés sur la porte.

— J'aimerais vous inviter à dîner chez moi ce soir.

— Non.

Malgré son envie de la rattraper, Connors ne bougea pas.

— Je peux vous aider dans votre enquête.

Eve s'arrêta sur le seuil et lui lança un regard irrité teinté de suspicion.

— Ah oui ? Et comment ?

— Il ne faut pas être un génie pour comprendre que vous cherchez à établir un lien entre Sharon et cette Lola Starr. J'ai des relations que Sharon connaissait. Je vais me renseigner.

— Une information de la part d'un suspect ne pèse pas lourd dans une enquête, mais tenez-moi quand même au courant.

— D'accord, lieutenant. Dans l'intervalle, essayez donc de dormir un peu, plaisanta-t-il avec un sourire complice et au fond des yeux une indéniable lueur de désir qui troubla Eve au plus haut point.

Dès qu'elle eut refermé la porte, le sourire s'évanouit du visage de Connors. Il réfléchit longtemps, puis connecta sa ligne privée sur son portable. Il ne tenait pas à ce que cet appel figure sur ses relevés téléphoniques.

7

Eve s'apprêtait à s'annoncer quand la porte s'ouvrit. Charles Monroe apparut sur le seuil, vêtu d'un élégant smoking noir sous un long manteau de cachemire crème négligemment jeté sur ses épaules.

— Lieutenant Dallas, quel plaisir de vous revoir ! dit-il avec un regard appréciateur qui en disait long. Et quel dommage que je sois obligé de partir !

— Je ne vous retiendrai pas longtemps, monsieur Monroe, répondit Eve en entrant dans l'appartement. J'ai juste quelques questions à vous poser, ici ou au Central en présence de votre avocat.

Charles Monroe referma la porte derrière lui avec un soupir.

— Allons-y pour ici.

— Vous rappelez-vous votre emploi du temps d'avant-hier soir entre vingt et vingt-deux heures ?

Les sourcils froncés, il consulta son agenda électronique.

— Avant-hier soir ? Ah oui, je suis passé chercher une cliente à dix-neuf heures trente pour une représentation au Grand Théâtre à vingt heures. Une reprise d'Ibsen... Déprimant. Après la pièce, nous avons dîné chez moi. Elle est restée jusqu'à trois heures du matin. Suis-je disculpé, lieutenant ? demanda-t-il avec un sourire confiant.

— Si votre cliente le confirme...

Le sourire se mua en grimace.

— Décidément, lieutenant, c'est de l'acharnement.

— Un assassin s'acharne sur votre profession, monsieur Monroe, rétorqua-t-elle du tac au tac. Nom et coordonnées de votre cliente, s'il vous plaît ?

De mauvaise grâce, il finit par céder.

— Connaissez-vous une certaine Lola Starr ? poursuivit Eve, ignorant la mine lugubre de Charles Monroe.

— Lola Starr... ? Non, ça ne me dit rien. Pourquoi ?

— Vous l'apprendrez par les médias demain matin, répondit-elle en ouvrant la porte. Jusqu'à présent, les victimes étaient des femmes, monsieur Monroe. Mais à votre place, j'éviterais de prendre de nouveaux clients.

Harcelée par une violente migraine qui lui martelait les tempes, Eve se dirigea vers l'ascenseur. Dans le couloir, son regard fut irrésistiblement attiré par la porte de Sharon DeBlass, sous scellés électroniques. Rentre, tu as besoin de dormir, se réprimanda-t-elle. Mais déjà elle composait le code de déverrouillage. Les scellés se déconnectèrent et elle poussa la porte de l'appartement silencieux.

Dans la chambre, seule une tache de sang qui avait traversé les draps de satin au milieu du lit rappelait encore le drame. L'appartement tout entier avait été passé au peigne fin. Tout était terminé. Eve se dirigea pourtant vers le dressing. Espérant un déclic ou une intuition, elle recommença une fouille méthodique. Qui allait réclamer tous ces vêtements ? songea-t-elle en passant en revue les dizaines de jupes, robes, pantalons, pull-overs et manteaux qui composaient la luxueuse garde-robe de Sharon DeBlass. Sa mère, sans doute. Alors pourquoi n'en avait-elle pas fait la demande au Central ? A méditer, se dit-elle en passant aux chaussures, rangées dans des boîtes en acrylique. Soixante paires… Une femme n'a que deux pieds, songea-t-elle avec un gloussement narquois en plongeant une main au fond d'une botte. Lola n'en possédait pas autant : deux paires de chaussures aux talons ridiculement hauts, une paire de sandalettes à boucles et des tennis à semelles pneumatiques, le tout fourré en désordre dans son minuscule placard. Sharon, elle, était d'une maniaquerie presque maladive avec…

Soudain, Eve se pétrifia. Un détail clochait. Lors de sa première fouille, chaque espace du dressing était impitoyablement utilisé. Et maintenant, il y avait presque un mètre de vide sur les étagères à chaussures. Des rangées de huit boîtes sur six en hauteur... Ce n'était pas ainsi qu'elle les avait trouvées la dernière fois. Elle se souvenait parfaitement de quatre rangées de douze boîtes ! Une si petite erreur, se dit Eve avec un sourire triomphant. Mais elle en amènerait forcément une deuxième...

— Voudriez-vous répéter, lieutenant ?

— Il a mal rangé les boîtes à chaussures, commandant ! hurla Eve au volant de sa voiture pour couvrir le vacarme de la circulation. Je sais comment le dressing était rangé. Il est revenu. Et ce n'est pas tout. Sharon DeBlass gardait ses bijoux dans un tiroir à compartiments. Les bagues dans un, les colliers dans un autre, enfin vous voyez... Eh bien, quand j'ai jeté un coup d'œil, plusieurs chaînes étaient emmêlées. Il devait chercher quelque chose... Quelque chose qui nous a échappé.

— J'imagine qu'une deuxième fouille en règle s'impose.

— Oui, et j'aimerais que Feeney épluche à nouveau les fichiers de la victime. Il y a sûrement un indice quelque part. Sinon, le meurtrier n'aurait jamais pris le risque de revenir sur le lieu de son crime.

Espérant éviter les embouteillages de l'avenue, Eve bifurqua vers l'ouest dans une rue adjacente et se retrouva coincée derrière un microbus cahotant.

— Le chef ne va pas apprécier du tout, lieutenant, répondit le commandant Whitney d'un ton embarrassé. Et après tout, au diable le chef, reprit-il, se rappelant qu'il utilisait sa ligne privée. Autorisation accordée.

Six moins deux, songea Eve en raccrochant. La vie de quatre personnes était entre ses mains. Elle réprima un frisson qui n'était pas seulement imputable à son chauffage défectueux.

La mine soucieuse, Eve traversa le garage souterrain de son immeuble et monta dans l'ascenseur. Feeney n'allait pas être très heureux de devoir vérifier une semaine de surveillance du Gorham Complex. Je le lui demanderai personnellement, se promit-elle en ouvrant sa porte.

Aussitôt, elle dégaina son arme, tous ses sens en alerte. Son instinct lui soufflait qu'elle n'était pas seule dans l'appartement silencieux. Plissant les yeux pour s'habituer à la pénombre, elle avança, l'arme au poing, bien décidée à explorer chaque recoin. Soudain, elle perçut un mouvement furtif dans le salon. Tous les muscles de son corps se tendirent et son doigt se crispa sur la détente.

— Excellents réflexes, lieutenant, dit Connors qui se leva du fauteuil d'où il la surveillait et activa l'éclairage d'un claquement de doigts. Si excellents que je n'ai pas redouté une seconde de goûter à votre laser.

Il n'était pas passé loin, songea Eve. Une

bonne décharge paralysante aurait effacé ce sourire suffisant de son visage d'ange. Mais toute utilisation d'une arme signifiait une montagne de paperasse qu'elle n'était pas prête à remplir pour une simple revanche.

— Que fichez-vous donc chez moi ? s'offusqua-t-elle, bouillonnant de colère.

— Je vous attendais, répondit-il avec son insupportable flegme.

Il tourna les paumes vers elle, une lueur de défi amusé au fond des yeux.

— Je ne suis pas armé. Si vous ne me croyez pas, venez donc vérifier. Ce sera avec un immense plaisir.

A contrecœur, Eve rengaina lentement son arme.

— Je ne vous demande même pas comment vous êtes entré, dit-elle, le regard noir. Vous possédez ce complexe. Ceci explique cela. Ma seule question est : Pourquoi ?

— Après votre visite à mon bureau, j'ai beaucoup pensé à vous. Sur le plan professionnel et... personnel, répondit-il avec un regard enjôleur.

— Pourquoi ? répéta-t-elle, les mâchoires crispées par la colère.

— J'ai passé quelques appels pour votre enquête.

Il s'approcha d'elle et lui caressa tendrement la joue. Au passage, son pouce taquina la petite fossette de son menton.

— Et puis, j'étais préoccupé par cette fatigue dans vos yeux.

Eve dégagea son menton d'un mouvement brusque.

— Quels appels ?

En guise de réponse, Connors se contenta de sourire et s'avança vers le vidéocom du salon.

— Vous permettez ? demanda-t-il en composant un numéro. Oui, Connors à l'appareil. Vous pouvez monter le repas.

Puis il se tourna à nouveau vers elle.

— Vous n'avez rien contre les pâtes italiennes, j'espère ?

— En principe, non. Mais j'ai horreur d'être manipulée.

— Une autre qualité que j'apprécie chez vous...

Il s'assit dans le canapé et, ignorant sa mine renfrognée, sortit une cigarette de son étui en or.

— Mais vous êtes beaucoup trop stressée, Eve. Rien de tel qu'un bon repas pour se détendre.

— Pour qui vous prenez-vous avec vos conseils ? s'emporta-t-elle, exaspérée par son aplomb. Et puis, je ne vous ai pas autorisé à fumer chez moi !

Impassible, il alluma sa cigarette et contempla Eve à travers les volutes de fumée bleutée.

— Si vous passez l'éponge sur l'effraction, vous n'allez pas m'arrêter parce que je fume. Ah oui, au fait, j'ai mis une bouteille de bourgogne à chambrer dans la cuisine. Vous m'en direz des nouvelles. C'est un excellent millésime.

— Connors, votre arrogance commence à me... Bon sang!

Assaillie par un terrible pressentiment, Eve se précipita à son ordinateur.

— Si j'étais venu fureter dans vos fichiers, je ne vous aurais pas attendue, lâcha-t-il d'un ton agacé.

— Ça, je m'en doute! Vous en êtes tout à fait capable! rétorqua-t-elle en initialisant l'ordinateur avec fébrilité.

La commande de verrouillage était intacte. A cet instant, elle aperçut un petit paquet posé près de son écran.

— Qu'est-ce que ce truc fait sur mon bureau?

— Il a dû être glissé sous la porte, répondit Connors en tirant une bouffée de sa cigarette. Je me suis permis de le ramasser.

Eve savait parfaitement ce que renfermait le petit paquet carré et plat: la disquette du meurtre de Lola Starr... Devant son regard sombre, Connors se leva avec inquiétude.

— Que se passe-t-il, Eve? s'enquit-il d'une voix douce.

— Affaire professionnelle. Excusez-moi.

Elle disparut dans sa chambre et actionna le système de sécurité de la porte.

L'air maussade, Connors se rendit dans la cuisine, sortit deux verres d'un placard et y versa du bourgogne. Elle mène une vie simple, songea-t-il. Très peu de bric-à-brac, pas de souvenirs ou photos, aucun pense-bête... Avant qu'Eve n'arrive, il avait été tenté de s'aventurer dans sa chambre, mais avait su résister à la tentation. Connors éteignit sa cigarette et sirota son vin avec un plaisir non dissimulé. Décidément, l'énigme Eve Dallas s'avérait des plus passionnantes à résoudre...

Quand Eve ressortit de sa chambre, une vingtaine de minutes plus tard, un maître d'hôtel vêtu de blanc finissait de dresser le couvert sur une petite table près de la fenêtre. Le fumet délicieux qui montait des assiettes ne parvint cependant pas à réveiller son appétit. Sa migraine la taraudait à nouveau et elle avait oublié de prendre ses médicaments. Le maître d'hôtel se retira.

— Je suis désolé, dit Connors, préoccupé par sa pâleur et son regard sombre.

— Pourquoi ?

— De vous voir aussi tracassée, répondit-il en s'avançant vers elle.

Eve secoua vigoureusement la tête.

— Allez-vous-en, Connors !

— Ce serait trop facile.

Il l'enlaça et la sentit se raidir entre ses bras.

— Donnez-vous le temps de souffler, Eve, lui murmura-t-il d'une voix caressante et persuasive. Laissez-vous aller, confiez-vous à moi.

Eve secoua à nouveau la tête, cette fois avec une grande lassitude.

— Vous ne voulez rien me dire ?

— Non.

— A quelqu'un d'autre alors ?

— Il n'y a personne d'autre.

Elle s'arracha à son étreinte.

— Ce n'est pas ce que vous pensez... commença-t-elle, craignant que ses paroles ne soient mal interprétées.

— Je sais, répondit Connors avec un sourire désabusé. Il n'y aura personne d'autre pour nous deux pendant quelque temps.

— Décidément, vous avez un aplomb incroyable. Comme si tout vous était acquis !

— Vous êtes une femme complexe, Eve. Très complexe. Mais votre repas est en train de refroidir.

Trop épuisée pour protester, Eve s'assit et prit sa fourchette.

— Qui gère vos systèmes de surveillance ? demanda-t-elle à brûle-pourpoint.

— J'utilise les services de Lorimar, répondit-il en levant son verre. Comme je possède l'entreprise, c'est plus simple.

— Logique. Et j'imagine que vous vous y connaissez en vidéosurveillance.

— Je dirais que je m'intéresse depuis longtemps à la question. C'est d'ailleurs pourquoi j'ai acheté Lorimar. Ecoutez, Eve, poursuivit-il d'un ton grave, voyant qu'elle ne touchait pas à ses spaghettis au pesto, je suis tenté de tout vous avouer, juste pour effacer cet air malheureux et vous voir manger avec le même appétit que la dernière fois. Mais quels que soient mes crimes, et ils sont sûrement légion, le meurtre n'en fait pas partie.

Eve se força à manger.

— Qu'entendiez-vous tout à l'heure par « complexe » ?

— Vous analysez tout avec une grande circonspection et soupesez toujours le pour et le contre. Vous n'êtes pas du genre à agir sur un coup de tête, et pourtant je suis persuadé que vous pourriez vous laisser séduire si les circonstances s'y prêtaient.

Eve leva vers lui un regard outré.

— Est-ce là votre but, Connors ? Me séduire ?

— Bien sûr, répliqua-t-il sans se troubler. Et j'arriverai à mes fins, mais malheureusement pas ce soir. Pour l'instant, vous ne pensez qu'à votre meurtrier et vous vous accablez de reproches. Je suis prêt à vous aider, Eve.

— Je ne m'accable pas de reproches, protesta-t-elle sans grande conviction.

A nouveau, les images terribles surgirent dans son esprit. Toute cette mort, tout ce sang… Quel terrible gâchis !

— Maintenant ils sont tous morts, dit-elle avec une profonde amertume. J'aurais sûrement dû pouvoir empêcher cela.

— Pour empêcher un meurtre avant qu'il ne survienne, il faut être dans la tête de l'assassin, objecta-t-il avec douceur. Qui pourrait vivre ainsi ?

— Moi ! lança-t-elle avec force.

Et c'était la pure vérité. Elle pouvait tout supporter, sauf l'échec.

— « Servir et protéger », ce n'est pas une simple devise, c'est une promesse. Si je ne peux pas la tenir, je ne suis rien. Et je n'ai réussi à protéger aucun d'entre eux. Je suis seulement capable de servir des morts !

Réprimant un sanglot, Eve s'effondra sur le canapé.

— Mon Dieu, parvint-elle à articuler. Mon Dieu, mon Dieu...

Connors s'agenouilla devant elle avec une compassion sincère. Il mourait d'envie de la serrer contre lui, mais il se contenta de lui prendre les bras.

— L'image de cette fillette m'obsède, avoua Eve après un profond soupir. Je la vois chaque fois que je ferme les yeux ou quand je cesse de me concentrer sur mon travail.

— Et dès le lendemain, vous étiez plongée jusqu'au cou dans une nouvelle affaire de meurtre.

— Mes tests ont été repoussés, lui apprit-elle avec un haussement d'épaules. Les psys s'imaginent que c'est l'élimination physique qui provoque le choc. J'arrive à le leur faire croire, mais ce n'est pas la vérité. En fait, ajouta-t-elle en le regardant droit dans les yeux, je voulais qu'il meure. Peut-être même en avais-je besoin. Quand j'ai regardé cette ordure agoniser, je me suis dit : En voilà un qui ne recommencera pas avec un autre enfant. Et j'ai éprouvé une immense satisfaction d'avoir mis fin à ses exactions.

— Et vous pensez que ce comportement est anormal, n'est-ce pas ?

— Je sais qu'il l'est. Dès qu'un policier prend du plaisir dans une élimination physique, il franchit la limite.

Connors posa une main sur la sienne.

— Vous savez, dit-il, ignorant son froncement de sourcils réprobateur, j'ai toujours éprouvé une certaine aversion pour la police. Et je suis très troublé d'avoir rencontré un de ses membres qu'à la fois je respecte et qui m'attire.

Dissimulant son agitation derrière une mine renfrognée, Eve ne retira cependant pas sa main.

— Drôle de compliment.

— Drôle de relation, répliqua-t-il en se levant. Et maintenant, vous devez vous reposer. Vous réchaufferez votre dîner quand vous aurez retrouvé l'appétit.

Eve le raccompagna jusqu'à la porte.

— Merci pour le repas. Mais à l'avenir je vous prierais d'attendre que je sois rentrée avant de vous introduire chez moi.

— Il y a du progrès, murmura-t-il sur le seuil avec une esquisse de sourire. Vous acceptez au moins l'idée d'une prochaine fois.

Sur ces mots, il porta sa main à ses lèvres et y déposa un baiser délicat qui mit Eve très mal à l'aise.

— A la prochaine fois alors, ajouta-t-il, amusé de la gêne mêlée de stupéfaction qui se lisait sur son visage.

Puis il referma la porte et s'éloigna dans le couloir. Avec une moue boudeuse, Eve s'essuya la main sur son jean et se dirigea dans sa chambre. Elle s'apprêtait à sombrer dans un sommeil réparateur quand elle se rappela soudain que Connors ne lui avait rien dit de ses mystérieux appels.

8

— Alors, quelles sont tes conclusions ? demanda Eve à Feeney après le visionnage des deux meurtres.

— Les disquettes ont été enregistrées à partir d'une MicroCam Trident, modèle 5000, disponible depuis seulement six mois. Un modèle très onéreux mais qui s'est très bien vendu à Noël. Plus de dix mille exemplaires, sans parler du marché noir. Devine un peu qui possède Trident.

— Au hasard, Connors Industries.

— En plein dans le mille. A mon avis, il y a de fortes chances que le P.-D.G. en possède une lui-même.

— En tout cas, il y aurait certainement accès, répondit Eve qui griffonna quelques notes, refoulant le souvenir des lèvres chaudes de Connors sur sa main. Un assassin qui utilise du matériel de luxe dont il est le fabricant… Arrogance ou stupidité ?

— La stupidité n'est pas le genre de notre homme.

— Non. Et l'arme ?

— J'en ai répertorié environ deux mille à New York dans des collections privées, expliqua Feeney en grignotant une noix de cajou. Plus trois mille dans la périphérie. Sans compter toutes celles qui ne sont pas déclarées. Pour les silencieux, la déclaration n'est pas obligatoire.

Il s'adossa à son fauteuil et tapota son écran.

— Quant à la première disquette, j'ai décelé plusieurs zones d'ombre. Je suis sûr qu'il a enregistré autre chose que le meurtre. Mais je n'ai pas réussi à en apprendre plus. Celui qui a filmé connaît toutes les astuces ou bien a accès à un équipement très sophistiqué.

— Et l'équipe de recherche ?

Feeney consulta sa montre.

— A cette heure-ci, elle doit déjà être à pied d'œuvre dans l'appartement, sur ordre du commandant. Ce matin, je suis passé prendre les disquettes de surveillance au Gorham Complex. Il y a un blanc de vingt minutes à partir de trois heures dix, dans la nuit d'avant-hier.

— Le quartier est minable, d'accord, mais c'est un immeuble de standing. A deux reprises, notre homme est passé inaperçu, ce qui signifie qu'il se fond dans le décor.

— Ou que les résidents sont habitués à le voir parce qu'il était un client régulier de Sharon.

— Alors pourquoi aurait-il choisi pour ce

second coup une prostituée de bas étage, débutante et ingénue comme Lola Starr ?

— Il aime le changement, avança Feeney avec une moue dubitative. Ou bien il a peut-être tellement aimé son premier crime qu'il se montre moins exigeant maintenant.

Eve laissa échapper un soupir insatisfait.

— Pourquoi est-il revenu chez Sharon DeBlass ? Que pouvait-il bien chercher ? Je vais à l'ordinateur central vérifier les fichiers-clients des deux victimes.

Feeney s'éclaircit la gorge et prit une noix de cajou dans son sachet.

— Je déteste devoir t'apprendre ça, Dallas. Mais le sénateur DeBlass réclame une mise à jour.

— Je n'ai rien à lui dire.

— Tu lui expliqueras ça cet après-midi. A Washington-Est.

— Tu plaisantes ?

— Est-ce que j'en ai l'air ? Nous partons dans la navette de quatorze heures, répondit Feeney qui songea avec résignation aux effets désastreux de l'altitude sur son estomac. Je déteste la politique.

L'inévitable Rockman les fit entrer dans un immense bureau lambrissé où régnait un silence de cathédrale.

— Asseyez-vous, aboya DeBlass, désignant du menton deux fauteuils si bas que les visages d'Eve et de Feeney se trouvèrent presque au niveau du bureau imposant qui rappelait un autel.

Les sourcils froncés, le sénateur appuya ses paumes larges comme des battoirs sur son sous-main en cuir noir et se pencha vers ses visiteurs.

— D'après mes dernières informations, votre enquête n'a pas progressé d'un pouce depuis une semaine. Ce que j'ai du mal à accepter vu les moyens de la police de New York.

— Sénateur, commença Eve d'une voix calme, se remémorant les conseils de Whitney, je peux vous assurer que tout est mis en œuvre pour démasquer l'assassin de votre petite-fille. Cette affaire est mon unique priorité et continuera de l'être jusqu'à son dénouement.

Le sénateur l'écouta, puis se pencha vers elle, les mâchoires crispées.

— N'essayez pas de me mener en bateau, lieutenant. Vous n'avez strictement rien.

Au diable le tact, décida Eve.

— Sénateur DeBlass, nous sommes confrontés à une enquête complexe et délicate. Mon supérieur juge que je suis le mieux à même de la conduire. C'est votre droit de ne pas l'approuver. Mais en me convoquant ici, vous me faites juste perdre mon temps. Je n'ai rien de plus à vous dire, lui lança-t-elle en se levant avec défi.

Inquiet du tour que prenait la conversation, Feeney se leva à son tour, bien décidé à calmer le jeu.

— Sénateur, vous comprendrez sûrement qu'une enquête de cette nature ne peut progresser que pas à pas. Il est difficile de vous demander de rester objectif alors qu'il s'agit de votre propre petite-fille, mais...

D'un geste impatient, DeBlass les invita à se rasseoir.

— A l'évidence, je me suis laissé emporter par mes émotions.

Il prit une profonde inspiration et son regard se durcit.

— Mais je ne peux accepter qu'on se moque de moi en distillant les informations au compte-gouttes. Vous me comprenez certainement, lieutenant Dallas.

— Je n'ai rien de plus à vous dire, répéta Eve.

— Et cette prostituée qui a été assassinée il y a deux jours ? Une certaine...

DeBlass se tourna vers Rockman.

— Lola Starr, termina celui-ci.

— Apparemment, vos sources sont aussi complètes que les nôtres, monsieur Rockman, répondit Eve avec une lueur d'ironie au fond des yeux. Nous croyons en effet qu'il existe un lien entre les deux meurtres.

— Ma petite-fille s'est peut-être égarée sur la voie du péché, intervint DeBlass, mais elle ne fréquentait sûrement pas des... personnes telles que cette Lola Starr.

— Nous ignorons encore si elles se connaissaient, répondit Eve qui avait de plus en plus de mal à garder son calme. Mais il y a peu de doutes qu'elles aient rencontré le même homme, leur assassin. Voyez-vous, chaque meurtre suit un schéma spécifique. Nous exploitons ce schéma pour démasquer le meurtrier avant, espérons-le, qu'il ne recommence. Sénateur, je ne connaissais pas votre petite-fille, mais je considère le crime comme une offense personnelle. Je suis sur les traces du coupable, c'est tout ce que je peux vous dire.

Le sénateur la dévisagea d'un regard froid et scrutateur.

— Très bien, lieutenant... Merci d'être venus, ajouta-t-il en se levant.

Quand elle se dirigea vers la porte avec Feeney, Eve remarqua dans un miroir le signe discret qu'adressait DeBlass à Rockman. Celui-ci hocha la tête.

— Le chien de garde va nous filer, murmura-t-elle à Feeney dès qu'ils furent sortis du bâtiment.

— Pardon ?

— Rockman. On va le semer au centre de transport, dit-elle en hélant un taxi. Garde les yeux ouverts et essaie de voir s'il te suit jusqu'à New York.

— Et toi ? Où vas-tu ?

— Je vais suivre mon instinct.

La manœuvre fut un jeu d'enfant. Le terminal d'embarquement ouest de National Transport était toujours une fourmilière grouillante. Eve se noya dans la foule des banlieusards qui se hâtaient de quitter New York après leur journée de travail, sauta dans une navette bondée en direction de l'aile sud et prit un train souterrain pour la Virginie. Après avoir difficilement trouvé une place, elle sortit son ordinateur de poche et entra l'adresse des DeBlass. Jusqu'à présent, elle était dans la bonne direction. L'ordinateur lui indiqua la correspondance pour Richmond. Avec un peu de chance, elle serait de retour à son appartement pour le dîner. Le menton appuyé sur le poing, elle se connecta sur le serveur médias de son ordinateur. Elle s'apprêtait à zapper distraitement les nouvelles quand un visage familier apparut sur l'écran.

— Connors, murmura-t-elle en plissant les yeux.

Eve s'empressa de brancher son oreillette.

... *Dans ce projet international de plusieurs milliards de dollars, Connors Industries, Tokayamo et Europa vont unir leurs forces*, déclara le présentateur. *Au bout de trois ans d'âpres négociations, l'Olympe va enfin voir le jour...*

L'Olympe... N'était-ce pas ce paradis des loisirs de luxe dont elle avait déjà entendu parler ? Une station orbitale entièrement vouée à l'amusement et à la détente. Elle réprima un rire moqueur. C'était bien le genre de Connors d'aller perdre son temps en frivolités...

Eve leva les yeux juste à temps pour s'apercevoir qu'elle allait manquer sa station. Elle se précipita vers la porte, pestant contre la voix désincarnée qui l'incitait à davantage de modération, et prit une correspondance pour Fort Royal. Quand elle émergea à la surface, la neige s'était mise à tomber en un tourbillon de gros flocons. Elle se hâta de monter dans un taxi. Au bout de plusieurs kilomètres sur une route de campagne déserte, la voiture s'arrêta devant la propriété des parents de Sharon DeBlass, une imposante demeure victorienne, nichée entre les collines, au cœur d'un vaste parc recouvert d'un manteau immaculé. Avec ses délicates circonvolutions, la grille en fer forgé était une véritable œuvre d'art. Mais sûrement aussi inviolable qu'un coffre-fort, songea Eve qui se pencha par la vitre du taxi et tendit son insigne devant le scanner.

— Lieutenant Dallas, police de New York.

— Vous ne figurez pas sur la liste des rendez-vous, lieutenant Dallas, répondit une voix électronique.

— Je suis l'enquêteuse chargée de l'affaire DeBlass. J'ai quelques questions à poser à Mme Barrister et à M. DeBlass.

S'ensuivit une longue pause. Eve commença à frissonner dans le froid.

— Veuillez sortir du taxi et vous avancer devant le scanner.

Eve obtempéra avec un haussement d'épaules.

— Identification vérifiée. Veuillez vous présenter à la grille, lieutenant Dallas, ordonna l'ordinateur, tandis que le taxi faisait demi-tour sur la route enneigée.

Elle ne sentait plus son nez engourdi par le froid quand elle vit un petit véhicule descendre l'allée. La grille s'ouvrit lentement.

— Veuillez prendre place dans la navette. Mme Barrister va vous recevoir.

— Génial, bougonna Eve.

La navette l'arrêta au bas du perron. Eve fut accueillie par un domestique tout de noir vêtu qui l'invita à entrer dans un salon attenant au vestibule. Tout dans la pièce respirait le luxe que seule une fortune de longue date pouvait permettre : toiles de maîtres et meubles anciens étaient parfaitement mis en valeur par les murs tendus de soie d'un vert d'eau très pâle. L'impressionnante vue panoramique qu'offraient les larges baies vitrées sur les collines enneigées accentuait encore le calme des lieux. Et l'impression de solitude, songea Eve en foulant l'épaisse moquette crème.

— Lieutenant Dallas.

Elizabeth Barrister vint à sa rencontre avec une raideur qui trahissait sa nervosité. Un profond chagrin se lisait dans ses yeux cernés.

— Merci de me recevoir, madame Barrister.

— Asseyez-vous, je vous en prie, répondit celle-ci qui désigna un luxueux fauteuil ivoire.

Elle a les nerfs à vif, se dit Eve, remarquant que l'avocate ne cessait de croiser et décroiser ses longs doigts gracieux.

— Sharon était notre fille unique, commença celle-ci sans préambule. Avez-vous du nouveau, lieutenant ?

— L'enquête progresse très lentement. Madame Barrister, les choix professionnels de votre fille avaient sans doute suscité des frictions dans la famille, n'est-ce pas ?

D'un geste lent et posé, l'avocate lissa la jupe de son tailleur.

— Vous imaginez aisément que ce n'était pas le métier dont je rêvais pour ma fille. Mais c'était son choix.

— Et votre beau-père ? Il y était certainement opposé ?

— Les opinions du sénateur sur la législation sexuelle sont bien connues, lieutenant.

— Les partagez-vous ?

— Non, pas du tout, répondit l'avocate d'un ton catégorique. Mais je ne vois pas le rapport avec la mort de ma fille.

— Il se peut que votre fille ait été tuée par un client ou un ami. Savez-vous si elle entretenait des relations, disons, plus intimes avec un homme en particulier ? Quelqu'un qui aurait pu être jaloux ?

En dépit de ses efforts, les yeux d'Elizabeth Barrister s'assombrirent davantage encore.

— Sharon ne se confiait pas à moi, vous savez. Depuis son départ à New York, elle avait coupé les ponts avec toute la famille. Mais je ne crois pas qu'elle ait eu un amant régulier. Elle éprouvait une sorte de… mépris envers les hommes. Elle avait conscience du pouvoir qu'elle exerçait sur eux et les trouvait stupides.

— Pourtant les compagnons accrédités sont triés sur le volet. Ce dédain, comme vous dites, implique en général un refus de licence.

— Sharon était aussi très intelligente. Elle trouvait toujours le moyen de parvenir à ses fins. Elle a tout obtenu, sauf le bonheur. Ma fille n'était pas heureuse, lieutenant, avoua Elizabeth Barrister, la gorge serrée. Quand Sharon est partie à New York, mon mari a eu beau la supplier et moi la menacer, elle n'est jamais revenue sur sa décision. A ses yeux, j'étais incapable de la comprendre. Elle me reprochait d'être aveuglée par mon travail et de ne pas voir ce qui se passait dans ma propre maison.

Assaillie par les regrets, l'avocate s'interrompit.

— Richard est allé la voir une fois ou deux, mais il est revenu encore plus bouleversé. Nous avons fini par nous résigner... Jusqu'à récemment où j'ai ressenti le besoin d'une nouvelle tentative. J'espérais qu'elle finirait par se lasser de sa vie et regretter la rupture avec sa famille. Je suis allée la voir il y a environ un an, mais elle s'est tout de suite emportée contre moi et m'a même insultée. En désespoir de cause, j'ai demandé à Catherine d'essayer à son tour de la raisonner. Elle se rendait à New York à une collecte de fonds en faveur du Parti conservateur et est passée voir Sharon. En vain.

Les lèvres tremblantes, Elizabeth Barrister leva un regard éploré vers Eve.

— Vous devez penser que c'était mon rôle d'y aller.

— Madame Barrister...

— Vous avez bien sûr raison, mais elle refusait de se confier à moi. Il faut dire aussi que j'ai toujours mis un point d'honneur à respecter sa vie privée. Je n'étais pas du genre de ces mères qui lisent en cachette le journal intime de leur fille.

— Un journal ? répéta Eve, alertée par son intuition. Votre fille en tenait-elle un ?

— Oui, depuis qu'elle était enfant. Elle en changeait le code régulièrement. Elle en parlait de temps à autre, plaisantait sur les secrets qu'il contenait et la stupeur de certains s'ils apprenaient ce qu'elle avait écrit sur eux.

L'inventaire de ses objets personnels ne mentionnait aucun journal, se souvint Eve, intriguée. Ces appareils électroniques miniaturisés n'étaient parfois pas plus grands que l'ongle d'un pouce. Si l'équipe de recherche l'avait manqué lors de la première fouille...

— Il est ici ? s'empressa-t-elle de demander.

— Non, Sharon le gardait dans un coffre, je crois.

— Dans une banque de Virginie ?

— Pas que je sache. Je vais me renseigner. Si jamais je trouve quelque chose, je vous en informerai.

— Merci. Si entre-temps un détail vous revient, un nom, une remarque même banale, surtout n'hésitez pas à me contacter.

— Je n'y manquerai pas, lieutenant. Sharon ne parlait jamais d'amis. Au début, je m'en suis inquiétée et puis, à la longue, j'ai fini par espérer que la solitude la ramènerait à la maison. J'ai même fait appel à un de mes propres amis, pensant qu'il se montrerait plus persuasif que moi.

— Qui ?

— Connors, vous savez, l'homme d'affaires... répondit Elizabeth Barrister, à nouveau au bord des larmes. Quelques jours avant la mort de Sharon, je l'ai contacté. Nous nous connaissons depuis des années. Je lui ai demandé s'il pouvait s'arranger pour obtenir une invitation à une réception à laquelle devait assister Sharon. Il s'est d'abord montré très réticent. Ce n'est pas le genre d'homme à se mêler des affaires de famille. Mais devant mon insistance, il a fini par céder. Je souhaitais qu'il se lie d'amitié avec Sharon et la convainque qu'une fille comme elle méritait mieux.

— Quelles sont vos relations avec Connors ? s'enquit Eve d'un ton qu'elle espérait posé.

— C'est un grand ami de ma femme et de moi-même, répondit une voix d'homme derrière elle.

Richard DeBlass se tenait sur le seuil du salon.

— Richard, je ne t'attendais pas si tôt, dit Elizabeth d'une voix soudain mal assurée.

Il s'approcha de sa femme et l'embrassa sur le front.

— La réunion s'est terminée avec un peu d'avance, expliqua-t-il en serrant les mains de sa femme entre les siennes. Tu aurais dû me prévenir, Beth.

Il se tourna vers Eve.

— Vous êtes sûrement le lieutenant Dallas ?

— Oui, monsieur DeBlass. J'avais quelques questions et j'ai préféré vous voir en personne.

— Mon épouse et moi vous assurons de notre entière coopération, lieutenant, répondit-il. Vous vous intéressiez à Connors. Puis-je savoir pourquoi ?

— J'ai dit au lieutenant que j'avais demandé à Connors de parler à Sharon, intervint Elizabeth, les mains crispées l'une contre l'autre.

— Oh, Beth... soupira Richard en secouant la tête avec lassitude. Pourquoi l'as-tu mêlé à nos histoires de famille ? Qu'espérais-tu donc qu'il fasse ?

Profondément ébranlée, Elizabeth tourna un regard implorant vers Eve.

— Désormais, il ne me reste plus qu'à prier que justice nous soit rendue, lieutenant.

— Vous aurez la justice, madame Barrister.

Celle-ci ferma les yeux et s'accrocha à cet ultime espoir.

— J'ai confiance en vous. Jusqu'à présent, je n'en étais pas sûre, même après l'appel de Connors.

— Il vous a appelée au sujet de l'affaire ?

— Oui. Il voulait savoir comment nous allions et m'annoncer que vous viendriez sûrement nous voir d'ici peu.

— Madame Barrister... commença Eve avec une hésitation. Malheureusement, Connors est considéré comme suspect dans cette affaire.

Alarmée, Elizabeth Barrister écarquilla les yeux.

— Vous commettez une grossière erreur, répondit-elle d'une voix extraordinairement calme.

— Parce que Connors est incapable de tuer ?

— Non, je dirais plutôt incapable de commettre un acte insensé. C'est un homme de sang-froid et je ne serais pas étonnée qu'il ait déjà tué. Mais jamais une personne sans défense comme Sharon. Non… Pas Connors.

Pas Connors, songea Eve dans le taxi qui la ramenait au métro. Pourquoi ne lui avait-il pas dit qu'il avait rencontré Sharon à la demande de sa mère ? Que lui cachait-il encore ?

Les révélations d'Elizabeth Barrister avaient changé la donne. Désormais, le chantage se révélait un mobile plausible… Où diable était passé ce maudit journal et qu'avait bien pu y consigner Sharon ?

9

— Je n'ai eu aucun mal à me débarrasser de Rockman, expliqua Feeney à Eve après avoir avalé une gorgée de café insipide à la cantine du Central. Je suis monté dans ce maudit avion. Lui aussi, mais en classe affaires. Quand il ne t'a pas vue à l'arrivée, il a eu l'air très contrarié et s'est dépêché de passer quelques appels. A partir de là, c'est moi qui l'ai suivi. Il s'est rendu au Regent Hotel. Pas très bavards, à la réception. Dès qu'un flic brandit son insigne, ils ne peuvent s'empêcher de se sentir personnellement offensés. Mais tu me connais, je leur ai expliqué leur devoir civique avec mon tact coutumier, ajouta-t-il en glissant son plateau dans le recycleur. Il a passé trois appels, un à Washington-Est, l'autre en Virginie, puis une communication locale... au grand patron.

— Il ne manquait plus que ça !

— Eh oui, Simpson tire les ficelles en faveur de DeBlass. Reste à savoir lesquelles.

Avant qu'Eve n'ait pu répondre, son vidéocom portable sonna. Un appel du commandant.

— Dallas, vous êtes demandée au centre de tests dans vingt minutes.

— Impossible, je dois voir...

— Reportez, Dallas. Tests dans vingt minutes.

Les sourcils froncés, Eve rangea son appareil d'un geste lent.

— Je crois que maintenant nous connaissons une des ficelles.

— DeBlass s'intéresse de près à toi, on dirait. Tu vas tenir le coup?

— Ne t'inquiète pas, Feeney. Mais ces maudits tests vont me prendre presque toute la journée. Si tu veux, rends-moi un service. J'aimerais que tu passes les banques de Manhattan en revue. Il se peut que Sharon DeBlass y ait un coffre-fort. Si tu ne trouves rien au centre, élargis les recherches aux succursales périphériques.

— Pas de problème.

Quand Eve franchit les premières portes vitrées blindées, l'ordinateur lui ordonna poliment de se défaire de son arme. Elle ôta son laser de son étui et le regarda disparaître sur un tapis roulant. Elle eut l'impression d'être nue avant même d'avoir été conduite en salle de tests 1-C où l'ordinateur lui demanda de se déshabiller. S'efforçant d'ignorer les techniciens derrière leurs écrans de contrôle, Eve posa docilement ses vêtements sur le banc prévu à cet effet.

Après l'habituel examen physique, elle fut autorisée à enfiler une combinaison bleue.

Phase 1 terminée, lieutenant Eve Dallas. Veuillez entrer dans la salle de tests 2-C.

Dans le laboratoire attenant, Eve s'allongea sur la table rembourrée du scanner cérébral. Cela ferait désordre s'il venait à l'idée d'un policier atteint d'une tumeur au cerveau d'abattre des civils, songea-t-elle avec lassitude. Puis elle prit place dans le fauteuil de réalité virtuelle. Du coin de l'œil, elle observa les techniciens derrière la paroi vitrée, tandis que le casque était abaissé sur sa tête. Eve s'arma mentalement contre l'épreuve qui l'attendait.

Puis le cauchemar recommença. Les yeux hagards du psychopathe, les cris de la fillette. Tout ce sang...

A l'issue de la séance, Eve fut conduite dans le bureau de la psychanalyste pour un entretien en tête à tête, la phase finale des tests. Elle n'avait rien à reprocher au Dr Mira. Depuis quarante ans, cette femme distinguée de la Nouvelle-Angleterre était entièrement dévouée à son métier. Simplement, Eve détestait les psys.

— Lieutenant Dallas, entrez, je vous en prie, dit le docteur Mira d'une voix douce en se levant de son profond fauteuil bleu clair.

Aucun bureau ni ordinateur en vue. Un de leurs stratagèmes pour amener les sujets à se détendre, songea Eve avec un léger agacement. Elle s'assit dans le fauteuil que la psychanalyste lui désignait.

— Il est regrettable que vos tests aient été reportés, lieutenant, commença-t-elle, fixant sur Eve ses yeux bleus perçants. La thérapie est toujours plus fiable et en tout cas plus bénéfique si elle est menée dans les vingt-quatre heures qui suivent l'incident.

— Je suis sur une affaire délicate qui monopolise beaucoup de mon temps.

— C'est ce qu'on m'a dit. Vos résultats sont néanmoins satisfaisants, lieutenant Dallas. Refusez-vous toujours l'autohypnose ?

— C'est optionnel, répondit Eve, sur la défensive.

— Bien sûr, mais vous venez de traverser une épreuve pénible. Vous montrez des signes de fatigue physique et émotionnelle. Tuer dans l'exercice de ses fonctions est toujours une expérience traumatisante qui peut se répercuter sur l'efficacité d'un policier.

— Je connais la procédure et je m'y plie, docteur. Mais n'attendez pas de moi que je l'approuve.

— Voyez-vous le parallèle entre la fillette et vous-même ? demanda le Dr Mira à brûle-pourpoint.

Aussitôt, Eve se renferma dans sa carapace.

— Lieutenant, insista la psychanalyste en dévisageant Eve de son regard scrutateur, vous savez que je connais parfaitement votre passé. Les huit premières années de votre vie ne vous ont laissé aucun souvenir, pas même votre nom ou votre lieu de naissance. Après huit ans d'abus physiques, sexuels et psychologiques, vous avez été placée dans une famille d'accueil et l'administration vous a donné le nom d'Eve Dallas. Vous étiez une enfant martyre, dépendante du système, et d'une certaine façon, celui-ci n'a pas su vous protéger.

— Et aujourd'hui, alors que j'appartiens moi-même au système, je n'ai pas réussi à sauver cette fillette, enchaîna Eve qui eut toutes les peines du monde à empêcher sa voix de trembler.

Dans un effort de volonté, elle refoula son désarroi et plongea un regard franc dans celui de la psychanalyste.

— J'ai le sentiment d'avoir fait tout ce qui était en mon pouvoir, docteur. J'ai accepté de revivre le drame en réalité virtuelle, tout en sachant que cela n'y changerait rien. Si j'avais eu la moindre chance de sauver cette enfant, elle vivrait encore aujourd'hui.

Le Dr Mira observa un mutisme songeur. En dépit de son expérience, elle était seulement parvenue à érafler la carapace de protection du lieutenant Dallas. Elle se leva.

— Très bien, lieutenant, je n'insiste pas. Vous êtes autorisée à reprendre votre service.

— J'ai un cas hypothétique à vous soumettre, commença Eve en serrant la main que lui tendait la psychanalyste.

Le Dr Mira hocha la tête avec une esquisse de sourire.

— Une fille de condition aisée décide de devenir prostituée et étale sa nouvelle vie sous le nez de sa famille, y compris son grand-père ultraconservateur. Pourquoi ?

— Difficile de tirer une conclusion à partir d'éléments aussi schématiques. A priori, le sujet semble ne trouver la réalisation de son moi que dans l'acte sexuel. Elle l'apprécie ou le déteste.

— Si elle le déteste, pourquoi est-elle devenue professionnelle ? demanda Eve, intriguée.

— Pour punir.

— Qui ? Elle-même ?

— Certainement, ainsi que ses proches.

Punir, songea Eve. Le journal, un chantage...

— Un homme commet des assassinats brutaux et pervers, poursuivit-elle. L'acte est lié au sexe et exécuté selon un rituel unique et distinctif : il court-circuite le système de surveillance sophistiqué et enregistre le meurtre. Puis il laisse un message provocateur sur le lieu du crime et envoie une disquette au policier chargé de l'enquête. Quel genre de personnage est-il ?

— Vous ne me donnez pas beaucoup de détails, se plaignit le Dr Mira, mais son regard pétillant trahissait un vif intérêt. Il est inventif. C'est un voyeur qui planifie ses meurtres. Il est sûr de lui, peut-être même suffisant. Il veut laisser sa marque et entend démontrer ses talents. A votre avis, lieutenant, a-t-il pris du plaisir dans l'acte ?

— Oui, je pense même qu'il s'en est délecté.

Mira hocha la tête.

— Alors il va recommencer.

— Il a déjà récidivé. Deux meurtres en une semaine à peine. Il n'attendra pas longtemps avant le suivant, n'est-ce pas ?

— J'en doute. Les deux assassinats sont liés au sexe, disiez-vous. Malgré toute notre technologie et les progrès foudroyants de la génétique, nous demeurons incapables de contrôler les comportements déviants. Le cas de cet homme m'intéresse, lieutenant. Si vous désirez un profil, je suis prête à vous aider.

— Il s'agit d'un code cinq. Mais si jamais il récidive avant que nous ne l'ayons identifié, il se peut que j'obtienne l'autorisation.

— Je me rendrai disponible.

— Merci, répondit Eve en ouvrant la porte.

— Lieutenant Dallas...

Surprise, elle se retourna sur le seuil.

— Oui ?

— Les femmes de caractère ont elles aussi des points faibles.

Les tests avaient éprouvé Eve et, quand elle regagna le Central, son humeur était loin d'être au beau fixe. Son dernier effort avant de quitter son bureau fut de demander un rendez-vous à Connors sur son courrier électronique. Par provocation, elle donna même l'adresse du Blue Squirrel où chantait Mavis en ce moment. Ce soir, Eve n'avait qu'une envie : noyer son spleen dans l'alcool bon marché et la musique médiocre de cette boîte de second ordre.

Lorsqu'elle pénétra au Blue Squirrel, une

musique assourdissante la submergea à la manière d'un torrent furieux. Mavis tentait tant bien que mal de couvrir de sa voix haut perchée les accords discordants de l'unique musicien, un gamin tatoué de partout qui s'acharnait sur son synthétiseur.

Eve repoussa d'un ton hargneux l'offre d'un client du bar passablement éméché qui insistait pour lui offrir un verre dans une des cabines privées réservées aux fumeurs. Hurlant sa commande à un barman maussade devant le comptoir pris d'assaut, elle se fraya un passage à travers la cohue jusqu'à une table libre. Pas mal, comme tenue de scène, se dit-elle en regardant son amie, un peu voyante quand même... Ce soir, le corps nu de Mavis était entièrement peinturluré de grandes taches orange et violettes, agrémentées ici et là de traînées émeraude du plus bel effet. Ses nombreux bracelets et colliers s'agitaient en cadence, tandis qu'elle se trémoussait en tous sens sur la petite scène surélevée. Au pied de celle-ci, une foule compacte se contorsionnait au rythme endiablé de la musique. Dans un coin, des spectateurs passaient de main en main un petit paquet scellé. Malgré la pénombre, ce manège n'échappa pas aux yeux avertis d'Eve. De la cocaïne... Depuis des années, le gouvernement avait tout essayé, de la légalisation à la guerre ouverte. Rien ne semblait marcher. Mais Eve ne se sentait pas d'humeur à procéder à des interpellations, elle se contenta d'adresser un salut amical à Mavis. Puis elle se cala dans son fauteuil inconfortable et ferma les yeux. Au morceau suivant, la musique se ralentit et Eve distingua même un semblant de mélodie. Avec un soupir, elle se détendit : les yeux fermés, l'endroit devenait presque supportable.

— Vous n'êtes pas à votre place dans ce lieu de perdition, lieutenant.

Eve ouvrit brusquement les yeux. C'était Connors. Sans y avoir été invité, il s'assit en face d'elle. La table était si petite que leurs genoux se touchèrent.

— Vous avez laissé cette adresse sur mon ordinateur, vous vous souvenez ? demanda-t-il en s'avançant un peu plus encore.

Eve sentit ses cuisses musclées frôler les siennes. Connors se pencha vers le verre posé sur la table et le renifla. Son regard se durcit.

— Vous avez décidé de vous empoisonner ?

— Les vins fins et le scotch de trente ans d'âge ne sont pas le genre de la maison.

— Laissez-moi vous inviter dans un endroit un peu plus reluisant, proposa-t-il en posant une main sur la sienne.

Eve la retira d'un geste rageur.

— Je suis d'une humeur noire, Connors. Fixons un rendez-vous, quand vous voulez, où vous voulez, mais ce soir laissez-moi tranquille, d'accord ?

Connors leva un sourcil étonné en remarquant la chanteuse qui gesticulait en roulant de grands yeux dans leur direction.

— A moins qu'elle n'ait une sorte de crise

d'épilepsie, je crois que la chanteuse vous fait signe.

— C'est une amie.

Avec un sourire, Mavis leva les deux pouces en l'air. Eve lui répondit par un hochement de tête résigné.

— Elle s'imagine que j'ai de la chance.

— Vous ne croyez pas si bien dire, répliqua Connors en exilant le verre sur la table voisine où aussitôt des mains avides s'en emparèrent. Je viens juste de vous sauver la vie.

— Bon sang, mais qu'est-ce qui…

— Si vous tenez à vous enivrer, choisissez au moins une boisson qui ne vous rongera pas l'estomac, lui conseilla-t-il en consultant la carte.

Il ne put réprimer une grimace.

— En tout cas, nous ne trouverons rien de buvable dans cette gargote. Venez, dit-il avec persuasion.

— Laissez-moi, je suis très bien ici.

— Avec moi, inutile de vous enivrer, insista-t-il d'une voix patiente. Je veux vous aider, Eve.

— Pourquoi ?

— A cause de cette lueur de tristesse au fond de vos jolis yeux.

Il lui prit la main et la força à se lever.

— Je rentre chez moi, décida Eve, prise au dépourvu.

— Non.

— Ecoutez…

Ce fut le seul mot qu'elle put prononcer. Sans crier gare, Connors la plaqua contre le mur et écrasa ses lèvres chaudes avec fougue contre les siennes. Suffoquée, Eve se débattit entre ses bras puissants, honteuse de la vague de désir qui l'avait envahie contre sa volonté.

— Arrêtez, exigea-t-elle dans un murmure tremblant qui l'agaça au plus haut point.

— Quoi que vous pensiez, répondit-il d'une voix rauque, tentant de reprendre sa contenance, il y a des moments où on a besoin de quelqu'un. Et en ce moment, vous avez besoin de moi.

D'un geste impatient, il la poussa vers la sortie.

— Où est votre voiture ?

— Par là, répondit Eve, désignant d'un doigt vague l'endroit où elle s'était garée.

Il l'entraîna sur le trottoir à grandes enjambées.

— A mon avis, vous avez un problème, bougonna Eve d'un ton belliqueux.

— Ce serait plutôt vous. Si vous aviez pu vous voir dans cette boîte sordide, assise dans votre coin, à moitié en transe, des cernes gros comme des valises sous les yeux !

Avec un regain de colère, il ouvrit rageusement la portière du passager et poussa Eve sans ménagement à l'intérieur de la voiture.

— Quel est votre maudit code ? bougonna-t-il en s'installant derrière le volant.

Abasourdie de le voir perdre son flegme coutumier, Eve se pencha vers le tableau de bord et composa elle-même le code. Connors enclencha le démarreur.

— Vous vous êtes lancée à corps perdu dans cette enquête, mais vous ignorez à quoi vous vous exposez.

— Et vous, vous le savez ?

Il resta silencieux un moment, refoulant ses propres émotions.

— Nous en parlerons plus tard.

— Je préférerais maintenant. Je suis allée rendre visite à Elizabeth Barrister, hier.

— Je sais, répondit-il, alors qu'il tentait de s'accoutumer au rythme cahotant de la voiture. Vous avez froid, allumez le chauffage.

— Il est en panne. Pourquoi ne m'aviez-vous pas dit qu'elle vous avait demandé de rencontrer Sharon ?

— Parce que Beth m'avait fait promettre de rester discret.

— Quelles sont vos relations avec Elizabeth Barrister ?

Connors lui lança un regard en coin.

— Nous sommes amis. J'en ai peu, mais Beth et Richard en font partie.

— Et le sénateur ?

— Ce type pompeux, hypocrite et arrogant m'exaspère ! S'il décrochait la nomination de son parti pour les élections, j'investirais toute ma fortune dans la campagne de son adversaire, même si c'était Satan en personne !

Eve réprima un sourire amusé.

— Saviez-vous que Sharon tenait un journal ?

— Logique. C'était une femme d'affaires.

— Je parle d'un journal intime, Connors. De lourds secrets impliquant peut-être un chantage.

Il réfléchit un moment en silence.

— Bien, bien... Il semble que vous ayez trouvé votre mobile.

— Cela reste encore à démontrer. Mais vous, Connors, poursuivit-elle avec un regard de défi, vous paraissez dissimuler beaucoup de secrets.

Il laissa échapper un ricanement narquois.

— Croyez-vous sérieusement que je puisse être victime d'un chantage, Eve ? demanda-t-il en s'arrêtant devant les grilles de sa propriété. Surtout de la part d'une femme aussi pitoyable que Sharon.

— Pas vraiment, répondit-elle, oubliant un instant sa réserve professionnelle.

Elle posa une main sur son bras.

— Rendez-moi le volant, s'il vous plaît. Je ne vous accompagne pas.

— Vous souhaitiez me voir, il me semble. De plus, vous mourez d'envie d'essayer les armes qui ont servi à tuer Sharon et l'autre victime, pas vrai ?

— Oui, concéda Eve avec un bref soupir.

— Alors, c'est le moment ou jamais.

Les grilles s'ouvrirent et la voiture remonta l'allée qui menait à la bâtisse perdue dans la nuit.

10

Le majordome, impassible, montait la garde à la porte. Il débarrassa Eve de sa veste avec la même moue réprobatrice que la première fois.

— Vous nous servirez le café dans la salle de tir, Summerset, lui ordonna Connors en entraînant Eve dans l'escalier.

Quand ils atteignirent le troisième étage, il parcourut sa collection au pas de charge, choisissant quelques modèles sans hésitation. Il maniait ses armes anciennes avec l'expérience d'un tireur averti, songea Eve qui l'observait en silence. Connors les enferma dans une mallette de cuir, puis se dirigea vers le mur du fond. Le système de sécurité et la porte elle-même étaient si bien dissimulés dans un paysage de sous-bois qu'Eve ne les aurait jamais remarqués. Le trompe-l'œil s'ouvrit sur un ascenseur.

— Cet ascenseur ne dessert qu'un petit nombre de pièces, expliqua-t-il à Eve, tandis qu'ils y prenaient place. Je descends rarement avec des invités dans la salle de tir.

— Pourquoi ?

— Je réserve ma collection et son utilisation aux amateurs qui savent l'apprécier.

— Combien d'armes avez-vous achetées au marché noir ?

— Déformation professionnelle, lieutenant Dallas, répondit-il avec un sourire narquois. Bien sûr, je me fournis uniquement par des canaux légaux... (Son regard caressa l'épaule d'Eve et s'arrêta sur son sac en bandoulière.)... tout au moins tant que votre enregistreur est branché.

— Vous marquez un point, Connors, concéda Eve avec un sourire en coin.

De bonne grâce, elle ouvrit son sac et déconnecta son enregistreur.

— Et votre appareil de réserve ? insista-t-il d'une voix posée.

— Décidément, vous êtes trop fort, plaisanta-t-elle avec une mine espiègle.

Prête à courir le risque, Eve glissa la main dans sa poche et désactiva la réserve miniaturisée, mince comme une feuille de papier à cigarette.

— Et les vôtres ? demanda-t-elle, alors que la porte de l'ascenseur s'ouvrait. J'imagine que votre maison est truffée de micros et de caméras.

— Bien sûr.

Il lui reprit la main et la fit entrer dans une pièce très haute de plafond, au décor étonnamment spartiate : une rangée de chaises séparées par plusieurs tables étaient alignées contre les murs couleur sable. Une cafetière en argent et deux tasses en porcelaine véritable les attendaient déjà sur un plateau. L'avant de la pièce était occupé par une large console noire laquée.

— A quoi sert cette installation ? s'enquit Eve.

— Vous allez voir.

Connors pressa sa paume contre l'ident-écran digital. Un rayon lumineux vert pâle scanna les empreintes. Après le déverrouillage, il appuya sur plusieurs boutons qui actionnèrent l'ouverture d'un placard sous la console.

— C'est là que j'entrepose mes munitions, expliqua-t-il.

D'un deuxième placard, il sortit deux casques antibruit et des lunettes enveloppantes à petites lentilles.

— C'est une sorte de stand de tir, n'est-ce pas ? s'enquit Eve en ajustant le casque et les lunettes.

La voix chaude de Connors lui parvint par le casque avec un faible écho.

— En plus perfectionné.

Il sortit le Smith & Wesson calibre 38 de sa mallette et le chargea.

— C'était l'arme de service en usage dans la police américaine au milieu du XXe siècle, expliqua-t-il en appuyant sur un bouton.

Un hologramme apparut sur le mur du fond. Il paraissait si réel qu'Eve ne put s'empêcher de tressaillir.

— L'image est excellente, murmura-t-elle, étudiant l'homme patibulaire à l'impressionnante carrure.

Il tenait à la main une arme qu'elle ne put identifier.

— C'est la réplique d'un gangster typique du

XXe siècle, expliqua Connors. Il porte un AK-47, une arme automatique d'assaut d'une efficacité redoutable. Une fois activé, s'il atteint sa cible, on ne ressent qu'une légère décharge électrique, mais croyez-moi, dans la réalité, les dégâts sont autrement plus dramatiques. Voulez-vous essayer ?

— Vous d'abord.

Connors pressa l'activateur. Aussitôt, l'hologramme bondit en avant, brandissant son arme. Le crépitement infernal des détonations, mêlé à un torrent d'insultes et au vacarme de la rue, fit reculer Eve d'un pas. En un éclair, Connors contre-attaqua. Sous la violence de l'impact, le torse de l'homme se désintégra dans un flot de sang. Il chancela en arrière et son arme lui échappa des mains. Puis l'image s'évanouit.

— Seigneur... murmura Eve, abasourdie.

Connors abaissa son arme, un peu surpris de la fierté qu'il ressentait, à l'image d'un gamin montrant un nouveau jouet.

— Réaliste, n'est-ce pas ?

— Très impressionnant. Vous vous entraînez souvent ?

— De temps à autre. Voulez-vous essayer ?

Eve hocha la tête. Si elle était à même de supporter une séance de réalité virtuelle au centre de tests, elle saurait surmonter cette épreuve. Connors se plaça derrière elle et lui mit le 38 mm entre les mains. Puis il pressa sa joue contre la sienne.

— Ce revolver ne dispose d'aucun détecteur de chaleur ou de mouvement. Aussi vous faudra-t-il viser votre adversaire. Quand vous serez prête à faire feu, appuyez sur la détente. Vous allez sentir un léger recul. Ne vous laissez pas surprendre par le bruit de la détonation. Cette arme n'est pas aussi silencieuse que votre laser.

— Poussez-vous un peu, marmonna Eve, troublée par le contact de son corps chaud contre le sien, le parfum discrètement musqué de son after-shave.

Connors tourna son visage vers elle. Ses lèvres effleurèrent délicatement le lobe duveteux de son oreille. Il relâcha son étreinte. Eve lui jeta un regard déterminé et se mit en position.

— Allez-y.

La première image fut celle d'une vieille dame portant des deux mains un gros sac à provisions. Sur le qui-vive, Eve faillit abattre un simple passant, mais son sang-froid l'empêcha de presser la détente. Puis elle repéra un mouvement furtif sur la gauche. Le coup partit avant qu'un agresseur masqué ait le temps d'assommer la vieille dame avec une barre de fer. Un deuxième homme encagoulé brandit son arme sur elle. Eve ressentit une légère décharge dans la hanche gauche, mais parvint à le mettre hors d'état de nuire. Puis les agresseurs surgirent de toutes parts.

Fasciné, Connors la regarda affronter l'assaut. Il réalisa qu'il la désirait éperdument.

— Deux impacts, annonça Eve. Un dans la hanche, un autre dans l'abdomen. Bref, je suis morte ou dans un état désespéré.

Elle se tourna vers Connors avec détermination.

— Donnez-moi le modèle suisse.

Il lui tendit l'arme et, les mains dans les poches, l'observa. Eve préféra le SIG 210 au revolver. Plus rapide, plus nerveux... Il avait une puissance de feu supérieure et se rechargeait en un tournemain. Mais aucune des deux armes n'était aussi maniable que son laser. Malgré leur technologie primitive, elle les trouvait pourtant d'une efficacité terrifiante. Les images holographiques s'évanouirent, mais Eve ne put détacher son regard de l'écran.

— Les blessures qu'elles infligent sont effroyables, dit-elle en reposant son arme. Comment pouvait-on les utiliser sans finir par perdre un peu la raison ?

— Vous auriez pu le supporter, répondit Connors qui ôta ses lunettes et son casque. Vous avez des nerfs d'acier. Et puis vous n'avez pas craqué pendant les tests. Ça vous a coûté, mais vous avez tenu bon.

Perplexe, Eve se débarrassa de son équipement de protection.

— Comment le savez-vous ?

— Que vous avez passé la matinée au centre de tests ? Disons que j'ai des relations. Et que ça vous a coûté ? Il faut être aveugle pour ne pas le voir, dit-il en lui soulevant le menton avec douceur. Votre cœur est en lutte incessante avec votre esprit. Et c'est ce qui fait votre valeur dans votre métier. Et qui me fascine.

— Je n'essaie pas de vous fasciner, Connors. J'essaie de démasquer un homme qui tue avec les armes que je viens d'utiliser. Ce n'est pas vous, ajouta-t-elle en le regardant droit dans les yeux.

— Non, ce n'est pas moi.

— Mais vous savez quelque chose, n'est-ce pas ?

Il caressa sa fossette avec son pouce et laissa retomber son bras. Puis il servit le café.

— Je n'en suis pas sûr du tout. Des armes du XXe siècle, des crimes du XXe siècle... Celui qui a tué Sharon connaît bien cette époque. Il est attiré par le passé, peut-être même en est-il obsédé. A vous de juger si ce portrait me correspond.

— J'y travaille.

— Je n'en doute pas. Vous pensez que Sharon était un maître chanteur. Pourquoi pas ? C'était une femme révoltée, une rebelle avide de pouvoir. Et d'amour.

— Vous avez découvert tout ça après seulement deux rencontres ?

Il lui tendit une tasse et l'invita à s'asseoir.

— Et aussi grâce à mes discussions avec les personnes qui la connaissaient. D'après ses amis et ses associés, Sharon était une femme fantastique, pleine de vie et de dynamisme, mais aussi très secrète. Une femme qui dédaignait sa famille et pourtant y songeait souvent. Dans ma petite enquête, j'ai aussi appris qu'elle broyait régulièrement du noir.

— Votre petite enquête ? Chacun son travail ! s'insurgea Eve.

— Beth et Richard sont mes amis et je prends

cette amitié très au sérieux. Ils sont effondrés et je n'aime pas voir Beth se culpabiliser ainsi.

— Je comprends, concéda-t-elle avec un soupir.

— C'est étrange comme une femme peut donner d'elle autant d'opinions divergentes, poursuivit Connors, l'air songeur. Certains vous disent qu'elle était loyale et généreuse, d'autres qu'elle avait un tempérament vindicatif et provocateur. Selon les uns, c'était une fanatique des réceptions qui ne pensait qu'à faire la fête et, selon les autres, elle adorait passer des soirées tranquilles, seule chez elle. Quelle actrice, cette Sharon...

— Des visages différents selon les interlocuteurs. A mon avis, c'est un phénomène plutôt courant.

Connors sortit une cigarette de son étui en or et l'alluma.

— Vous parliez de chantage... (Il médita cette hypothèse en tirant une première bouffée.) A mon avis, elle devait être assez douée pour ça. Elle aimait fureter dans la vie des gens et savait jouer de son charme avec un talent indéniable.

— Mais si Sharon DeBlass a été assassinée par une de ses victimes, comment expliquez-vous le meurtre de Lola Starr ?

— C'est un problème, n'est-ce pas ? Excepté leur profession, elles semblent ne rien avoir en commun. Je doute qu'elles se soient connues ou aient partagé la même clientèle.

— Pourquoi m'avez-vous dit tout à l'heure

que j'ignorais à quoi je m'exposais ? demanda Eve après un silence songeur.

Connors eut une hésitation à peine perceptible.

— Je ne suis pas sûr que vous vous rendiez compte du pouvoir de DeBlass. Le scandale autour de sa petite-fille pourrait encore l'accroître. Son but ultime est la présidence et il entend à tout prix imposer ses choix moraux au pays et même au-delà.

— Vous voulez dire qu'il pourrait utiliser la mort de Sharon à des fins politiques ?

— Il pourrait présenter sa petite-fille comme une victime du sexe organisé. Pourquoi une société qui légalise la prostitution serait-elle dispensée d'en assumer les conséquences ?

Sceptique, Eve secoua la tête.

— DeBlass est aussi contre la prohibition des armes et celle qui a tué Sharon était d'origine illégale.

— Ce qui rend son raisonnement encore plus tortueux : si elle avait été armée, n'aurait-elle pas été en mesure de se défendre ? Et vous est-il venu à l'idée qu'il ne tenait peut-être pas à ce que le meurtrier soit arrêté ?

— Pourquoi donc ? s'étonna Eve, prise au dépourvu. Son interpellation apporterait sûrement de l'eau au moulin du sénateur : Voilà l'ordure immorale qui a assassiné ma pauvre petite-fille égarée...

— Il lui faut un bouc émissaire, mais il court un risque de taille : et si l'assassin était un membre respectable de sa communauté, une pauvre âme égarée elle aussi ?

Il laissa Eve méditer cette information, puis se pencha vers elle, la mine grave.

— A votre avis, qui s'est arrangé pour que vous soyez convoquée au centre de tests au beau milieu de votre enquête ? Qui suit chacun de vos pas, contrôle chaque étape de vos recherches ? Qui fouille dans votre passé, votre vie privée et professionnelle ?

Ebranlée par ces révélations, elle posa sa tasse et se mit à arpenter la pièce.

— Je le soupçonnais déjà d'être à l'origine de cette convocation. Et il m'a fait suivre après que j'ai quitté son bureau à Washington-Est. Mais comment savez-vous qu'il me surveille ? demanda-t-elle avec un regard accusateur. Parce que, vous aussi, vous enquêtez sur moi ?

— Tout simplement parce que je le surveille, lui.

Il s'approcha d'Eve et caressa ses cheveux courts.

— Je respecte la vie privée de ceux qui comptent pour moi. Et vous comptez pour moi, Eve. J'ignore précisément pourquoi, mais vous exercez sur moi une irrésistible attraction.

Elle voulut reculer, mais il l'agrippa par le bras.

— Je suis fatigué qu'à chacune de nos rencontres vous mettiez un meurtre entre nous.

— C'est pourtant la réalité.

Le regard de Connors s'assombrit et Eve crut y discerner une lueur de désir impatient.

— Etes-vous donc incapable d'oublier un moment votre métier et de laisser parler vos sentiments ? Le lieutenant Dallas n'a peut-être pas peur de moi, mais Eve, si. Pourquoi ?

Elle réprima un frisson, imputant sa nervosité au café.

— Je n'ai pas peur de vous, répliqua-t-elle avec défi.

— Ah oui ?

Connors se rapprocha encore.

— Ne croyez-vous pas que le moment est venu de franchir le pas ? demanda-t-il en l'attirant vers lui.

Elle lui saisit le bras avec vigueur.

— Ce serait une erreur.

— Je vais vous prouver que non, murmura-t-il, la couvant d'un regard incandescent.

Puis il captura ses lèvres en un baiser fougueux qui la suffoqua. Contre sa volonté, Eve sentit sa résistance voler en éclats. Incapable de toute pensée rationnelle, elle l'enlaça par le cou et se cambra contre lui, enfouissant ses doigts fébriles dans ses mèches brunes. Avec un gémissement de désir trop longtemps refoulé, elle s'abandonna à cette étreinte sensuelle et sauvage qui la bouleversait au plus profond d'elle-même. Déjà les mains habiles de Connors arrachaient sa chemise de son jean et exploraient avec fièvre la peau satinée de son ventre. Dans sa fougue à la déshabiller, il déchira la couture d'une de ses manches. Puis il se souvint du lieu où ils se trouvaient : une pièce emplie de violence où flottait encore une odeur de poudre.

— Pas ici, murmura-t-il, la respiration saccadée.

Il souleva Eve dans ses bras et la porta jusqu'à l'ascenseur. Les portes refermées, il la plaqua contre la paroi et écrasa ses lèvres sur les siennes tout en essayant en vain de lui ôter l'étui de son arme.

— Enlevez donc ce maudit truc, lui murmura-t-il d'une voix rauque.

Tandis qu'Eve s'exécutait, il lui arracha sa chemise avec fébrilité, révélant un sous-vêtement d'une finesse arachnéenne. Le tissu presque transparent dévoilait des seins ronds et fermes. Il les emprisonna dans ses mains impatientes et en titilla les pointes érigées. Rejetant la tête en arrière, Eve dut s'appuyer contre la paroi latérale pour ne pas chanceler. Quand les portes de l'ascenseur s'ouvrirent, Connors l'entraîna à l'extérieur sans cesser de la dévorer de baisers. Lâchant son sac et son étui, elle découvrit une chambre dont le luxe lui coupa le souffle. Dans une large cheminée de marbre vert pâle crépitait une flambée odorante. Impressionnée, elle foula l'épaisse moquette ivoire coordonnée à la teinte des murs décorés de grands miroirs anciens et s'approcha du lit à baldaquin immense qui trônait au milieu de la pièce. Posé sur une estrade de bois sculpté, il était placé sous une grande verrière en dôme qui permettait de voir le ciel étoilé.

— C'est là que vous dormez ?

— Cette nuit, je n'ai pas l'intention de dormir.

La prenant par la main, il lui fit gravir les deux marches de l'estrade et la renversa sur le lit.

— Je dois être au Central à sept heures, protesta faiblement Eve.

— Taisez-vous, lieutenant, lui susurra-t-il à l'oreille tout en lui ôtant son jean.

Parcourue d'un violent frisson d'anticipation, Eve le déshabilla à son tour. Incapable de maîtriser les battements désordonnés de son cœur, elle déposa une traînée de baisers sur la toison sombre qui recouvrait son torse, puis l'embrassa avec un appétit sensuel qui la déconcerta. Impatiente de libérer les pulsions sauvages qui couvaient en elle, Eve recouvrit Connors de son corps et se pressa contre son ventre, tandis que ses mains se faisaient exploratrices. Mais Connors la fit basculer sur le côté, étouffant ses protestations dans un long baiser fougueux.

— Pourquoi tant de hâte ? Nous avons tout le temps, murmura-t-il. Je n'ai même pas eu le temps de vous regarder.

Avec une lenteur calculée, il laissa errer son regard le long de ses cuisses fines et fermes, puis ses yeux suivirent la courbe de ses hanches et s'arrêtèrent sur ses seins qui se soulevaient au rythme de sa respiration. Il ne put résister à l'envie de les serrer doucement entre ses paumes. Quand il referma la bouche sur leurs pointes dressées, Eve laissa échapper un gémissement de volupté. Au paroxysme de l'excitation, Connors la recouvrit de son corps puissant. Soudain, Eve se raidit sous lui, comme prise de panique. Elle tenta de le repousser, mais il lui saisit les poignets et les ramena au-dessus de sa tête.

— Non ! Lâchez-moi !

Pris au dépourvu, Connors allait la libérer quand il discerna une lueur de désir derrière la peur qui ternissait son regard. Il resserra son étreinte et déposa le long de sa gorge blanche une traînée de baisers humides et lents. En proie à un assaut de sentiments contradictoires, Eve se débattait comme un diable, le souffle court.

— Non, je ne peux pas ! Je ne peux pas !

Avec une infinie douceur, Connors caressa la peau duveteuse de son ventre, puis ses doigts s'aventurèrent entre ses cuisses. Eve se raidit sous le choc délicieux. Elle ferma les yeux et accueillit avec volupté les caresses subtiles qu'il lui prodiguait. Soudain, un cri déchirant retentit au plus profond d'elle-même. Entraînée dans un tourbillon d'extase, elle eut l'impression que son corps implosait. Connors se mit à genoux et l'attira contre lui. Il lui inclina la tête en arrière et écrasa ses lèvres avides sur les siennes.

— J'ai envie de toi, murmura Eve en caressant fiévreusement le torse de Connors.

Il l'allongea sur le lit. Aussitôt, elle enroula ses jambes bien galbées autour de sa taille et se cambra contre son ventre brûlant. Avec un gémissement rauque, Connors pénétra dans sa douce chaleur, arrachant à Eve un petit cri de plaisir. Sous ses assauts au rythme d'abord sensuel, puis de plus en plus saccadé, elle lui agrippa les épaules avec fièvre. Soudain, il la sentit se tendre de tout son corps vers lui. Au comble de l'extase, il s'enfonça une dernière fois au plus profond d'elle.

11

Ils ne fermèrent pas l'œil de la nuit. Quand Eve monta dans la douche de Connors, au petit matin, ce n'était pas tant l'épuisement que la stupéfaction qui l'accablait. Jusqu'ici, jamais elle n'avait passé une nuit entière dans les bras d'un homme, veillant à ce que ses relations amoureuses restent simples et même impersonnelles. Elle allait sûrement s'en vouloir, songea-t-elle, tandis que les jets d'eau puissants massaient agréablement son corps. Elle devait s'efforcer d'oublier cette nuit d'égarement. Mais comment regretter une expérience aussi intense qui avait chassé ses horribles cauchemars ?

Connors entra à son tour dans la cabine.

— Je vais être obligée de t'emprunter une chemise, dit-elle en se tournant vers lui.

— Nous allons te trouver ça, dit-il en pressant un bouton dans la paroi carrelée.

Un filet de liquide transparent et crémeux coula dans le creux de sa main.

— Qu'est-ce qui te prend ?

— Je te lave les cheveux, murmura-t-il en lui

massant délicatement la tête. J'aime sentir le parfum de mon savon sur ton corps.

Un sourire amusé se dessina sur ses lèvres.

— Décidément, tu es une femme fascinante, Eve. Nous sommes là, nus sous la douche et à moitié morts après une nuit d'amour mémorable, et pourtant tu me dévisages avec ton regard froid et soupçonneux de femme flic !

— Et toi, tu es un personnage suspect.

— Je le prends comme un compliment.

Il se pencha vers elle et lui mordilla doucement la lèvre inférieure.

— Que voulais-tu dire par « je ne peux pas » la première fois que nous avons fait l'amour ? demanda-t-il soudain en lui inclinant la tête en arrière.

— Je ne me souviens pas de tout ce que je dis.

Sans un mot, il entreprit de caresser entre ses doigts la pointe de ses seins recouverts de mousse et esquissa un sourire quand elle ferma les yeux. Mais elle s'efforça aussitôt de chasser le désir qui s'insinuait à nouveau en elle.

— Je n'ai pas le temps, protesta-t-elle d'un ton sec. C'était une erreur. Je dois partir.

Il l'agrippa par les fesses et la souleva dans ses bras.

— Ce n'était pas une erreur. Ni cette nuit ni maintenant. Tiens-toi à mon cou, lui ordonna-t-il d'une voix rauque, abasourdi par la passion dévorante qu'elle suscitait en lui.

Il la plaqua contre la paroi de la douche et la pénétra d'un coup de reins puissant. Du plus profond de son âme, elle aurait voulu le haïr de la rendre ainsi esclave de ses propres pulsions.

Mais elle s'accrocha à lui et s'abandonna au délice enivrant de ses assauts.

Soudain, il se crispa entre ses bras. Rejetant la tête en arrière, il dut plaquer une main contre la paroi pour ne pas perdre l'équilibre, tandis qu'Eve laissait glisser ses jambes le long des siennes. Honteux qu'elle puisse déchaîner ses instincts les plus sauvages par sa seule présence, il n'osa pas la regarder en face.

— Je vais te chercher une chemise, dit-il brusquement.

Il sortit de la cabine, prit au passage un drap de bain et la laissa seule sous les jets bouillonnants.

Quand Eve sortit tout habillée de la salle de bains, un plateau avec un appétissant petit déjeuner l'attendait sur la table basse de la chambre.

— Désires-tu une tasse de café ?

— Non, merci, je n'ai pas le temps, répondit-elle, ne sachant trop quelle attitude adopter.

Il l'avait prise sauvagement dans la douche et voilà que, maintenant, il avait repris son rôle de maître de maison distingué et attentionné ! Sur la défensive, elle passa l'étui de son laser autour de son épaule et accepta le café qu'il lui avait déjà versé. Oubliant les nouvelles du matin qu'il suivait sur le grand écran occupant tout un mur de la chambre, il admira la silhouette parfaite d'Eve.

— Cette chemise est un peu trop grande, fit-il remarquer, penchant la tête de côté, mais elle te va très bien.

— Je te la rendrai, répondit Eve, persuadée quant à elle qu'une chemise coûtant près d'une semaine de son salaire ne pouvait lui aller.

— Garde-la donc. J'en ai plein d'autres.

Il s'approcha d'elle et suivit de l'index la courbe de sa joue.

— J'ai été un peu brutal tout à l'heure. Pardonne-moi.

— N'y pensons plus, répondit-elle, embarrassée, en vidant sa tasse.

— Je ne l'oublierai pas et toi non plus, Eve. Je suis sûr que nous allons tous deux souvent penser à cette nuit. Moi en tout cas, je vais devoir me contenter de ces merveilleux souvenirs pendant quelques jours.

— Tu t'en vas ? demanda-t-elle d'une voix qu'elle espérait posée.

— Les travaux préliminaires sur FreeStar réclament ma présence. Je dois assister à plusieurs réunions avec la direction.

Pour rien au monde, Eve n'aurait avoué la déception qui lui serra la gorge.

— Ah oui, ce paradis des loisirs pour riches blasés ! J'ai entendu que tu avais signé l'accord.

Connors se contenta de sourire.

— Quand les travaux seront terminés, je t'y emmènerai. Tu changeras peut-être d'opinion. Entre-temps, je te demande d'être discrète. Les réunions sont strictement confidentielles. Seules quelques personnes sont au courant que je dois quitter New York.

Il la prit par la taille et l'entraîna dans les

escaliers. Si tu as besoin de me joindre, appelle Summerset. Il transmettra. Je serai parti cinq jours, une semaine au maximum.

Au bas des marches, il prit son visage entre ses mains avec une gravité qu'elle ne lui avait encore jamais vue.

— Tu vas me manquer, Eve. Promets-moi que nous nous reverrons.

Eve sentit son cœur bondir dans sa poitrine.

— Connors, que nous arrive-t-il ?

Il l'attira contre lui et pressa langoureusement ses lèvres contre les siennes.

— Tout semble indiquer que nous vivons le début d'une idylle...

Il éclata de rire devant son visage interloqué.

— Si j'avais braqué un revolver sur ta tempe, tu n'aurais pas eu l'air plus terrifiée. Tu vas avoir plusieurs jours pour réfléchir à tout ça. Je te contacterai dès mon retour.

Quand elle ouvrit la portière de sa voiture, Eve remarqua un mémo électronique sur le siège du conducteur. Elle le ramassa et l'alluma en s'installant au volant. La voix traînante de Connors se fit entendre.

— Je n'aime pas l'idée que tu frissonnes ailleurs que dans mes bras.

Perplexe, Eve fourra le mémo dans sa poche et actionna à tout hasard le système de chauffage. La vague de chaleur qui envahit l'habitacle lui arracha un petit cri de surprise.

Pendant tout le trajet jusqu'au Central, elle arbora un sourire radieux.

Eve s'enferma dans son bureau. Son service ne commençait que dans deux heures et elle entendait en consacrer chaque minute aux homicides DeBlass-Starr. Le P.38 dans la main, elle visionna une fois de plus le meurtre de Sharon. Qu'as-tu ressenti quand tu as pressé la détente, espèce d'ordure ? se demanda-t-elle, concentrée sur l'image. Soudain, Eve plissa les yeux. Elle venait de remarquer un léger tremblement sur le film, comme si l'assassin avait bousculé la caméra. Ton bras a tremblé ? Tu ne t'attendais pas à la violence de l'impact, à tout ce sang versé ? Et ce halètement juste avant le changement de plan... Qu'as-tu ressenti ? De la répulsion, du plaisir ou bien simplement une froide satisfaction ? Puis Eve repassa la disquette de Lola Starr. Cette fois, aucun tremblement, aucun halètement. Tu savais à quoi t'attendre et puis tu ne la connaissais peut-être même pas. Comment l'as-tu choisie et comment vas-tu choisir ta prochaine victime ?

Peu avant neuf heures, quand Feeney frappa à sa porte, Eve étudiait une carte de Manhattan sur son écran. Il se pencha par-dessus son épaule, exhalant une haleine fraîche de bonbon à la menthe.

— Tu envisages de déménager ?

— Non, je m'essaie à la géographie. Agrandissement image de cinq pour cent, ordonna-t-elle à l'ordinateur. Regarde.

Deux points rouges clignotaient sur la carte.

— Premier meurtre, deuxième meurtre. Et là, c'est chez moi, dit-elle en désignant un point vert à proximité de la Neuvième Avenue.

Elle laissa échapper un soupir et se cala dans son fauteuil.

— Trois systèmes de sécurité très différents. Celui de Lola Starr était non existant : d'après les autres résidents, le portier électronique était en panne depuis deux semaines. Chez Sharon DeBlass, sécurité maximale : code à l'entrée, reconnaissance digitale à sa porte et système de surveillance perfectionné dans tout le complexe. Le mien n'est pas aussi sophistiqué, mais ma porte est quand même dotée d'une serrure 5000 Spéciale Police. Seul un professionnel très expérimenté peut en venir à bout sans le code.

Eve tapota nerveusement sur son bureau, le regard rivé sur sa carte.

— Il n'a pas laissé une seule empreinte, pas même le moindre cheveu ou poil pubien. Et à peine quelques heures après le premier meurtre, il savait déjà que j'étais chargée de l'enquête. Qu'est-ce que cela t'inspire, Feeney ?

Les mâchoires serrées, le capitaine Feeney se balança d'avant en arrière sur ses talons.

— Un membre de la police ou de l'armée. Peut-être d'une organisation paramilitaire ou de la milice gouvernementale. Mais ce pourrait aussi être un maniaque sexuel très calé en sécurité. Je vais confronter le fichier des pervers avec celui des spécialistes de la sécurité. Avec un peu de chance… Je préfère cette hypothèse à cclle d'un flic psychopathe.

— Moi aussi, répondit Eve qui fit pivoter sa chaise vers lui. Feeney, tu t'y connais un peu en armes anciennes, n'est-ce pas ?

Il lui tendit ses poignets serrés.

— Je passe aux aveux complets. Embarque-moi.

Eve ne put réprimer une esquisse de sourire.

— Tu connais d'autres collectionneurs parmi les collègues ?

— Quelques-uns. C'est un hobby très coûteux, alors la plupart se contentent de reproductions. A propos de coûteux, ajouta-t-il en palpant la manche de la chemise en soie, belle chemise. Tu as eu une augmentation ?

— Je l'ai empruntée, marmonna Eve, toute gênée de sentir ses joues s'empourprer. Pourrais-tu m'établir la liste des collectionneurs d'armes originales dans la maison ?

— Ça ne me plaît pas du tout, répondit-il, la mine grave. Une journée qui commence mal... Ah, j'oubliais, j'ai un petit cadeau pour toi. En arrivant, j'ai trouvé un mémo sur mon bureau. Le grand patron va débarquer dans cinq minutes chez Whitney. Il veut nous voir tous les deux.

— Quelle barbe !

— J'y vais. Tu me rejoins ? Enfile un pull ou quelque chose. Si Simpson voit ta chemise, il va sûrement penser que nous sommes trop payés, ironisa-t-il avec un clin d'œil moqueur.

— Laisse tomber, Feeney.

Edward Simpson, chef de la police et de la sécurité, était un personnage imposant. Du haut de son mètre quatre-vingt-dix, il dégageait une aura de pouvoir et d'autorité créée de toutes pièces par ses conseillers en communication :

costume sombre agrémenté d'une cravate rouge vif, lèvres constamment pincées, yeux bleu acier, une couleur qui selon les sondages inspirait confiance aux électeurs. Avec une lenteur calculée, il s'assit d'autorité à la place du commandant Whitney et croisa d'un geste élégant ses longs doigts aux ongles manucurés qui arboraient trois grosses bagues en or.

— Nous nous trouvons confrontés à une situation délicate, commença-t-il avec emphase, lançant un regard dur aux trois visages qui lui faisaient face. Durant mes cinq ans de mandat, la criminalité dans notre ville a baissé de cinq pour cent. Un point par an ! Et au lieu de souligner ces formidables progrès, à quoi s'intéressent les médias ? A ces deux meurtres qui défraient la chronique !

— Les articles et reportages sont très vagues. Le code cinq sur l'affaire DeBlass interdit toute coopération avec les médias, répondit Whitney d'une voix posée, malgré la profonde antipathie que lui inspirait Simpson.

— Et laisse ainsi libre cours aux spéculations les plus farfelues ! répliqua le chef de la police d'un ton sec. C'est pourquoi j'ai décidé de faire une déclaration cet après-midi même.

D'un geste impérieux, il coupa court aux protestations de Whitney.

— L'opinion publique a besoin d'être rassurée, d'entendre que la police a l'affaire en main. Même si ce n'est pas le cas, ajouta-t-il d'un ton acerbe en plongeant son regard dur dans celui d'Eve. En tant qu'officier chargé de l'enquête, vous assisterez à ma conférence de presse, lieutenant Dallas.

— Avec tout le respect que je vous dois, je ne suis autorisée à divulguer au public aucun détail pouvant nuire à l'enquête.

D'un geste agacé, Simpson ôta une poussière invisible sur la manche de son costume impeccable.

— Lieutenant, j'ai trente ans d'expérience et je crois savoir comment mener une conférence de presse. En outre, poursuivit-il en se tournant vers Whitney, il est impératif de faire taire les rumeurs établissant un lien entre le meurtre de Sharon DeBlass et celui de cette Lola Starr. Le Central ne peut s'autoriser aucun amalgame risquant de nuire à la réputation du sénateur.

— Le meurtrier s'en est chargé à notre place, murmura Eve entre ses dents serrées.

Simpson la gratifia d'un regard glacial.

— Officiellement, il n'existe aucun lien. Si on vous pose la question, niez. Si un scandale éclate et se répercute jusqu'à Washington-Est, nous paierons les pots cassés. Sharon DeBlass est morte depuis une semaine et nous sommes toujours au stade zéro. A quoi jouez-vous donc, lieutenant ?

— Nous avons l'arme, protesta Eve, ainsi qu'un mobile plausible, le chantage, et une liste de suspects.

— Vous semblez oublier que je suis votre supérieur, lieutenant Dallas, et c'est à moi qu'il incombe de réparer vos dégâts ! rétorqua Simpson, bouillonnant de colère. Il est grand temps que vous cessiez de remuer la boue et que vous vous décidiez enfin à clore le dossier. Sinon, vous pourriez très vite vous retrouver à la circulation !

Les poings serrés, Whitney bondit de son fauteuil.

— Le lieutenant Dallas…

— Quant à vous, commandant Whitney, l'interrompit Simpson, le visage écarlate, au moindre faux pas de vos subalternes, je vous fais sauter, compris ? Le sénateur a vu d'un très mauvais œil l'intervention déplacée de votre enquêteuse auprès de sa belle-fille. Le sénateur DeBlass et sa famille sont des victimes, pas des suspects. Je ne tolérerai pas que les médias soupçonnent la police de harceler des parents en deuil, ou se demandent pourquoi l'officier chargé de l'enquête a refusé les tests après une élimination.

— Les tests du lieutenant Dallas ont été reportés sur mon ordre, protesta Whitney, hors de lui. Et avec votre accord !

— Je vous parle des conjectures de la presse, commandant. Jusqu'à l'arrestation du coupable, les moindres faits et gestes du lieutenant Dallas vont être disséqués et donnés en pâture à l'opinion publique.

— Je n'ai rien à me reprocher, intervint Eve d'un ton convaincu.

Le visage crispé d'Edward Simpson s'éclaira d'un sourire mauvais.

— Ah oui ? Vous oubliez sans doute votre relation, disons… intime avec un suspect qui compromet gravement l'enquête et votre réputation. Quelle sera selon vous ma position officielle si les médias viennent à apprendre que vous avez passé la nuit dernière avec ledit suspect ?

Ebranlée, Eve parvint pourtant à conserver une voix égale.

— Je suis sûre que vous me sacrifierez pour sauver votre réputation.

— Sans la moindre hésitation. Je vous attends à l'hôtel de ville à midi pile.

Sur ces mots, il sortit en claquant la porte.

— Quel emmerdeur ! soupira le commandant Whitney en se rasseyant.

Mais aussitôt il fixa sur Eve un regard accusateur.

— A quel jeu jouez-vous, lieutenant Dallas ? Vous avez perdu la tête ou quoi ?

A quoi bon nier ?

— J'ai passé la nuit avec Connors, concéda-t-elle, écœurée par cette intrusion dans sa vie privée. C'était une décision personnelle, en dehors de mes heures de service. Mon enquête l'a éliminé de la liste des suspects. Cependant, je ne nie pas que mon comportement était sans doute inopportun.

— Inopportun ! explosa Whitney. Parlez plutôt de bourde monumentale ! De suicide professionnel ! Bon Dieu, Dallas, vous ne pouvez pas contrôler votre libido ? Je ne m'attendais vraiment pas à ça de votre part !

Moi non plus, se dit-elle.

— Cela n'affecte en rien l'enquête, ni ma capacité à la diriger. Si vous pensez le contraire, vous vous trompez. Et si vous me déchargez de l'affaire, vous devrez aussi accepter ma démission.

Whitney la dévisagea sans un mot, puis lâcha un autre juron.

— Vous avez intérêt à être sûre et certaine que Connors ne figure plus sur la liste des suspects. Et demandez-vous aussi comment…

— Comment Simpson a-t-il su où j'étais la nuit dernière ? l'interrompit Eve, soulagée qu'il ne lui ait pas réclamé son insigne. A l'évidence, je suis suivie. La question est pourquoi.

— Arrangez-vous pour tirer cette affaire au clair, Dallas, répondit Whitney en désignant la porte du pouce. Et soyez sur vos gardes à cette conférence de presse.

A peine étaient-ils dans le couloir que Feeney ne put se contenir davantage.

— Qu'est-ce qui t'a pris, bon sang ?

— Lâche-moi, Feeney ! Je ne l'avais pas prévu, d'accord ?

Eve appuya rageusement sur l'appel de l'ascenseur et fourra ses mains dans ses poches d'un air buté.

— Voyons, Eve… Connors est une des dernières personnes à avoir vu Sharon DeBlass vivante. Il est riche à milliards et peut s'offrir tout ce qu'il veut, y compris l'immunité.

— Il ne correspond pas au profil, objecta Eve avec virulence en s'engouffrant dans l'ascenseur. Je sais ce que je fais !

— Tu n'en sais rien du tout ! rétorqua Feeney

en montant à sa suite. Je n'aurais jamais cru qu'un homme pouvait te tourner la tête à ce point.

— Mêle-toi de tes oignons, Feeney ! Je n'ai pas à me justifier !

12

Face à l'imposante rangée de micros que tendait une cohorte de journalistes, Edward Simpson, arborant une cravate patriotique et un badge *«I love New York»*, entreprit de lire une déclaration rédigée à l'avance. Quelques pas en retrait, Eve aurait payé cher pour être ailleurs. Ecœurée, elle écouta patiemment le chef de la police et de la sécurité débiter avec conviction son lot de demi-vérités et de commentaires flatteurs sur son propre compte. A l'en croire, tout juste s'il parviendrait à trouver le sommeil jusqu'à ce que le meurtrier de Lola Starr soit traduit devant la justice! Sûrement pas son premier mensonge ni le dernier, songea tristement Eve.

A peine Simpson eut-il terminé sa phrase que Nadine Furst, journaliste-vedette de Channel 75, lui tendit le micro sous le nez.

— Chef Simpson, d'après mes informations, l'homicide de Lola Starr serait lié à l'affaire DeBlass. Confirmez-vous?

Simpson afficha un sourire patient et faussement bienveillant.

— Mademoiselle Furst, nous savons tous que des informations erronées sont souvent communiquées aux médias. C'est pourquoi j'ai créé l'OVI, Office de vérification de l'information, dès la première année de mon mandat. Adressez-vous donc à lui.

Eve parvint à réprimer un ricanement. Nadine Furst revint aussitôt à la charge.

— Selon ma source, la mort de Sharon DeBlass n'était pas un accident, mais un meurtre. Même méthode et même assassin dans les deux cas.

Son intervention déclencha un véritable tumulte dans la meute des journalistes et les questions fusèrent de tous côtés.

— Le lieutenant Dallas, qui travaille depuis plus de dix ans dans les forces de la police new-yorkaise, va se faire un plaisir de vous répondre plus en détail, s'empressa d'esquiver Simpson, une étincelle de panique au fond des yeux.

Tandis qu'il se penchait fébrilement vers son conseiller, Eve comprit que le moment était venu d'entrer dans la fosse aux lions. Prise au piège, elle s'avança vers la rangée de micros. Aussitôt, elle fut assaillie par un flot de questions qu'elle s'efforça de filtrer.

— Comment Lola Starr a-t-elle été tuée ? cria un journaliste au premier rang.

— Dans l'intérêt de l'enquête, je ne suis pas autorisée à vous répondre, commença Eve.

Sa déclaration provoqua d'emblée un tollé. Maudissant intérieurement Simpson, elle tenta de ramener un peu le calme d'un geste de la main.

— Je me contenterai de dire que Lola Starr, compagne accréditée de dix-huit ans, a été victime d'un meurtre violent et prémédité. D'après les indices en notre possession, elle aurait été tuée par un client.

— Sharon DeBlass a-t-elle aussi été tuée par un client ? intervint Nadine Furst.

Eve plongea un regard imperturbable dans celui de la journaliste.

— Le Central n'a publié aucun communiqué officiel indiquant que Sharon DeBlass avait été assassinée.

— Selon ma source, vous êtes chargée des deux affaires. Confirmez-vous ?

— Je suis chargée de plusieurs enquêtes en cours, répondit Eve avec circonspection.

— Pourquoi un officier confirmé tel que vous se verrait-il confier une affaire de décès accidentel ? insista la journaliste.

Terrain glissant, songea Eve.

— Désirez-vous une définition de la bureaucratie ? répliqua-t-elle sans se laisser désarçonner. Ecoutez, mademoiselle Furst, je comprends que l'affaire DeBlass attise vos convoitises. Vous rêvez d'un scoop, c'est votre métier. Lola Starr n'avait peut-être pas le prestige de Sharon DeBlass, mais elle n'en mérite pas moins que je mette tout en œuvre pour démasquer son meurtrier. Je n'ai rien d'autre à déclarer !

Sur ces mots, Eve pivota sur ses talons et descendit de l'estrade non sans avoir au passage gratifié Simpson d'un regard incendiaire.

Elle le laissa se débattre avec les journalistes et regagna sa voiture à grandes enjambées furieuses.

— Lieutenant Dallas !

Nadine Furst la rattrapa en courant.

— Je n'ai plus rien à ajouter. Interrogez donc le chef de la police, répliqua Eve en ouvrant sa portière.

— Si je veux entendre des balivernes, je peux tout aussi bien appeler l'OVI, rétorqua la journaliste tenace. Vous aimez jouer franc jeu, lieutenant. Moi aussi. Nos méthodes diffèrent, mais nous poursuivons le même objectif.

Eve leva un sourcil ironique.

— Ah oui, lequel ?

— Ecoutez, lieutenant, deux femmes sont mortes en une semaine. Mes renseignements et mon instinct me disent qu'elles ont toutes deux été assassinées. J'imagine que vous n'allez pas confirmer.

— Vous imaginez bien.

— Je vous propose un marché. Dites-moi si je suis sur la bonne piste et je ne gênerai pas votre enquête. Dès que vous avez du solide, appelez-moi. J'obtiendrai l'exclusivité de l'arrestation… en direct.

Presque amusée, Eve s'adossa contre la carrosserie.

— Et que puis-je espérer en échange, mademoiselle Furst ? Une poignée de main et un grand sourire ?

— Je vous communiquerai le dossier que m'a transmis mon informateur. Intégralement.

— Y compris son identité ? demanda Eve, très intéressée.

— Encore faudrait-il que je la connaisse. J'ignore son nom. Tout ce que je possède, c'est une disquette expédiée à mon bureau, une copie des rapports de police, incluant les autopsies des victimes et deux vidéos très macabres.

— Vous bluffez. Si vous aviez entre les mains la moitié de ce que vous prétendez, vous l'auriez déjà révélé dans votre journal.

— J'y ai songé, avoua Nadine. Mais cette affaire dépasse de loin le banal fait divers et mérite bien que j'oublie un peu les chiffres d'audience. Libre à vous de refuser ma proposition, lieutenant, auquel cas je ferai cavalier seul.

Eve garda le silence un moment, soupesant le pour et le contre.

— Marché conclu... Mais vous n'avez pas intérêt à me jouer un sale tour, ajouta-t-elle avant que le triomphe n'illumine le regard de Nadine Furst. A la moindre tentative, je vous écrase.

— Cela me paraît équitable.

— Dans ce cas, rendez-vous au Blue Squirrel dans vingt minutes.

L'après-midi, le club était toujours très calme et Eve trouva une table discrète sans difficulté. Elle s'installa et commanda un Pepsi Classic.

— Et vous, mademoiselle ? demanda le serveur à Nadine Furst qui s'assit en face d'Eve.

— Un café.

Eve s'accouda sur la table.

— Alors ?

La journaliste sortit un PC miniature de son sac en cuir rouge, glissa la disquette dans le lecteur et le tendit à Eve. Les mâchoires crispées, celle-ci visionna le CD-Rom sans un mot : l'intégralité des dossiers de l'enquête confidentielle défila sous ses yeux. Elle s'arrêta avant le début des vidéos et rendit l'ordinateur à Nadine Furst.

— Ces documents sont-ils authentiques ?

La mine sombre, Eve acquiesça d'un signe de tête.

— Le meurtrier serait donc une sorte de fanatique d'armes à feu doublé d'un expert en vidéosurveillance.

— Les pièces à conviction semblent confirmer ce profil.

— Vous subissez de fortes pressions politiques, n'est-ce pas ? demanda Nadine Furst après que le serveur eut apporté leurs boissons.

— La politique ne m'intéresse pas.

— Mais votre chef, si.

La journaliste but une gorgée de café et ne put réprimer une grimace.

— Hum, pas terrible, fit-elle remarquer en reposant sa tasse. Ce n'est un secret pour personne que cet imbécile de Simpson vise le mandat de gouverneur. Quant à DeBlass, il est bien placé pour remporter la candidature de son parti à la présidence. Quoi qu'il en soit, la parodie de cet après-midi tend à prouver qu'ils cherchent à étouffer l'affaire. Je doute que le meurtrier, s'il est arrêté, soit inculpé pour les deux crimes.

— Cela dépendra du procureur. Personnellement, ça m'est égal du moment que je coince le coupable.

— Voilà toute la différence entre nous, lieutenant Dallas. Quand vous l'aurez arrêté et que grâce à moi le scandale éclatera, le procureur n'aura pas le choix. Les retombées vont occuper DeBlass pendant des mois.

— Vous aussi, vous aimez la politique, mademoiselle Furst ? ironisa Eve.

— Je me contente de révéler la vérité, voilà tout, répliqua celle-ci avec un haussement d'épaules. Et cette histoire-là vaut de l'or : sexe, violence, argent... Et puis un personnage auréolé de mystère tel que Connors va contribuer à pulvériser les records d'audience.

Eve but lentement une gorgée de Pepsi.

— Il n'existe aucune preuve établissant un lien entre cette affaire et Connors.

— Il connaissait Sharon DeBlass : c'est un ami de la famille. Il possède une des plus belles collections d'armes au monde et, selon la rumeur, il serait un excellent tireur. Sans oublier qu'il est propriétaire de l'immeuble où résidait Sharon. Que vous faut-il de plus ?

— Aucune des deux armes ne permet de remonter jusqu'à lui. Et aucun rapport n'a pu être établi entre Lola Starr et lui.

— Peut-être pas, mais même comme personnage secondaire, Connors fait vendre. Et ce n'est pas un secret d'Etat qu'il s'est plusieurs fois accroché avec le sénateur dans le passé.

Cet homme a de la glace dans les veines. Je doute que deux meurtres de sang-froid le dérangeraient…

La journaliste marqua une pause, songeuse.

— Mais d'un autre côté, il déteste la publicité. Je l'imagine mal se vanter de ses exploits en envoyant des disquettes aux médias. Celui qui agit ainsi cherche à attirer l'attention sur lui, c'est indéniable.

— Théorie intéressante, répondit Eve que cette conversation commençait à lasser.

Une migraine lui taraudait déjà les tempes. Elle se leva et se pencha vers Nadine Furst.

— Voulez-vous savoir qui est votre informateur ?

— Bien sûr, dit la journaliste avec une étincelle dans les yeux.

— L'assassin en personne. A votre place, je prendrais garde où je mets les pieds, ajouta-t-elle après un silence pesant. Au revoir, mademoiselle Furst.

Eve s'éloigna en direction des coulisses, espérant que Mavis serait dans le cagibi qui lui servait de loge. Elle avait besoin d'une présence réconfortante. Elle la trouva emmitouflée jusqu'aux oreilles dans une couverture, en proie à une violente crise d'éternuements. Mavis se moucha bruyamment et leva des yeux bouffis vers elle.

— J'ai attrapé une sacrée crève. Quelle idée j'ai eue de me trimbaler nue sous une couche de peinture en plein mois de février !

Prudente, Eve préféra garder ses distances.

— Tu te soignes ?

— J'ai tout essayé, répondit son amie, désignant une petite table basse couverte de flacons et de boîtes de comprimés. On dirait que j'ai dévalisé une pharmacie.

— Tu serais mieux dans ton lit.

— Tu parles ! Le service de désinfection est à pied d'œuvre dans mon immeuble. Un petit malin a eu la bonne idée d'aller raconter qu'il avait aperçu un cafard, expliqua-t-elle entre deux éternuements. Au fait, qu'est-ce que tu fabriques ici en plein après-midi ?

— Un rendez-vous d'affaires. Je te laisse, Mavis. Tu dois te reposer.

— S'il te plaît, reste, je m'ennuie à mourir, répondit celle-ci qui avala au goulot une gorgée de liquide rose peu appétissant. Eh, belle chemise ! Tu as eu une augmentation ? Assieds-toi. C'était Connors hier soir, n'est-ce pas ?

— Oui.

— Quand il s'est avancé jusqu'à ta table, j'ai failli m'évanouir. Qu'est-ce qu'il te voulait ?

Eve choisit la méthode directe.

— J'ai couché avec lui, lâcha-t-elle.

Mavis manqua de s'étrangler.

— Quoi ? s'exclama-t-elle en cherchant un mouchoir propre. Tu ne couches jamais avec personne et tu m'annonces que toi et Connors, vous...

— C'était stupide, soupira Eve en passant sa main dans ses cheveux. Ça ne m'était encore jamais arrivé. J'ignore ce qui m'a pris.

— Ecoute, commença Mavis, serrant dans une main glacée les doigts crispés de son amie, depuis que je te connais, tu as toujours refoulé tes sentiments à cause d'événements dont tu te souviens à peine. Un homme, et pas n'importe lequel, vient de réussir à briser ta carapace. Tu devrais être heureuse.

— Peut-être... Mavis, c'est terrible, poursuivit-elle en fermant les yeux. Ma carrière est en jeu.

— Que veux-tu dire ?

— Connors est impliqué dans une affaire dont je suis chargée.

— Oh non ! Tu ne vas quand même pas être obligée de l'arrêter ?

— Non, mais si je ne me dépêche pas de clore mon enquête, je suis un flic fini. Quelqu'un se sert de moi. Il tire les ficelles dans mon dos et j'ignore où il veut en venir.

— Alors, il va falloir que tu trouves, répondit Mavis d'un ton encourageant.

A vingt-deux heures passées, Eve pénétra dans le hall de son immeuble. Elle venait d'essuyer une réprimande du bureau de Simpson pour avoir dévié de la ligne officielle en pleine conférence de presse. Le soutien officieux du commandant n'avait pas vraiment réussi à calmer le jeu. Pas de cauchemar cette nuit, implora-t-elle son subconscient en se couchant, épuisée.

Avant d'éteindre, Eve vérifia son courrier électronique, espérant au fond d'elle-même trouver un message de Connors. Rien. Mais le film vidéo qui s'afficha à l'écran la glaça de terreur. Le message était anonyme, transmis d'un serveur public. La fillette assassinée, son père, mort lui aussi. Tout ce sang…

— Espèce d'ordure, murmura-t-elle en tremblant. Si tu espères me déstabiliser avec ces horreurs, tu te trompes lourdement. Je t'interdis de te servir de cette enfant contre moi.

Au même instant, son vidéocom bourdonna.

— Qui que vous soyez, allez au diable ! bougonna-t-elle.

Par conscience professionnelle, elle remonta pourtant le drap sur sa poitrine nue et se connecta. Le visage souriant de Connors apparut à l'écran.

— Je te réveille ?

— D'ici cinq minutes, tu y aurais parfaitement réussi. Aux interférences, j'imagine que tu es arrivé à bon port ? ajouta-t-elle quand des parasites perturbèrent la transmission audio.

— En effet. Juste un léger retard. J'espérais te joindre avant que tu n'ailles te coucher. Qu'est-ce qui ne va pas, Eve ? s'inquiéta Connors devant la mine tracassée de la jeune femme.

— La journée a été longue et éprouvante, répondit-elle évasivement avec un haussement d'épaules.

A cet instant, il tourna la tête et s'adressa à voix basse à quelqu'un à côté de lui. Une femme passa dans le champ derrière Connors.

— J'ai demandé à mon assistante de sortir, expliqua Connors. Je préfère être seul pour te demander ce que tu portes sous ce drap.

— Rien, on dirait, répliqua-t-elle avec un regard de défi.

— Et si tu me laissais juger par moi-même ?

— Pas question de satisfaire tes envies de luxure par transmission intersidérale. Fais marcher ton imagination !

— C'est exactement ce à quoi je m'emploie. Je suis en train d'imaginer les enivrantes étreintes auxquelles nous nous livrerons la prochaine fois que je te tiendrai entre mes bras. Je te conseille de te reposer.

Eve voulut sourire, mais n'y parvint pas.

— Connors, à ton retour, il va falloir que nous parlions.

— Avec plaisir. Je trouve toujours nos conversations très stimulantes, Eve. Dors bien.

— D'accord. A bientôt, Connors.

— Pense à moi.

Il termina la transmission, puis médita longtemps devant l'écran éteint. Que signifiait cette lueur d'inquiétude qu'il avait discernée au fond de ses yeux ? Pivotant sur son fauteuil, il contempla le ballet grandiose des étoiles dans l'espace infini. Pourquoi était-il si loin alors qu'Eve avait besoin de réconfort ? Et comment expliquer l'importance qu'elle avait aussi vite prise dans sa vie ?

13

Eve parcourut avec frustration le rapport bancaire de Feeney concernant Sharon De-Blass. Rien sur toute la côte Est, rien en Virginie. Feeney avait même poussé ses recherches à l'Ouest et jusqu'à la frontière du Canada. En vain.

Elle a pourtant bien dû louer un coffre quelque part, songea Eve, perplexe, et sans doute pas à l'étranger ou dans les colonies spatiales où chaque voyage implique une fouille systématique à la douane. Non, ce maudit journal devait sûrement se trouver plus près, dans un lieu facile d'accès, mais suffisamment bien caché pour qu'elle puisse s'en vanter sans crainte qu'il ne soit découvert. Sa mère n'était sans doute pas la seule à connaître son existence. Et si elle s'était servie d'un pseudonyme? Prise d'une subite inspiration, Eve entra Sharon Barrister dans l'ordinateur. *Brinkstone International Bank & Finance, Newark, New Jersey,* inscrivit aussitôt celui-ci à l'écran. En plein dans le mille! exulta-t-elle. La solution était si simple, si évidente que Feeney et elle n'y avaient pas même songé ! Les relevés de la banque indiquaient la location d'un coffre ainsi qu'un portefeuille d'actions d'un montant de trois cent vingt-six mille dollars. Eve contacta aussitôt le bureau du procureur général.

— J'ai besoin d'un mandat, annonça-t-elle avec un sourire rayonnant.

Trois heures plus tard, elle se trouvait dans le bureau du commandant Whitney, s'efforçant de ne pas grincer des dents de dépit.

— Sharon DeBlass a une autre planque ailleurs, voilà tout, se défendit-elle avec véhémence.

— Rien ne vous empêche de la chercher, Dallas, répondit son supérieur, tandis qu'elle arpentait la pièce à grands pas nerveux.

Eve désigna le rapport qu'elle venait de déposer sur le bureau de son chef.

— Et que comptez-vous faire de ça ? Je n'ai peut-être pas encore le journal, mais le chantage est bel et bien établi. Cette liste de noms avec les montants en est la preuve. Et celui de Simpson y figure !

— Je sais lire, Dallas, répondit Whitney avec lassitude. Le patron n'est pas le seul Simpson dans cette ville, et encore moins dans le pays.

— C'est lui ! insista Eve, exaspérée. Et nous le savons tous les deux. Il y a aussi d'autres noms intéressants : un gouverneur, un évêque, une dirigeante respectée de l'Organisation internationale des femmes, deux hauts fonctionnaires de la police, un ancien vice-président...

— Je connais ces noms, l'interrompit le

commandant avec agacement. Avez-vous conscience de votre position et des conséquences, Dallas ?

D'un geste de la main, il coupa court à ses protestations.

— Quelques colonnes de noms et de chiffres ne signifient rien. Si cette feuille sort de mon bureau, vous êtes finie et l'enquête aussi. Est-ce cela que vous voulez ?

— Non, commandant.

— Trouvez-moi ce journal, ainsi que le lien entre Sharon DeBlass et Lola Starr et nous aviserons.

— Simpson est mouillé jusqu'au cou dans cette affaire, insista Eve en se penchant sur le bureau de son chef. Il connaissait Sharon DeBlass qui le faisait chanter. Il va mettre tout en œuvre pour entraver l'enquête.

— Dans ce cas, nous le court-circuiterons, répondit Whitney qui enferma le dossier dans son coffre. Personne ne sait ce que nous avons ici, pas même Feeney. Compris, Dallas ?

— Oui, commandant, soupira Eve, consciente qu'elle n'obtiendrait rien de plus pour l'instant.

Elle se leva.

— Commandant Whitney, puis-je vous faire remarquer qu'un nom ne figure pas sur cette liste ? Celui de Connors.

Whitney hocha la tête.

— Comme je vous l'ai déjà dit, Dallas, je sais lire.

Après un déjeuner sur le pouce, Eve reprit son travail de fourmi à l'ordinateur. Elle avait parcouru la moitié des banques de New York quand son vidéocom bourdonna.

— Dallas, j'écoute.

Pour toute réponse, une image s'afficha à l'écran : celle malheureusement trop familière d'une femme en croix sur des draps trempés de sang. Un message apparut en surimpression : *SIX MOINS TROIS.*

— Recherche adresse ! ordonna-t-elle à son ordinateur avant de donner l'alerte. Ici lieutenant Dallas, priorité A. Toutes les unités disponibles au 156 Quatre-Vingt-Neuvième Rue Ouest, appartement 2119. Interception de toute personne quittant les lieux. Arrivée prévue : dix minutes.

Arme au poing, Eve pénétra dans un salon bien rangé et confortable. Un livre était ouvert sur le canapé près d'un coussin quelque peu enfoncé : quelqu'un y avait sans doute passé un moment à lire. La petite pièce attenante était un petit bureau à la fois impeccable et chaleureux. Le rayonnage de bibliothèque qui occupait tout un mur contenait plusieurs rangées de livres, un grand casier à disquettes, un autre pour les mémos électroniques. Sur une autre étagère au-dessus de l'ordinateur, coincé entre une tasse blanche ornée d'un gros cœur rouge et une bonbonnière de gommes multicolores, trônait un cheval en terre glaise malhabilement modelé. Sûrement l'œuvre d'un enfant.

Quand Eve franchit la porte au fond du bureau, elle ne cilla pas : elle savait malheureusement à quoi s'attendre. Assurée d'être seule, elle rengaina son arme avec un soupir. Elle ouvrit la garde-robe circulaire et découvrit dans un sac de toile la licence de la victime. Une femme séduisante, songea-t-elle. Sourire avenant et regard franc. Et un teint café au lait éclatant.

— Georgie Castle, enregistra Eve. Sexe féminin. Age cinquante-trois ans. Compagne accréditée. Heure probable du décès entre dix-neuf heures et dix-neuf heures quarante-cinq. Cause du décès : blessures par balles. Trois impacts visibles : front, poitrine, pubis. Très probablement provoqués par une ancienne arme à feu de combat, laissée entre les jambes de la victime. Aucun signe de lutte, ni d'effraction ou de cambriolage.

Alertée par un bruit feutré, Eve fit soudain volte-face et s'accroupit, arme au poing. Elle se retrouva nez à nez avec un gros chartreux qui venait de se faufiler dans la chambre.

— Seigneur…

Elle rengaina son arme avec un soupir.

— Il y a un chat, ajouta-t-elle à son rapport. D'où sors-tu, toi ?

Eve saisit son vidéocom portable et autorisa l'équipe de spécialistes à entrer dans l'appartement.

Quelques minutes plus tard, dans la cuisine, elle regardait le chat renifler avec un dédain de gourmet la gamelle de pâtée qu'elle venait de dénicher dans le réfrigérateur, quand des bruits de voix retentirent devant la porte de l'appartement.

— Quel est le problème, Banks ? s'enquit-elle auprès de la femme policier en uniforme qui montait la garde à l'entrée et tentait de retenir une jeune femme visiblement excédée.

— Lieutenant, cette dame exige d'entrer. Je lui disais...

— Bien sûr, j'exige d'entrer ! s'insurgea l'intéressée. C'est le domicile de ma mère. Que faites-vous chez elle ?

— Et votre mère s'appelle... ? intervint Eve.

— Mme Castle. Georgie Castle. Il y a eu un cambriolage ? Est-ce qu'elle va bien ?

La jeune femme élégante aux cheveux acajou coupés en un carré impeccable tenta de forcer le passage.

— Maman ?

— Venez, dit Eve qui lui agrippa fermement le bras et l'entraîna dans la cuisine. Quel est votre nom ?

— Samantha Bennett.

Le chat abandonna sa gamelle et se frotta à ses jambes en ronronnant. Par habitude, la jeune femme se baissa et caressa le chat entre les oreilles.

— Où est ma mère ? demanda-t-elle d'une voix où perçait maintenant l'angoisse.

— Je suis désolée, madame Bennett. Votre mère est décédée.

Muette de stupeur, Samantha Bennett la regarda avec des yeux vides. Voyant qu'elle allait s'évanouir, Eve la fit asseoir dans un fauteuil.

— C'est sûrement une erreur, parvint à articuler la jeune femme. Nous devions aller au cinéma. A la séance de vingt et une heures. Comme tous les mardis.

— Ce n'est pas une erreur, madame. Je suis désolée.

— Elle a eu un accident ? demanda Samantha dont les yeux mordorés s'inondèrent de larmes.

Eve prit son courage à deux mains.

— Non, il s'agit d'un assassinat.

— C'est impossible ! s'écria Samantha qui éclata en sanglots.

Soudain, elle bondit du fauteuil.

— Je veux la voir !

Eve la saisit par les épaules et la força à se rasseoir.

— Cela ne servirait à rien, madame Bennett. Par contre, en répondant à mes questions, vous allez m'aider à trouver le coupable. Voulez-vous que j'aille vous chercher quelque chose ? Que j'appelle quelqu'un ?

— Non, non... bafouilla Samantha en cherchant un mouchoir dans son sac d'une main tremblante. Mon mari et mes enfants... je préfère leur dire moi-même. Et mon père, comment vais-je lui annoncer ça ?

— Où se trouve votre père, madame Bennett ?

— Il habite... à Westchester, répondit la jeune femme d'une voix blanche. Mes parents ont divorcé il y a deux ans. Ma mère est venue s'installer à New York. Elle voulait devenir écrivain.

Eve alla à la cuisine chercher un verre d'eau et le tendit à Samantha qui but une gorgée et le posa sur la table basse.

— Savez-vous comment votre mère gagnait sa vie ?

— Oui, répondit-elle, tordant son mouchoir entre ses doigts. Vous savez, ma mère s'est mariée très jeune. Il y a quelques années, elle a annoncé qu'elle voulait partir, changer de vie... Personne n'a réussi à l'en dissuader.

Elle fondit à nouveau en larmes, la tête entre les mains. Avec tact, Eve la laissa sangloter un moment en silence.

— Comment a réagi votre père ? reprit-elle au bout de quelques minutes.

— Cette nouvelle l'a atterré. Il a eu beaucoup de mal à s'en remettre. Il était persuadé qu'elle finirait par revenir à la maison...

Elle comprit soudain le sous-entendu de la question.

— Vous faites fausse route, lieutenant. Il ne lui aurait jamais fait de mal. Jamais. Il l'adorait.

— Vous vous entendiez bien avec votre mère ?

— Oui, nous étions très proches.

— Vous parlait-elle de ses clients ?

— Parfois. Cela m'embarrassait mais elle en parlait avec beaucoup d'humour.

— Avait-elle mentionné quelqu'un qui la mettait mal à l'aise ?

— Non, elle savait s'y prendre. Cela faisait partie de son charme. De toute façon, elle comptait arrêter dès qu'elle aurait été publiée.

— Avait-elle déjà prononcé les noms de Sharon DeBlass et de Lola Starr ?

— Non, je ne pense pas... commença Samantha en repoussant les mèches qui lui tombaient dans les yeux.

Elle stoppa son geste à mi-course.

— Lola Starr... J'en ai entendu parler aux actualités. Cette femme qui a été assassinée... Ô mon Dieu ! murmura-t-elle, enfouissant à nouveau son visage entre ses mains.

— Un policier va vous reconduire chez vous, madame Bennett.

— Je ne peux pas la laisser.

— Ne vous inquiétez pas, je suis là. Je m'occupe de tout. Venez, maintenant.

Avec douceur, Eve aida la jeune femme à se lever et la conduisit jusqu'à la porte d'entrée. Elle préférait qu'elle soit partie avant que l'équipe de recherche n'ait terminé sa tâche dans la chambre.

— Votre mari est-il à la maison ?

— Oui, avec les enfants.

— Bien. Où habitez-vous ?

Visiblement en état de choc, Samantha Bennett donna d'une voix monocorde une adresse dans un quartier huppé de Westchester.

— Agent Banks, vous allez raccompagner Mme Bennett chez elle.

— Bien, lieutenant. Venez, madame Bennett, murmura-t-elle avec compassion en la guidant vers l'ascenseur.

Une heure plus tard, Eve entra dans le hall du Central, le chat sous le bras.

— Le commandant est-il encore là ? demanda-t-elle au sergent chargé du standard.

— Il vous attend dans son bureau. Le capitaine Feeney est déjà là, lui apprit-il en se penchant par-dessus le comptoir pour caresser le matou gris. Vous avez un autre homicide sur les bras, on dirait ?

— Oui, répondit Eve en s'engouffrant dans l'ascenseur.

Quand elle poussa la porte du bureau, le commandant Whitney finissait sa lecture du rapport qu'elle avait transmis directement du lieu du crime.

— Voilà donc le fameux chat, dit Feeney.

— Je n'ai pas eu le cœur de le confier à la fille de la victime dans l'état où elle se trouvait. Et je n'allais quand même pas l'abandonner dans l'appartement, répondit Eve avec un haussement d'épaules.

De sa main libre, elle fouilla dans son sac.

— Voilà ses disquettes. J'ai passé ses rendez-vous en revue. Le dernier de la journée remonte à dix-huit heures trente. Un certain John Smith... Et voilà l'arme, ajouta-t-elle en déposant le sac scellé sur le bureau. Vraisemblablement un Ruger P-90.

Feeney y jeta un coup d'œil et hocha la tête avec approbation.

— Tu fais des progrès.

— Qu'est-ce que tu crois ? J'ai potassé.

Le capitaine examina l'arme entre ses doigts.

— 2008, 2009, je dirais. Excellent état. Le

matricule de série est intact. Je n'aurai aucun mal à l'identifier. Mais l'assassin est trop futé pour se servir d'une arme déclarée.

— Faites les recherches immédiatement, intervint Whitney en désignant l'ordinateur au fond de la pièce. J'ai donné l'ordre que votre immeuble soit placé sous haute surveillance, Dallas. S'il tente de glisser une disquette sous votre porte, il est coincé.

— S'il reste fidèle à sa méthode, il va agir dans les prochaines vingt-quatre heures. Nous allons avoir du mal à cacher ce nouveau crime aux médias, commandant. Ils ne vont plus nous lâcher.

— J'ai déjà pris des dispositions.

— Cette affaire paraît plus délicate que nous ne l'imaginions, intervint Feeney en pivotant lentement sur son fauteuil.

Le regard grave qu'il lança à Eve la fit frissonner.

— L'arme est déclarée. Achetée par procuration lors d'une vente aux enchères à l'automne dernier. Par Connors.

— De toute évidence, c'est un coup monté, parvint-elle à répondre après quelques secondes de silence embarrassé. S'il s'agit d'une vente par procuration, quelqu'un a très bien pu utiliser son code d'identité et faire une offre à sa place. Inutile d'être spécialiste en piraterie informatique. Comment l'achat a-t-il été réglé ? demanda-t-elle à Feeney.

— Je dois attendre l'ouverture de Sotheby demain matin pour consulter leurs fichiers.

— Je mise sur un paiement en liquide par

transfert électronique, poursuivit Eve d'une voix calme, malgré le trouble qui s'était emparé d'elle. Pourquoi la maison Sotheby se poserait-elle des questions, puisqu'elle a été payée ? Quant à la livraison...

— Dallas, intervint Whitney d'un ton patient, convoquez-le pour un interrogatoire.

— Je ne peux pas.

— C'est un ordre, insista-t-il, le regard froid et imperturbable.

— Impossible. Il se trouve actuellement sur la station orbitale FreeStar.

— Il s'agit peut-être d'une couverture...

— Non, et c'est là que le véritable coupable a commis une erreur. Le voyage de Connors était confidentiel. Seules quelques personnes étaient au courant.

— Alors nous allons vérifier immédiatement s'il dit vrai.

L'estomac serré, Eve connecta le vidéocom du commandant. Quelques secondes plus tard, la voix affectée de Summerset se fit entendre.

— Summerset, ici le lieutenant Dallas. Je dois à tout prix contacter Connors.

— Monsieur est en réunion, lieutenant. Il ne peut être dérangé.

— Il s'agit d'une enquête policière, Summerset ! insista Eve avec agacement. Donnez-moi son code d'accès comme il vous l'a ordonné ou bien je vous fais coffrer pour obstruction à la justice !

— Je vous connecte immédiatement, répondit le majordome, l'air outré.

L'écran bleu resta vierge pendant quelques

minutes qui semblèrent interminables à Eve. Et s'il n'était pas sur FreeStar... songea-t-elle avec angoisse, les paumes moites.

Soudain, le visage de Connors se matérialisa. Il esquissa un demi-sourire. Une lueur d'impatience passa au fond de ses yeux.

— Tu tombes mal, Eve, je suis en réunion. Puis-je te rappeler ?

— Non. Je dois contrôler votre localisation, répondit Eve d'une voix neutre et professionnelle, tandis que Feeney retraçait sur l'ordinateur la transmission de l'appel.

Connors leva un sourcil étonné.

— Tu veux savoir où je me trouve ?

— Veuillez confirmer votre localisation, s'il vous plaît.

Connors resta un moment silencieux, examinant d'un air sombre le visage d'Eve.

— Si vous y tenez... répondit-il froidement, adoptant à son tour le vouvoiement. Je suis actuellement en pleine réunion à la chambre présidentielle de FreeStar. Jugez par vous-même.

Le vidéocom intergalactique balaya la salle de conférence où une douzaine d'hommes et de femmes siégeaient autour d'une grande table circulaire. Au-dessus de leurs têtes, un dôme vitré laissait apparaître une nuée d'étoiles et le globe bleuté de la Terre.

— Lieu de transmission confirmé, annonça Feeney à mi-voix. Il est bien sur FreeStar.

— Connors, s'il vous plaît, veuillez passer en mode privé.

Le visage imperturbable, Connors coiffa un casque.

— Je vous écoute, lieutenant.

— Une arme déclarée à votre nom vient d'être confisquée sur le lieu d'un homicide. Je dois vous demander de vous rendre au Central de New York dès que possible pour un interrogatoire. Si vous n'obtempérez pas d'ici quarante-huit heures, la police de la station se verra contrainte de vous escorter sur la Terre. Je vous conseille de venir accompagné de votre avocat, ajouta-t-elle avec un regard lourd de sens, espérant qu'il comprendrait la gravité de l'affaire. Dois-je vous rappeler vos droits et obligations ?

— C'est inutile, répondit-il d'un ton sec. Je vais prendre mes dispositions. Au revoir, lieutenant.

Les mâchoires serrées, il coupa la communication.

14

Plus ébranlée qu'elle ne voulait l'admettre, Eve entra le lendemain matin dans le bureau du Dr Mira. Elle s'assit, veillant à croiser les bras pour ne pas trahir ses émotions.

— Avez-vous eu le temps d'établir le profil, docteur ?

— Vous aviez invoqué le statut d'urgence.

Mira avait passé une nuit blanche à compulser des rapports et ses propres diagnostics psychiatriques.

— J'aurais aimé avoir davantage de temps, mais je peux déjà vous donner une vision d'ensemble.

Eve se pencha en avant avec intérêt.

— Qui est-il, docteur ?

— En général, ce genre de crime n'est pas commis par une femme. C'est un homme d'une intelligence supérieure à la moyenne, asocial et voyeur. Il est audacieux, mais n'aime pas prendre de risques, même s'il n'en est pas conscient.

D'un geste gracieux, le médecin croisa ses longs doigts effilés.

— Ses crimes sont mûrement réfléchis. Il tire son plaisir de la sélection de ses victimes, de la préparation et l'exécution de ses plans, le sexe ne jouant qu'un rôle secondaire.

— Dans ce cas, pourquoi des prostituées ?

— De même que la mort signifie le contrôle suprême sur autrui, le sexe implique une maîtrise de l'autre. Nous avons affaire à un homme qui a besoin d'imposer son pouvoir. Il annonce à l'avance le nombre de ses victimes afin de montrer à quel point il est organisé, méticuleux, ambitieux.

— Est-il possible qu'il ait eu ses six victimes en tête dès le début ?

— Le seul dénominateur commun à ces trois femmes est leur profession. A mon avis, il les a choisies au hasard, expliqua le médecin avec gravité. Quoi qu'il en soit, il éprouve un profond mépris des femmes. Il humilie et avilie ses victimes après leur mort afin de montrer son dégoût et son sentiment de supériorité. Et je peux vous dire qu'il savoure ses actes, lieutenant. C'est un homme très dangereux parce qu'il se juge très habile et son succès le renforce dans son opinion.

— Il s'arrêtera à six, tout au moins avec cette méthode, répondit Eve, les sourcils froncés. Notre homme est trop vaniteux pour se dédire auprès des autorités. Mais il est probable qu'il continue ses crimes par un autre moyen. Ce petit jeu l'amuse trop pour qu'il l'abandonne.

— On dirait que vous avez déjà lu mon rapport, fit remarquer le Dr Mira avec un demi-sourire.

Rassemblant son courage, Eve se décida à poser la question qui l'avait harcelée durant toute la nuit.

— A votre avis, docteur Mira... commença-t-elle avec circonspection, pour brouiller les cartes et se protéger, serait-il susceptible de se créer un alibi et de charger quelqu'un d'autre d'agir à sa place ?

— Non, répondit le médecin avec compassion, devinant un profond soulagement dans les yeux d'Eve. A mon avis, il ne peut se satisfaire d'un meurtre par procuration. Il lui faut être présent, tout comme il se délecte de vous voir vous démener, lieutenant. C'est pour cela qu'il glisse ses disquettes directement sous votre porte, à votre propre domicile.

— Il a expédié la dernière. Je l'ai trouvée dans mon courrier ce matin, postée d'une boîte du centre-ville, environ une heure après le meurtre. Il se doutait que mon immeuble était sous surveillance. Quoi qu'il en soit, j'apprécie beaucoup votre promptitude, docteur, conclut Eve qui se leva et lui tendit la main.

— Mon rapport comporte un addendum, lieutenant. Cette arme laissée sur le lieu du dernier crime... J'ai la conviction qu'il voulait impliquer quelqu'un d'autre afin non seulement de brouiller les cartes, mais surtout de vous toucher personnellement, voire de vous blesser. Je dois vous dire que je suis très préoccupée par l'intérêt qu'il vous porte.

— Rassurez-vous, répondit Eve avec détermination, je vais mettre tout en œuvre pour que ce soit lui qui ait tout à redouter de l'intérêt que je lui porte. Merci beaucoup, docteur.

Eve se rendit directement au bureau de Whitney. Avec un peu de chance, Feeney aurait déjà vérifié ses soupçons sur l'acquisition de l'arme. Si elle avait raison, et elle en avait l'intime conviction, le profil psychologique de Mira innocenterait Connors.

A son regard glacial et indifférent lors de leur dernière communication, elle se doutait déjà que ses obligations professionnelles avaient détruit la relation qu'ils avaient commencé à bâtir. Eve vit ses craintes confirmées dès qu'elle pénétra dans le bureau de son supérieur et y trouva Connors. Il se contenta d'incliner la tête sans un mot quand elle tendit le dossier à Whitney.

— Le profil établi par le Dr Mira, commandant.

— Merci, Dallas. Le lieutenant va vous conduire en salle d'interrogatoire, dit-il à Connors. Nous apprécions votre coopération.

Toujours sans un mot, Connors se leva et attendit qu'Eve lui ouvre la porte.

— Vous avez droit à l'assistance d'un avocat, dit-elle, mal à l'aise, en appuyant sur le bouton de l'ascenseur.

— Je sais. Suis-je sous le coup d'une inculpation, lieutenant ? demanda sèchement Connors qui monta à sa suite dans l'ascenseur.

— Non, il s'agit de la procédure habituelle.

Il s'enferma à nouveau dans un mutisme obstiné jusqu'à ce qu'Eve explose.

— Bon sang, je n'ai pas eu le choix! s'exclama-t-elle, au supplice. Je ne fais que mon métier.

Il la précéda lorsque les portes se rouvrirent.

— Ah bon?

Quand ils pénétrèrent dans la salle grise et impersonnelle, les caméras de surveillance dissimulées dans les murs se déclenchèrent. Eve s'assit à une petite table et invita Connors à prendre place en face d'elle.

— Cette procédure est enregistrée. Vous me comprenez?

— Parfaitement.

— Lieutenant Dallas, identité 5347BQ. Sujet: Connors. Le sujet a décliné la présence d'un avocat. Est-ce correct?

— Oui, le sujet a décliné la présence d'un avocat, répéta Connors avec un agacement non dissimulé.

— Connaissiez-vous une compagne accréditée dénommée Georgie Castle?

— Non.

— Vous êtes-vous rendu au 156, 89e Rue Ouest?

— Non.

— Possédez-vous un Ruger P-90, arme de combat automatique remontant environ à 2005?

— C'est possible. Je dois vérifier. Dans l'intervalle, disons que oui.

L'estomac noué, Eve hésita avant de poser la question fatidique.

— Auriez-vous acheté ladite arme à Sotheby lors d'une vente aux enchères en octobre dernier ?

— Je l'ignore, répondit Connors, les sourcils froncés. Il m'arrive d'acheter des pièces aux enchères mais, vu l'importance de ma collection, je n'ai pas en tête tous les détails de mes acquisitions.

Il consulta son agenda électronique de poche.

— Non, aucun achat à Sotheby en octobre. Il me semble qu'à cette période je me trouvais en voyage d'affaires au Japon. Ma secrétaire pourra vous le confirmer.

Ce n'est pas une preuve, Connors, et tu le sais, songea Eve, en proie à un profond désarroi.

— Dans les ventes aux enchères, il est souvent fait appel à des commanditaires, objecta-t-elle d'une voix qu'elle espérait posée.

Connors la dévisagea sans émotion apparente et rangea son agenda.

— Si vous vérifiez auprès de Sotheby, on vous répondra que je ne fais jamais appel à un commanditaire. Quand je décide d'acquérir une pièce, c'est parce que je l'ai vue de mes propres yeux. Et j'ai l'habitude de faire mes offres moi-même. Pour une raison ou pour une autre, ce qui avait suscité mon intérêt peut soudain perdre son attrait, conclut-il avec un regard lourd de sens.

L'allusion n'échappa pas à Eve. La mort dans l'âme, elle s'efforça de se résoudre à l'irréparable.

— L'arme en question a servi à abattre

Georgie Castle à environ dix-neuf heures trente hier soir.

— Vous et moi savons pertinemment que je n'étais pas à New York hier soir. Vous avez sûrement vérifié la transmission, se défendit Connors en la dévisageant d'un regard d'acier.

Par obligation professionnelle, Eve s'abstint de répondre.

— Votre arme a été trouvée sur le lieu du crime.

— Comment savez-vous qu'elle m'appartient ?

— Qui a accès à votre collection ?

— Je suis le seul à posséder le code.

— Les codes peuvent être violés, insista Eve, au supplice.

Ne comprenait-il donc pas qu'elle le suppliait de toute son âme de lui fournir une porte de sortie ?

— Improbable, mais possible, approuva-t-il avec son flegme coutumier. Mais sans mes empreintes digitales, l'ouverture d'une vitrine déclenche une alarme. La porte est automatiquement condamnée et mon service de sécurité aussitôt prévenu. Je peux vous l'assurer, lieutenant, le système est infaillible. Je sais protéger ce qui m'appartient.

Au même instant, Feeney entra. Il fit signe à Eve de le suivre à l'extérieur.

— Tu avais raison, Dallas, dit-il en fourrant ses mains dans ses poches dès que la porte fut refermée. Offre par informatique, transaction en liquide, livrée à un dépôt électronique. D'après le directeur de Sotheby, c'est une procédure inhabituelle pour Connors. En général, il assiste en personne aux ventes, parfois par vidéocom. Depuis quinze ans qu'il est en affaires avec la maison, jamais il n'a fait d'offre par informatique.

Eve s'accorda un soupir de satisfaction.

— Cela corrobore sa déclaration. Quoi d'autre ?

— J'ai approfondi mes recherches sur le Ruger P-90. En fait, il n'est apparu que la semaine dernière au nom de Connors dans le fichier des déclarations. Le commandant ordonne de laisser tomber pour l'instant.

Eve soupira de soulagement. Mais elle ne pouvait se permettre de se réjouir trop tôt. Elle se contenta de hocher la tête.

— Merci, Feeney, dit-elle en rentrant dans la salle d'interrogatoire.

— Vous pouvez y aller, Connors, lui annonça-t-elle sur le seuil.

Perplexe, il se leva lentement, tandis qu'Eve s'effaçait pour le laisser passer.

— En quel honneur ?

— Nous n'avons aucune raison de vous importuner plus longtemps.

Connors referma la porte d'un coup sec et foudroya Eve du regard.

— Importuner ? répéta-t-il d'un ton sarcastique. Me soupçonner de meurtre ! Me contraindre à abandonner des réunions capitales à des milliers de kilomètres de la Terre pour me cuisiner dans vos bureaux ! Vous osez appeler ça importuner ?

Eve comprenait sa colère et son amertume. Mais elle était obligée de faire son travail.

— Trois femmes sont décédées, répondit-elle avec calme. Nous devons explorer toutes les pistes.

— Et vous me soupçonnez ? s'exclama-t-il en l'agrippant par sa chemise avec une violence qui la déconcerta. Après ce qui s'est passé entre nous ?

— Je suis policier. Je ne peux négliger aucune hypothèse.

— Et si la balance avait penché de l'autre côté, vous m'auriez incarcéré sans aucun scrupule, n'est-ce pas ?

Il resserra encore son emprise.

— Lâchez-moi ! protesta Eve, les yeux étincelants de colère.

A cet instant, Feeney arriva au bout du couloir. Il se précipita à la rescousse.

— Lâchez-la, bon Dieu !

— Laisse tomber, Feeney !

Ignorant l'injonction de sa collègue, Feeney repoussa Connors et s'interposa entre eux.

— Laissez-la tranquille ! Elle a pris le risque de perdre son poste pour vous défendre et Simpson s'apprête à la sacrifier parce qu'elle a eu la bêtise de coucher avec vous !

— Tais-toi !

— Mais il doit...

— J'ai dit : tais-toi ! explosa Eve, exaspérée.

Dans un suprême effort de volonté, elle reprit son sang-froid et fixa sur Connors un regard qu'elle espérait indifférent.

— Nous avons apprécié votre coopération, dit-elle d'une voix neutre.

Puis elle tourna les talons et s'éloigna à grands pas décidés.

Connors avança sur Feeney d'un air menaçant.

— Que vouliez-vous dire ?

Celui-ci laissa échapper un ricanement méprisant.

— J'ai mieux à faire que de perdre mon temps avec vous.

Connors le poussa sans ménagement contre le mur.

— Vous allez pouvoir m'inculper de voies de fait sur agent de la force publique d'ici deux secondes, Feeney. Que vouliez-vous dire à propos de Simpson ?

— Vous tenez à le savoir ? Très bien, venez dans mon bureau.

Eve n'avait pas encore pu se résoudre à confier le chat à la fille de Georgie. Elle trouvait un peu de réconfort dans la présence de ce gros matou attachant. Pelotonnée sur son canapé, le chat blotti contre ses genoux, elle soupira, exaspérée, quand le bip de son vidéocom retentit. Sa mauvaise humeur s'amplifia lorsqu'elle reconnut Connors à l'écran. Elle décida de ne pas répondre.

Quelques secondes plus tard, le cliquetis de la serrure de la porte d'entrée la fit bondir du canapé.

— Tu es vraiment ignoble ! s'exclama-t-elle, suffoquée, tandis que Connors entrait dans le salon. Cette fois, tu dépasses les bornes !

— Pourquoi ne m'as-tu rien dit ? se contenta-t-il de demander en rangeant son passe électronique dans sa poche.

— Sors de chez moi ! Je ne veux plus te voir ! cria-t-elle, furieuse du désespoir qui perçait dans sa voix.

Loin d'obéir, Connors continua d'approcher.

— Je t'en prie, Eve, écoute-moi. L'idée qu'on puisse se servir de moi pour te blesser me révolte.

— Sois tranquille, tu y parviens déjà très bien tout seul !

— Tu m'as accusé de meurtre. Qu'imaginais-tu donc ? Que j'allais rester de marbre ?

— Je n'ai jamais cru à ta culpabilité, répondit-elle avec une conviction passionnée. Jamais... Mais dans mon métier, il n'y a pas de place pour les sentiments personnels. Et maintenant, sors d'ici !

Eve se dirigea d'un pas résolu vers la porte. Quand Connors tenta de l'arrêter, elle fit une brusque volte-face. Il ne tenta pas de parer au coup. Avec un calme imperturbable, il essuya d'un revers de main le sang qui perlait à la commissure de ses lèvres.

— Vas-y, défoule-toi, l'encouragea-t-il, tandis qu'elle restait plantée devant lui avec défi. N'aie pas peur, je n'ai pas pour habitude de frapper les femmes, et encore moins de les assassiner.

Craignant de laisser transparaître sa détresse, Eve se détourna et agrippa le dossier du canapé.

— Laisse-moi seule, insista-t-elle d'une voix égale, malgré l'émotion qui l'étreignait.

— Ne pouvais-tu pas me dire que tu avais

confiance en moi ? insista Connors, ému qu'elle pût le bouleverser à ce point.

— Non, répondit-elle, refoulant les larmes qui lui piquaient les yeux. Ne comprends-tu pas que, si Whitney avait douté de mon objectivité, j'aurais eu les mains liées ? Quant à Simpson, il se serait empressé de me retirer l'affaire.

— Je n'y avais pas pensé, avoua Connors d'un ton radouci.

Il posa une main sur sa nuque, mais Eve se dégagea d'un mouvement d'épaule. Elle pivota vers lui, les yeux étincelants de colère.

— Je t'avais dit de venir accompagné d'un avocat. Sans l'efficacité de Feeney et le profil psychiatrique qui te disculpe, tu serais derrière les barreaux à l'heure qu'il est !

— Pourtant je n'ai pas eu besoin d'avocat. Seulement de toi.

Une lassitude incommensurable envahit Eve.

— Tu n'es pas encore complètement innocenté, mais les diagnostics du Dr Mira valent de l'or. Au Central et au bureau du procureur général, personne ne les conteste jamais.

— Je n'imaginais pas que tu t'étais autant démenée pour moi, Eve. Je suis terriblement désolé. Quand je t'ai appelée l'autre soir, j'ai bien vu que tu étais tracassée. Feeney vient de m'expliquer pourquoi.

— De quoi se mêle-t-il… ? s'insurgea Eve.

Connors l'enserra dans ses bras.

— Il n'en aurait pas eu besoin si tu t'étais confiée à moi.

— Qu'attendais-tu donc ? Que je vienne pleurer dans ton giron ? Que je t'appelle au secours ?

— Si tu t'étais trompée à mon sujet, tu pouvais dire adieu à ton insigne. Merci d'avoir pris autant de risques, Eve.

Il lui embrassa le front, puis ses lèvres effleurèrent sa tempe, descendirent sur sa joue avec une lenteur calculée. Cette fois, Eve ne se déroba pas. Elle accueillit ses baisers avec un frémissement qui la parcourut de la tête aux pieds.

— Je vais veiller sur toi ce soir, murmura-t-il dans le creux de sa nuque. Je veux m'assurer que tu te reposes. Peut-être l'amour est-il un bon sédatif…

Avec tendresse, il souleva Eve dans ses bras.

— Voyons si nous allons trouver la bonne posologie.

15

Quand Eve se réveilla, Connors était parti. C'était mieux ainsi. A ses yeux, les lendemains matin avaient toujours un petit côté intime qui la mettait mal à l'aise. Elle avait déjà l'impression de s'être trop engagée… Après une douche rapide, elle passa un peignoir et se rendit à la cuisine. Prise au dépourvu, elle s'immobilisa sur le seuil : vêtu de son pantalon et la chemise ouverte, Connors consultait les cours de la bourse à l'écran de l'ordinateur. Apparemment très à son aise.

— Que fais-tu ici ?

— Hum ? fit-il en levant le nez.

Il ouvrit l'AutoChef derrière lui et en sortit deux tasses.

— Je nous prépare du café. J'ai entendu que tu étais levée, ajouta-t-il devant sa mine étonnée. J'aimerais te voir commc ça plus souvent.

— Comment ? Plantée sur le seuil de ma cuisine ?

Avec un petit rire, il déposa un baiser tendre sur ses lèvres.

— Non, le sourire aux lèvres.

Ah bon, elle souriait ?

— Je pensais que tu étais parti, répondit-elle, gênée, en s'asseyant à la petite table. Tu as dû te lever très tôt.

Il ramassa le vidéocom portable qu'il avait laissé sur la table et le glissa dans sa poche.

— J'avais une conférence prévue avec Free-Star à cinq heures.

— Je sais à quel point ces négociations sont importantes pour toi, répondit-elle, sirotant son café. Je suis vraiment désolée.

— Nous avons réussi à aplanir la plupart des points capitaux. Je peux m'occuper des détails ici.

— Tu ne repars pas ?

— Non.

Ne sachant que répondre, Eve se tourna vers l'AutoChef et consulta son menu plutôt limité.

— Je n'ai presque plus rien. Veux-tu que j'aille te chercher quelque chose en bas ?

Connors posa sa tasse et s'approcha d'Eve.

— Pourquoi ne veux-tu pas me dire que tu es contente de me voir rester ?

— Ton alibi tient. Tes affaires ne me regardent...

Il la fit pivoter brusquement vers lui. Eve lut la colère dans ses yeux et se prépara mentalement à l'orage. Contre toute attente, il l'enlaça et captura ses lèvres en un baiser fougueux qui fit chavirer son cœur. Elle s'abandonna entre ses bras, la tête blottie dans le creux de son cou.

— J'ignore comment réagir, murmura-t-elle. C'est la première fois que je me retrouve dans cette situation. Tout est allé si vite. Je n'aurais pas dû m'engager ainsi.

Il la prit par les épaules et plongea un regard préoccupé dans le sien.

— Pourquoi ?

— C'est trop compliqué... Je dois m'habiller. Il faut que j'aille au Central, répondit-elle évasivement en cherchant à se dégager.

Connors resserra son étreinte. Il avait tant de questions à lui poser. Pourquoi se dérobait-elle toujours ? Il plongea une main dans la poche de son pantalon et en exhuma un petit objet qu'il montra à Eve dans le creux de sa paume. Abasourdie, elle reconnut le bouton manquant à son costume gris.

— Je l'ai trouvé dans ma limousine. Je tenais à te le rendre.

Eve tendit la main, mais aussitôt il referma les doigts.

— Un bien petit mensonge, dit-il en riant. Je n'ai aucunement l'intention de te le donner.

— Tu es fétichiste ? ironisa-t-elle.

— Je le porte toujours sur moi, répondit-il d'un air grave.

Attendrie, Eve leva à nouveau les yeux vers lui.

— Bizarre comme réaction.

— C'est ce que j'ai d'abord pensé moi aussi, dit-il en rempochant le bouton. J'ai un autre aveu à te faire, Eve.

Il prit son courage à deux mains.

— Je crois que je suis amoureux de toi.

Cette déclaration inattendue la cloua sur

place. Le cœur battant à cent à l'heure, elle le dévisagea avec ahurissement.

— Mais... nous ne nous connaissons même pas.

— Bien sûr que si. Nous sommes deux âmes égarées qui ont fui leur passé et su se construire une autre existence. Pas étonnant que le destin nous ait réunis. A nous de décider jusqu'où nous voulons aller...

— Ce n'est pas le destin, mais l'affaire de meurtre dont je m'occupe qui nous a réunis, Connors.

— Peut-être, mais tu as droit à une vie privée.

— Pour l'instant, je dois me concentrer sur mon enquête. Et celle-ci empiète largement sur ma vie privée. Cette arme avec laquelle l'assassin voulait te faire accuser était une réponse directe à ma liaison avec toi. Pour une raison que j'ignore, il me tient dans son collimateur.

— Quoi ?

Eve se dirigea vers la chambre. Alarmé, Connors lui emboîta le pas.

— Que veux-tu dire ?

Pense au règlement, Eve, se réprimanda-t-elle, sachant pourtant pertinemment qu'elle s'apprêtait à l'enfreindre.

— Te souviens-tu du soir où tu as pénétré dans mon appartement ? demanda-t-elle en passant un pull-over. Tu avais trouvé un paquet derrière la porte.

— Oui, tu en étais toute retournée.

— Eh bien, c'était l'enregistrement du meurtre de Lola Starr. Quelques jours auparavant, il m'avait fait parvenir celui de Sharon DeBlass.

Sous le choc de la révélation, Connors devint livide.

— Il est venu chez toi ? s'exclama-t-il, les poings serrés.

Eve dénicha une paire de chaussettes au fond de son tiroir et enfila son jean abandonné sur la moquette avant leurs ébats.

— A mon avis, non. Il n'y avait aucun signe d'effraction. Il a très bien pu glisser la disquette sous la porte. Apparemment, il a appris presque avant moi que j'étais chargée de l'affaire. Il sait tout ce qui se passe au Central et connaît tout de ma vie.

— Par bonheur, il ignorait que je n'étais pas à New York.

— C'est un répit pour nous deux, mais il ne va sûrement pas en rester là, répondit-elle en vérifiant son laser par automatisme avant de fixer l'étui sur son épaule. Il va encore essayer de m'atteindre et tu es son meilleur atout.

— Pourquoi toi ?

— Selon le Dr Mira, il éprouverait un profond mépris des femmes. J'imagine que l'idée qu'une femme soit chargée de l'enquête le met dans tous ses états. Il doit se sentir rabaissé, répondit-elle avec un haussement d'épaules. C'est tout au moins l'opinion de la psychanalyste.

— Il n'est pas venu à l'idée de ton Dr Mira qu'il pourrait essayer de t'éliminer par des moyens plus directs ? demanda-t-il, refoulant la peur diffuse qui le tenaillait.

— Je ne corresponds pas au profil de ses victimes.

— Et si elle se trompe ?

— Je saurai me défendre.

Connors laissa échapper un soupir résigné.

— Crois-tu qu'il vaille la peine de risquer ta vie pour trois mortes ?

— Evidemment ! répondit-elle avec conviction. C'est mon métier et le meurtrier a encore trois cibles sur sa liste. Je mettrai tout en œuvre pour les sauver.

— Une bravoure à toute épreuve... C'est d'abord ce que j'ai admiré en toi. Maintenant, ton cran me terrifie.

Pour la première fois, ce fut Eve qui alla vers lui. Avec émotion, elle posa une main sur sa joue, puis s'empressa de la retirer, gênée.

— Je suis flic depuis dix ans, Connors, et je m'en suis toujours tirée avec quelques bleus et quelques bosses. Ne t'inquiète pas pour moi.

— Il est grand temps que tu t'habitues à ce que quelqu'un s'inquiète pour toi, Eve.

Elle sortit de la chambre, s'empara de sa veste et de son sac.

— Je t'ai raconté tout ça pour que tu comprennes pourquoi je ne peux pas me disperser pour l'instant, pourquoi je n'ai pas le temps d'analyser ce qui nous arrive.

— Il y aura toujours des enquêtes.

— J'espère bien qu'elles ne seront pas toujours du même acabit que celle-ci. Je dois y aller, Connors, je suis déjà en retard.

— Tu me rejoindras chez moi ce soir après ton service ?

— J'ignore jusqu'à quand je…

— Tu viendras ? insista-t-il.

Emue par son air implorant, Eve hocha lentement la tête. Un sourire éclaira le visage de Connors. Se débattant avec les sentiments troublants qui l'assaillaient, elle déposa un baiser timide sur ses lèvres.

— A bientôt.

— Avec ce froid, tu devrais porter des gants.

Eve décoda la porte et lui adressa un sourire espiègle par-dessus son épaule.

— Je sais, mais je n'arrête pas de les perdre.

La bonne humeur d'Eve s'évanouit à la seconde où elle poussa la porte de son bureau et se trouva nez à nez avec le sénateur DeBlass et son conseiller. Avec ostentation, le sénateur consulta sa montre en or.

— Ce sont davantage des horaires de banquier que de policier, lieutenant Dallas, lâcha-t-il d'un ton méprisant.

Eve grinça des dents : il n'était même pas encore huit heures cinq. Ignorant son sarcasme, elle ôta sa veste d'un mouvement d'épaules.

— Que puis-je faire pour vous, sénateur ?

— J'ai appris qu'un nouveau meurtre avait été commis. Votre incompétence me sidère, lieutenant. Quoi qu'il en soit, il est hors de question que le nom de ma petite-fille soit souillé par un quelconque amalgame avec deux… vulgaires catins.

— Vous paraissez avoir une piètre opinion des femmes, fit remarquer Eve d'un ton égal.

— Bien au contraire, je les révère. C'est pourquoi celles qui vendent leur corps au mépris de la moralité et de la décence me révoltent.

— Votre petite-fille aussi ?

Les yeux exorbités de rage, le sénateur DeBlass bondit de son fauteuil. Eve était presque sûre qu'il n'aurait pas hésité à la frapper si Rockman ne s'était pas interposé.

— Sénateur, le lieutenant cherche seulement à vous provoquer. Ne lui donnez pas cette satisfaction.

Le visage cramoisi, DeBlass brandit vers Eve un index menaçant.

— Je vous interdis de traîner ma famille dans la boue ! s'écria-t-il d'une voix haletante. Ma petite-fille a payé très cher ses péchés et je ne tolérerai pas vos viles insinuations !

— Tout ce que je veux, c'est démasquer son assassin, sénateur, répondit Eve d'une voix calme, tandis qu'il s'efforçait de retrouver sa contenance.

— Cela ne la ramènera pas, décréta-t-il en se rasseyant, visiblement épuisé par son éclat. L'essentiel est maintenant de sauver ce qui peut encore l'être.

— Désirez-vous un verre d'eau ? demanda Eve, préoccupée par son souffle court et ses traits congestionnés.

Il ne manquerait plus qu'il fasse un malaise dans son bureau ! DeBlass déclina l'offre d'un geste impatient. Il se releva péniblement.

— Je vous le répète, lieutenant Dallas, ne vous avisez pas de ternir la réputation de ma famille.

— Pourquoi ce changement d'attitude, sénateur ? s'étonna Eve. A notre dernière conversation, vous m'avez menacée de me faire perdre mon poste si je ne retrouvais pas au plus vite l'assassin de votre petite-fille et aujourd'hui vous...

— Sharon est morte et enterrée, la coupa DeBlass d'un ton sans appel.

Sur ces mots, il ouvrit la porte et disparut. Rockman lui emboîta le pas. Parvenu sur le seuil, il se retourna vers Eve.

— Le sénateur est un peu surmené en ce moment, lui dit-il sur le ton de la confidence. Son projet de loi sur la moralité doit être présenté demain au Congrès. Et puis ce drame familial l'a profondément ébranlé. D'autres moins solides que lui n'y auraient pas résisté. D'ailleurs, son épouse vient d'être victime d'une dépression nerveuse. Les médecins n'osent encore se prononcer sur sa guérison. C'est un souci supplémentaire.

— Je suis désolée.

— Et pour couronner le tout, sa fille Catherine s'est complètement renfermée sur elle-même et refuse de voir le reste de la famille. Le sénateur a donc quelques raisons d'être irritable. Son seul espoir de rétablir l'harmonie parmi les siens est de laisser le temps effacer l'horreur de cette tragédie. Voilà pourquoi il souhaite que cette affaire soit classée au plus vite.

Il posa une main sur son bras.

— Nous comptons sur vous, lieutenant Dallas. Ce fut un plaisir de vous revoir.

Eve referma la porte derrière lui et s'assit à son bureau, plongée dans ses réflexions. DeBlass était un homme au tempérament coléreux, il était tout à fait capable d'un acte de violence. Elle était presque déçue qu'il lui manque le sang-froid et l'esprit calculateur dont avait fait preuve l'assassin. De toute façon, elle aurait du mal à établir un lien entre un ultraconservateur farouche et deux prostituées new-yorkaises. Peut-être cherchait-il à protéger sa famille. Ou bien Simpson, son allié politique. Foutaises, décida Eve. C'était à la limite envisageable si Simpson était mouillé dans les homicides de Lola Starr et de Georgie Castle. Mais comment imaginer qu'un homme puisse couvrir le meurtrier de sa propre petite-fille ? Dommage qu'elle ne recherche pas deux meurtriers... A tout hasard, elle allait s'intéresser de plus près aux finances du chef de la police. Il était aussi tout à fait plausible que DeBlass ignore tout du chantage qu'imposait sa petite-fille à un de ses plus fidèles alliés politiques. Il lui faudrait en avoir le cœur net. Mais pour l'instant, elle avait une autre piste à suivre. Eve composa le numéro de Charles Monroe. Une voix ensommeillée lui répondit.

— Vous passez tout votre temps au lit, monsieur Monroe ?

— Autant que possible, mon lieutenant en sucre, répliqua-t-il, frottant ses yeux gonflés de sommeil. Comme ça, je rêve de vous.

— Ne recommencez pas, je vous en prie. J'ai quelques questions à vous poser. Vous aviez une associée du nom de Georgie Castle, n'est-ce pas ?

Le sourire charmeur de Charles Monroe s'évanouit comme par enchantement.

— Exact. Je l'avais rencontrée à une réception il y a environ un an. Elle débutait dans le métier. Elle était séduisante, drôle... Nous nous sommes tout de suite bien entendus. De temps à autre, nous buvions un verre ensemble. Il m'est même arrivé de lui envoyer un ou deux clients de Sharon quand celle-ci était débordée.

— Sharon et Georgie se connaissaient ?

— Pas que je sache. Sharon l'a contactée par vidéocom, c'est tout. Ah oui, elle m'a raconté qu'ensuite Georgie lui avait fait envoyer une douzaine de roses naturelles en remerciement. Sharon avait été très touchée.

— Il se peut que je vous rappelle à ce sujet, monsieur Monroe. Restez disponible.

— Pour vous, je ferais...

— Laissez tomber, l'interrompit-elle, pressentant une de ses sempiternelles flatteries. Une dernière question... Que savez-vous du journal intime de Sharon ?

— Elle ne m'a jamais laissé le lire, répondit-il. J'avais l'habitude de la taquiner à ce sujet. A ce qu'elle m'avait dit, elle le tenait depuis son enfance. Vous l'avez trouvé ? Je suis dedans ?

— Où le gardait-elle ?

— Dans son appartement, j'imagine. Où d'autre ?

C'était la question, se dit Eve.

— S'il vous vient à l'esprit le moindre détail

sur Georgie ou ce journal, contactez-moi aussitôt.

— De jour comme de nuit, mon lieutenant en sucre. Comptez sur moi.

— Parfait, répondit Eve, imperturbable.

Mais après la communication, elle ne put s'empêcher d'éclater de rire.

Le soleil se couchait à peine quand Eve arriva chez Connors. Pour la première fois depuis des mois, elle avait quitté le Central juste à la fin de son service. L'enquête était au point mort, alors à quoi bon traîner au bureau ? Pendant des heures, elle avait tourné et retourné dans sa tête le seul moyen qui à son avis pouvait permettre de la relancer. Après bien des hésitations, elle avait fini par se décider. Un peu honteuse du service qu'elle s'apprêtait à demander à Connors, elle sonna à la porte de la bâtisse. Summerset vint lui ouvrir avec son habituel dédain.

— Vous êtes en avance, lieutenant.

— S'il est absent, je peux attendre.

— Monsieur est dans la bibliothèque. Par ici, je vous prie.

Raide comme un piquet, il la précéda dans l'escalier, puis longea un large couloir jusqu'à une porte en chêne ouvragée.

— La bibliothèque, annonça-t-il d'un ton respectueux en ouvrant la porte.

Jamais Eve n'avait vu autant de livres, sauf peut-être dans un musée. Les murs de la pièce et de la mezzanine étaient couverts jusqu'au plafond de rayonnages. Confortablement allongé sur un luxueux canapé en cuir, le chat sur les genoux, Connors était plongé dans sa lecture. Lorsqu'il vit Eve s'avancer vers lui, il posa son livre et installa le chartreux contre le dossier.

— Tu es en avance, dit-il en se levant, un sourire chaleureux aux lèvres.

— Seigneur, Connors, où t'es-tu procuré tous ces trésors ?

— Les livres ? Une autre de mes passions. Aimes-tu lire ?

— Bien sûr, de temps en temps. Mais les disquettes sont bien plus pratiques.

— Et beaucoup moins esthétiques, objecta-t-il en caressant le chat qui se mit aussitôt à ronronner. Veux-tu boire quelque chose ?

A cet instant, son vidéocom retentit.

— Ah, c'est l'appel que j'attendais. J'ai mis une bouteille de vin à chambrer là-bas. Si ça te dit…

— Avec plaisir.

Eve prit le chat dans ses bras et traversa la pièce jusqu'à la table où attendaient la bouteille et deux verres en cristal. Comme l'envie la démangeait de tendre une oreille indiscrète, elle mit un point d'honneur à rester à l'autre bout de la bibliothèque jusqu'à la fin de la conversation.

— Désolé, lui dit Connors en déconnectant le vidéocom, mais il s'agissait d'une affaire urgente.

Il prit le verre qu'elle lui tendait.

— Alors, comment s'est passée ta journée ?

— Pas très productive. Tu possèdes vraiment une collection de livres impressionnante, ajouta-t-elle avec maladresse, consciente de seulement chercher à gagner du temps.

— J'aime beaucoup lire, répondit Connors en sirotant son vin. Figure-toi qu'à six ans, je savais à peine lire mon nom. Puis je suis tombé sur un bouquin tout abîmé de Yeats. Un écrivain irlandais renommé, expliqua-t-il devant l'air perplexe d'Eve. Comme je voulais à tout prix comprendre l'histoire, j'ai appris tout seul à lire.

— Tu n'allais pas à l'école ?

— Pas si je pouvais l'éviter. Je te trouve préoccupée, Eve, murmura-t-il avec un soupçon d'inquiétude dans la voix.

Eve poussa un soupir résigné. A quoi bon tergiverser s'il lisait en elle comme dans un livre ouvert ?

— J'ai un problème, Connors. Je voudrais lancer une recherche informatique sur Simpson. De toute évidence, il est hors de question d'utiliser mon propre ordinateur ou ceux du Central. A la seconde où j'entrerai le nom du chef de la police, je serai repérée.

— Et tu te demandes si je possède un système non déclaré et inviolable. Bien sûr que oui, répondit-il avec un petit sourire goguenard.

— Bien sûr, répéta-t-elle entre ses dents. Un système non déclaré constitue une violation de la loi, conformément à l'article 453-B du code informatique, alinéa 35.

— Hum, je me sens tout émoustillé quand tu cites le code.

— Je ne trouve pas ça drôle. Ce que je m'apprête à te demander est illégal : c'est ni plus ni moins qu'une atteinte à la vie privée d'un haut fonctionnaire.

— Après, tu pourras nous mettre tous les deux en état d'arrestation.

— C'est très sérieux, voyons...

— Eve chérie, répondit-il en l'entraînant par la taille dans le couloir, tu n'imagines pas combien d'infractions j'ai déjà à mon actif. A dix ans, je m'occupais d'un jeu de dés clandestin. Un héritage de mon vieux père qui s'était pris un coup de couteau dans la gorge au fond d'une impasse à Dublin.

— Je suis désolée...

— Inutile. C'était un salaud que personne n'aimait, moi en premier. Summerset, nous dînerons à dix-neuf heures trente, ajouta-t-il à l'adresse du majordome qui passait sur le palier.

— Bien, monsieur, répondit celui-ci avant de s'éclipser comme une ombre.

Ils empruntèrent l'escalier.

— Mais il m'a appris beaucoup, poursuivit Connors. A grand renfort de coups de poing dans la figure : les dés, les cartes et autres jeux de hasard. C'était un piètre voleur, comme le prouve sa fin. Heureusement, j'étais plus doué que lui. Pendant des années, j'ai vécu de vols et d'escroqueries. Je me suis même lancé dans la contrebande. Alors tu vois, en comparaison de tous mes forfaits, ce que tu me demandes est une peccadille.

Eve baissa les yeux tandis qu'il décodait une porte blindée au deuxième étage.

— Et tu... continues encore aujourd'hui ?

— A voler et escroquer ?

Connors se tourna vers elle et lui caressa la joue avec tendresse.

— Tu détesterais que je réponde oui, n'est-ce pas ? Ne t'inquiète pas, j'ai appris depuis longtemps qu'il existe des défis bien plus passionnants à relever sans enfreindre la loi. Tout comme il est beaucoup plus satisfaisant de gagner lorsqu'on se trouve au sommet.

Il l'embrassa sur le front et poussa la porte.

— Mais il faut savoir s'entretenir la main, ajouta-t-il avec un clin d'œil complice.

16

Eve n'était pas une spécialiste en informatique mais, au premier regard, elle comprit que la longue console noire en U qui trônait au centre de la pièce était bien plus sophistiquée que l'équipement standard de la police new-yorkaise, y compris le modèle très perfectionné qui faisait la fierté de la division de détection électronique. Le mur du fond était occupé par six grands écrans de contrôle. Sur le côté, une station auxiliaire comportait un vidéocom aux lignes épurées, un second fax laser, un émetteur-récepteur holographique et plusieurs autres appareils électroniques qu'elle fut incapable d'identifier.

— Impressionnant, commenta-t-elle.

— Pas aussi confortable qu'à mon bureau, mais c'est un matériel très performant, expliqua Connors qui prit place derrière la console et appliqua une main sur l'ident-écran.

— Connors, initialisation.

Après un discret bourdonnement, des rangées de témoins lumineux s'allumèrent.

— Autorisation nouvelle empreinte digitale et vocale, poursuivit-il en invitant Eve à s'approcher. Code jaune.

A son signal, elle pressa une main contre l'écran et déclina son identité.

— Et voilà, dit Connors en s'asseyant dans son fauteuil pivotant. Le système est prêt à accepter tes instructions vocales et manuelles.

— Qu'est-ce que ce code jaune ?

— Il te permet d'obtenir toutes les données qui t'intéressent sans pour autant outrepasser mes propres instructions, expliqua-t-il avec un sourire en coin.

— Hum, se contenta de répondre Eve, un peu perplexe devant la myriade de témoins lumineux et d'aiguilles de contrôle.

Feeney aurait sûrement adoré être à sa place.

— Edward T. Simpson, chef de la police et de la sécurité, New York City. Recherche toutes données financières, ordonna-t-elle.

— Tu n'y vas pas par quatre chemins, murmura Connors.

— Je n'ai pas de temps à perdre. Est-ce possible ?

— Bien évidemment. Et tes recherches ne laisseront aucune trace dans les fichiers de surveillance.

— *Simpson, Edward T.*, annonça l'ordinateur d'une voix féminine chaleureuse. *Lancement recherche données financières*.

Eve leva un sourcil étonné.

— Je préfère les voix mélodieuses, expliqua Connors avec un sourire amusé.

— Je voulais te demander... enchaîna-t-elle,

comment peux-tu accéder à des données sans alerter l'OrdiGuard ?

— Aucun système n'est infaillible ou complètement inviolable. Pas même l'omniprésent OrdiGuard. Il dissuade sans doute le pirate informatique moyen, mais avec l'équipement adéquat, il est facile de le mettre en échec. Voilà les données. Ecran un, ordonna-t-il.

Levant les yeux, Eve vit le relevé des crédits de Simpson s'afficher à l'écran. Les postes classiques : prêts immobilier et automobile, frais hypothécaires, transactions par carte bancaire…

— Il a une facture American Express exorbitante, remarqua-t-elle. Tiens, j'ignorais qu'il possédait une propriété à Long Island.

— Rien de méchant là-dedans… Il a une solvabilité de classe A, ce qui signifie qu'il paie les sommes dont il est redevable. Affichage compte en banque écran deux, ordonna-t-il à l'ordinateur.

Eve étudia les chiffres et laissa échapper un soupir déçu.

— Rien d'anormal là non plus. Les dépôts et retraits s'équilibrent, en grande partie des virements automatiques en rapport avec le relevé de crédit. « Chez Jérémie »… Ça te dit quelque chose ?

— Vêtements pour hommes, répondit Connors avec une pointe de dédain. Très surfait.

Eve plissa le nez devant le montant.

— Il dépense une fortune en vêtements.

— Tu trouves ? On voit que tu ne mets pas souvent les pieds dans une boutique de mode.

S'il se fournit uniquement Chez Jérémie, alors oui, c'est très exagéré, mais sinon, rien à signaler.

Avec une petite moue, Eve fourra ses mains dans les poches de son vieux jean délavé.

— Ah, voilà son portefeuille de valeurs, poursuivit Connors. Ecran trois. Plutôt inconsistant, ajouta-t-il après un rapide coup d'œil.

— Que veux-tu dire ?

— Des placements de père de famille. Sans aucun risque. Titres d'État, quelques SICAV, quelques actions bien cotées. Le tout investi sur Terre.

— Et alors ?

— Et alors rien si tu te satisfais de laisser dormir ton argent.

Il lui glissa un regard en coin.

— Tu investis, Eve ?

— Et comment ! plaisanta-t-elle. Je consulte les cours boursiers deux fois par jour !

— Pas même un petit portefeuille standard ? s'inquiéta Connors, l'air presque horrifié.

— Où est le problème ?

— Confie-moi tes économies. En six mois, je m'engage à les doubler.

— Je ne suis pas ici pour m'enrichir, répondit Eve avec un haussement d'épaules indifférent sans quitter l'écran des yeux.

Apparemment toujours rien d'anormal, conclut-elle, la mine renfrognée, après avoir étudié la liste de chiffres émaillée de nombreux pourcentages et abréviations. Si seulement Feeney était là ! Qu'oubliait-elle ? se demanda-t-elle, les sourcils froncés. Soudain, le déclic. Les impôts, bien sûr !

— Pouvons-nous obtenir son dossier fiscal ? Les trois dernières années ?

Le visage de Connors s'éclaira à l'idée de ce nouveau défi.

— C'est un peu plus compliqué.

— Et c'est aussi un crime fédéral. Ecoute, Connors, laisse tomber...

— Attends une minute.

Connors appuya sur un bouton et un clavier manuel sortit lentement de la console. A la surprise d'Eve, il se mit à taper les touches avec fébrilité.

— Où as-tu appris à te servir d'un clavier ? s'étonna-t-elle.

Même après le stage obligatoire de la police, elle savait à peine utiliser les commandes manuelles de son ordinateur.

— Ici et là, répondit-il évasivement. Au cours de ma folle jeunesse... Je dois contourner la sécurité. Cela va prendre un peu de temps. Pourquoi ne nous sers-tu pas un autre verre ?

— Connors, je n'aurais pas dû te demander ça, objecta Eve, prise de soudains scrupules. Si jamais on remonte jusqu'à toi...

— Chut, l'interrompit-il, les yeux rivés sur l'écran, tandis qu'il se frayait un chemin dans le labyrinthe du système de sécurité.

— Mais...

Connors leva vers elle un regard impatient.

— Nous avons déjà ouvert la porte, Eve. Il est trop tard pour reculer.

Songeant aux trois victimes, elle hocha lentement la tête et s'avança vers la rangée d'écrans. Soudain, Connors laissa échapper un juron à voix basse. Elle se retourna vers lui : penché sur son clavier, il était si concentré qu'il paraissait l'avoir oubliée.

— Tu sais, Connors, tu es vraiment adorable, lui dit-elle, émue de le voir se consacrer avec autant d'application à une tâche habituellement réservée à un droïde sous-payé.

Connors releva subitement la tête et la dévisagea d'un air stupéfait. C'était la première fois qu'elle le prenait ainsi au dépourvu, réalisa-t-elle avec satisfaction. Puis il la gratifia de son sourire conquérant qui la faisait fondre.

— Tu vas devoir trouver mieux comme compliment. Je viens de pénétrer la base de données du fisc.

— C'est vrai ? Affiche les résultats ! s'exclama-t-elle avec enthousiasme en se tournant vers les écrans.

— Ecrans quatre, cinq, six.

Connors fit défiler les lignes de chiffres.

— Intérêts et dividendes produits par ses placements, honoraires pour ses discours et apparitions publiques... Selon sa déclaration de revenus, il vit juste dans la limite de ses moyens. Rien à signaler.

— Quelle guigne ! grommela Eve, découragée. Ce sont les seules données ?

— Pour une femme aussi intelligente que toi, voilà une question bien naïve. N'as-tu jamais entendu parler de comptes secrets ? Une double comptabilité est une pratique courante lorsque l'on désire dissimuler des revenus illicites.

— Si tu avais des revenus illicites, serais-tu assez stupide pour les inscrire dans un fichier informatique ?

— Grande question... Quoi que tu puisses en penser, c'est pourtant ainsi qu'agissent les personnes concernées. Moi compris, ajouta-t-il avec un sourire rusé.

Eve lui décocha un regard noir.

— Je ne veux rien savoir !

— L'important, c'est que je connaisse les principes, répondit-il avec un haussement d'épaules.

En quelques instructions, il rassembla les données fiscales de Simpson sur un seul écran.

— Jusqu'ici dossier irréprochable, tu es d'accord ? Et maintenant, nous allons descendre sous la ligne de flottaison. Simpson Edward T., comptes à l'étranger.

— *Aucune donnée connue*.

— Il y a toujours d'autres données, murmura Connors sans se laisser décourager.

Avec une ardeur qui fit sourire Eve, il remonta ses manches et se pencha à nouveau sur le clavier. Au bout de quelques minutes, il réitéra son instruction.

— *Données protégées*, répondit cette fois l'ordinateur.

— Maintenant nous y sommes.

— Mais comment as-tu réussi à... ?

— Chut...

Eve s'enferma dans un mutisme impatient.

— Recherche mot de passe. Listing de toutes combinaisons alphabétiques et numériques, ordonna-t-il à l'ordinateur.

Avec une satisfaction non dissimulée, il se cala dans son fauteuil et se tourna vers Eve.

— Cela nous laisse un peu de temps. Viens donc par ici, dit-il, les bras tendus.

— Explique-moi plutôt comment tu...

Il l'attira sur ses genoux.

— Hé, c'est important ! s'insurgea Eve, interloquée.

— Ça aussi.

Connors captura ses lèvres en un baiser brûlant qui lui coupa le souffle.

— La recherche va prendre une heure, peut-être plus, expliqua-t-il ensuite, glissant une main fébrile sous son pull-over.

Il caressa le creux de sa taille et remonta jusqu'à la courbe de ses seins.

— Si je me souviens bien, tu as horreur de perdre ton temps.

— Exact, répondit Eve qui s'abandonna dans ses bras.

C'était la première fois qu'elle se retrouvait sur les genoux d'un homme et cette sensation nouvelle n'était pas pour lui déplaire. Un bourdonnement mécanique la fit se redresser. Bouche bée, elle vit le mur lambrissé s'escamoter et un grand lit en émerger lentement.

— Décidément, tu as tout, murmura-t-elle, estomaquée.

— Pas encore, répondit Connors qui la souleva dans ses bras et la porta jusqu'au lit. Mais cela ne saurait tarder.

— Connors... dit Eve, tandis qu'il la déposait sur le luxueux couvre-lit écru et s'asseyait auprès d'elle.

— Oui ?

— J'ai toujours pensé que notre société accordait une trop grande place au sexe.

— C'est vrai ?

— Oui, répondit-elle avec un sourire espiègle. Mais j'ai changé d'avis.

D'une prise habile et rapide, elle le déséquilibra et le plaqua sur le matelas. Ravi de la voir aussi gaie, Connors n'essaya pas d'arracher ses poignets de l'étau puissant dans lequel elle les maintenait.

— Et quel atroce supplice comptes-tu m'infliger ?

— Laisse-moi réfléchir... répondit-elle en lui mordillant la lèvre inférieure avant de couvrir son visage de petits baisers.

Avec un sourire mutin, elle entreprit de déboutonner sa chemise.

— Quel torse d'athlète ! murmura-t-elle, caressant du bout des doigts la chair musculeuse de ses pectoraux. Tu as sûrement une salle de gym dans cette maison, n'est-ce pas ? Il faudra que tu me la montres. J'adorerais te voir transpirer.

Connors fit basculer Eve par surprise et la maintint à son tour sur le lit. Il la sentit d'abord se raidir sous son étreinte, puis se détendre. Le début de la confiance, songea-t-il avec une immense satisfaction.

— Je suis prêt à me mesurer à toi quand tu veux, répliqua-t-il en lui enlevant son pull.

Eve l'enlaça par le cou et l'attira contre elle. La passion contenue qui se lisait dans ses yeux graves émut Connors jusqu'à l'âme. A la fois si forte et si fragile, songea-t-il, tandis que ses mains s'enhardissaient. Il finit de la déshabiller et, avec une lenteur calculée, couvrit son corps frémissant de baisers sensuels qui allumèrent en elle un ardent brasier. Désarçonné par la force de son propre désir, il se dévêtit à son tour. Puis il s'agenouilla et saisit Eve par les hanches, l'attirant contre sa virilité palpitante. Avec un gémissement, elle se cambra vers lui et enroula ses longues jambes douces comme la soie autour de sa taille. Lentement, il entra en elle, imprimant à leurs deux corps un rythme de plus en plus saccadé. Chacun de ses assauts arrachait à Eve un soupir de plaisir. Soudain, il la sentit se raidir entre ses bras et s'enfonça une dernière fois au plus profond d'elle.

Murmurant son nom encore et encore, Eve se cambra contre ses hanches. Ivre de volupté, elle se laissa emporter par le tourbillon d'extase dans lequel leurs fougueuses étreintes l'avaient plongée.

Quand leurs respirations se furent apaisées, ils restèrent longtemps enlacés sur le lit. Après que l'état d'assouvissement languide dans lequel elle baignait se fut quelque peu dissipé, Eve se rhabilla, heureuse de sentir sur ses vêtements les effluves musqués du parfum de Connors.

— Je me sens bien avec toi, se surprit-elle à dire à voix haute.

— Moi aussi, répondit Connors avec émotion, conscient que pour elle cet aveu revenait à la plus vibrante des déclarations.

Troublée, Eve traversa la pièce et regarda les rangées de chiffres défiler sur les écrans.

— Pourquoi m'as-tu parlé de ton père, de ton enfance à Dublin ? demanda-t-elle après un silence embarrassé.

— On ne reste pas longtemps avec quelqu'un qu'on ne connaît pas. Et puis mes confidences t'inciteront peut-être à t'ouvrir à moi, répondit-il avec gravité après une hésitation. Je suis sûr que tu finiras par me parler de ta propre enfance.

— Je t'ai déjà dit que j'avais oublié, répondit-elle avec dans la voix un murmure de panique qui l'horripila. Je ne me souviens plus de rien.

Il s'approcha d'elle.

— Ne te braque pas, je t'en supplie, lui murmura-t-il avec tendresse en lui massant doucement le cou. Je sais exactement ce que cela signifie de se reconstruire, de prendre ses distances avec le passé.

Il la fit pivoter vers lui et l'enlaça par la taille. Sans un mot, Eve se blottit contre son torse et referma les bras autour de son cou. Soudain, elle se raidit contre lui.

— Regarde les chiffres, Connors ! C'est incroyable ! Les colonnes crédit et débit s'égalisent !

— Au dollar près, confirma Connors en relâchant son étreinte.

— Mais c'est impossible ! Personne ne dépense autant qu'il ne gagne, tout au moins sur le papier. On a toujours besoin de liquidités, ne serait-ce que pour s'acheter un Pepsi ou une pizza.

Elle marqua une pause.

— Tu avais déjà vu, n'est-ce pas ? Pourquoi n'as-tu donc rien dit ?

— Je pensais qu'il serait plus intéressant d'attendre de découvrir sa cachette.

A cet instant, la lumière jaune qui signalait la recherche vira au vert.

— Ah, nous y sommes ! Voyons... Très traditionnel, notre ami Simpson. Comme je le présumais, il a un compte en Suisse, réputation et discrétion garanties. Affichage des données sur écran cinq. Conversion en dollars américains, écran six. Hum, environ le triple de ses revenus déclarés au fisc, je dirais.

— Je le savais, bon sang, je le savais ! s'exclama Eve, survoltée. Et regarde les retraits de l'année dernière ! Vingt-cinq mille dollars chaque trimestre ! Cent mille dollars en tout !

Elle se tourna vers Connors, un sourire vainqueur aux lèvres.

— Ces chiffres correspondent aux sommes indiquées sur la liste de Sharon. Cent mille dollars ! Elle le saignait à blanc !

— Il faut encore prouver la corrélation.

— Compte sur moi !

Eve se mit à arpenter la pièce de long en large.

— Elle devait le tenir d'une façon ou d'une autre. Sexe ou corruption, sans doute un cocktail de vilains petits péchés. Il se peut que Sharon ait eu les yeux plus gros que le ventre et que Simpson en ait eu assez de cracher cent mille dollars par an contre son silence. Alors il décide de l'éliminer. Un mystérieux inconnu n'a de cesse de saborder l'enquête, assez puissant et bien informé pour brouiller les pistes. Cela en fait le coupable désigné.

— Et les deux autres victimes ?

C'est justement le hic, songea Eve sans cesser d'aller et venir à longues enjambées nerveuses.

— Sharon n'était peut-être pas la seule dont il ait payé les services. Elle connaissait la troisième victime, tout au moins indirectement. Il aura choisi Lola au hasard, qui sait ? Peut-être a-t-il pris goût à ce jeu macabre. Et puis il a les faveurs de DeBlass, poursuivit-elle avec un bref regard à Connors qui venait d'allumer une cigarette. Il ne pouvait prendre le risque de s'aliéner son soutien. Imagine le scandale si le pot aux roses était découvert après le dépôt de sa candidature au poste de gouverneur !

Elle s'immobilisa au milieu de la pièce.

— Non, c'est n'importe quoi.

— Ton hypothèse me paraît plutôt sensée.

— Pas si tu étudies l'homme de plus près, objecta-t-elle en se frottant les yeux d'un geste las. Je le crois capable de tuer, mais sûrement pas de combiner une série de crimes aussi habiles. C'est un homme de dossiers, une image médiatique, rien de plus. Il n'arrive même pas à citer le code pénal sans l'aide de son conseiller. Quant à ses discours, il ne cesse de s'emmêler les pinceaux. Non, à mon avis, il n'a pas la carrure.

— Il avait peut-être un complice.

— Possible. Si je trouvais un moyen de le déstabiliser, j'en apprendrais sûrement davantage.

— Là, je peux t'aider, dit Connors avant de tirer une longue bouffée de sa cigarette et de l'écraser dans le cendrier. Comment crois-tu que les médias réagiraient s'ils recevaient une copie anonyme de ses comptes secrets ?

— Les journalistes se jetteraient sur lui comme des hyènes. S'il cache quelque chose, même flanqué d'une armée d'avocats, il est bien capable de se trahir.

— Nous sommes d'accord. A toi de décider.

Eve resta d'abord silencieuse, songeant aux règles que lui imposait la déontologie en matière de procédure. Mais la perspective de trois nouvelles victimes, trois femmes qu'elle parviendrait peut-être à sauver, eut tôt fait de balayer ses derniers scrupules.

— Tu connais Nadine Furst, cette journaliste de Channel 75 ? Transmets-lui le dossier.

Eve préféra rentrer à son appartement. En cas d'appel, mieux valait qu'on la trouve chez elle. Et seule. Elle ne pensait pas pouvoir s'endormir, mais elle ne tarda pas à sombrer dans un sommeil agité. Sharon, Lola, Georgie souriaient chacune à son tour à la caméra. Puis cette lueur de terreur à l'instant de la détonation, leurs corps pantelants projetés sur les draps ensanglantés...

Papa... C'est ainsi que Lola avait appelé son assassin. Eve bascula dans un cauchemar bien plus ancien. Et ô combien plus terrifiant ! Elle était une gentille petite fille. Tout au moins s'efforçait-elle de ne pas causer d'ennuis. Une voix familière et menaçante émergea du passé : « Si tu causes des ennuis, les policiers vont venir te chercher et ils te mettront dans un trou plein de cafards et de méchantes araignées qui viendront te dévorer. »

Elle n'avait pas d'amis. Avec des amis, il fallait inventer des tas de mensonges pour expliquer les bleus, raconter qu'elle était maladroite ou qu'elle était tombée dans l'escalier. De toute façon, ils ne restaient jamais longtemps au même endroit, sinon ces maudites assistantes sociales venaient fourrer leur nez partout. C'étaient elles qui prévenaient les méchants policiers. Son papa l'avait bien prévenue. Alors elle s'appliquait à être une petite fille sage qui se laissait ballotter de ville en ville.

Pourtant, cela ne l'empêchait pas de venir. Elle l'entendait toujours. Même quand elle était profondément endormie, le pas traînant de ses pieds nus dans le couloir la réveillait en sursaut aussi sûrement qu'un grondement de tonnerre. « Non, s'il te plaît, s'il te plaît », suppliait-elle alors. Mais elle ne pleurait pas. Si elle pleurait, il la battait et lui faisait quand même les choses secrètes. Il lui disait qu'elle était gentille, mais même à cinq ans, elle avait conscience que c'était mal et qu'elle serait punie. Parfois il l'attachait. Quand la porte s'ouvrait doucement, elle priait dans son oreiller pour que cette fois il ne la ligote pas. Elle se promettait de ne pas se débattre. Pourvu simplement qu'il ne l'attache pas... Et s'il ne lui plaquait pas la main sur la bouche, promis, juré, elle ne crierait pas.

« Où est ma petite fille ? » murmurait-il en

avançant à pas de loup dans la chambre. « Où est ma gentille petite fille ? »

« Non, papa ! Non ! ! ! »

Réveillée en sursaut par son hurlement déchirant, Eve se redressa d'un bond dans son lit. Grelottante et baignée de sueur, elle se recroquevilla sous les couvertures. Oublie, oublie vite, ce n'était qu'un mauvais rêve, se réconforta-t-elle, le front pressé sur les genoux. Déjà, son angoisse refluait. Bientôt, le cauchemar ne serait plus qu'un mauvais souvenir. Jusqu'à la prochaine fois...

Frissonnante et nauséeuse, Eve se leva et s'emmitoufla dans son peignoir. Dans la salle de bains, elle laissa couler l'eau tiède sur son visage jusqu'à ce que sa respiration se soit apaisée. Puis elle alla chercher un tube de Pepsi à la cuisine et retourna se coucher. Pelotonnée dans son lit, elle brancha son ordinateur sur une des chaînes d'information diffusant vingt-quatre heures sur vingt-quatre et se prépara à une longue nuit blanche.

A six heures, Nadine Furst annonça en personne la nouvelle en tête des gros titres du journal. Eve était déjà habillée quand un appel du Central lui demanda de venir immédiatement.

17

— C'est une machination orchestrée par les médias contre la police de New York ! s'insurgea Simpson, suivant à la lettre la déclaration rédigée avec méticulosité par son avocat. Une chasse aux sorcières ridicule organisée après l'échec flagrant de l'enquête du lieutenant Dallas ! En tant que chef de la police et de la sécurité, je me retrouve en première ligne. Je refuse de jouer le rôle de bouc émissaire !

La sueur qui commençait à perler sur sa lèvre supérieure trahissait cependant son profond malaise.

— Là n'est pas la question, chef Simpson, intervint le commandant Whitney avec gravité, veillant à ne pas laisser transparaître sa jubilation intérieure. Nous attendons vos explications sur les irrégularités constatées dans votre comptabilité.

Simpson resta pétrifié sur sa chaise, tandis que son avocat lui murmurait des conseils à l'oreille.

— Je n'ai reconnu aucune irrégularité. Si tel est le cas, je ne suis pas au courant.

— Alors qu'il s'agit d'une somme dépassant les deux millions de dollars ?

— J'ai déjà contacté mon cabinet comptable à ce sujet. Si erreur il y a, c'est à l'évidence de ce côté qu'il faut chercher.

— Confirmez-vous être le détenteur du compte 478-91127-499 à Genève ? insista le commandant Whitney, imperturbable.

Après un bref regard interrogateur à son avocat, Simpson acquiesça d'un lent hochement de tête.

— Et comment expliquez-vous le retrait de cent mille dollars en un an sur ce compte ?

Simpson resserra son nœud de cravate avec un aplomb qui ne trompait personne.

— Je n'ai pas à m'expliquer sur la façon dont je dépense mon argent, commandant Whitney.

— Nous avons la preuve que vous avez versé cette somme à Sharon DeBlass à raison de vingt-cinq mille dollars par trimestre, intervint Eve, restée jusque-là silencieuse dans un coin de la pièce. Une somme non négligeable entre de vagues connaissances, non ?

— Je n'ai rien à déclarer à ce sujet, s'obstina Simpson, de plus en plus mal à l'aise.

— Les pièces à conviction s'en chargent pour vous, répliqua Eve. Vous êtes sûrement conscient que seules deux méthodes permettent de mettre fin à l'extorsion de fonds, chef Simpson : le refus pur et simple de payer ou... l'élimination du maître chanteur.

— C'est absurde, voyons ! Je n'ai pas tué Sharon ! Je la payais rubis sur...

L'avocat interrompit Simpson d'une pression ferme sur le bras.

— Mon client n'a aucun commentaire concernant Sharon DeBlass, répondit-il à Eve, le regard droit. Il est bien entendu tout disposé à coopérer avec les autorités fiscales dans le cadre d'une enquête. Mais jusqu'à présent, aucune charge ne peut être retenue contre lui. Sa présence ici ce matin est une pure visite de courtoisie, preuve de sa bonne volonté à régler au plus vite ce malentendu.

— Connaissiez-vous deux compagnes accréditées du nom de Lola Starr et de Georgie Castle ? insista Eve sans se laisser déstabiliser par l'aplomb de l'avocat.

— Sans commentaire, répondit celui-ci.

— Depuis le début, vous avez tout mis en œuvre pour entraver mon enquête. Pourquoi ? revint-elle à la charge, s'adressant directement à Simpson.

— Est-ce un état de fait, lieutenant ? répliqua l'avocat avec assurance. Ou bien seulement une présomption non fondée ?

— Vous voulez des faits ? Je vais vous en donner. Vous connaissiez intimement Sharon DeBlass, chef Simpson. Elle vous extorquait cent mille dollars par an. Maintenant, elle est morte et quelqu'un s'acharne à laisser filtrer des informations sur l'enquête. En outre, toutes les victimes vivaient de la prostitution légale, une activité que vous réprouvez avec véhémence.

— Mon opposition à la prostitution découle de mes convictions politiques, morales et personnelles, lieutenant Dallas, protesta Edward Simpson. Et je soutiens avec ferveur toute législation qui la bannirait. Mais je ne contribuerais guère à éliminer ce fléau en procédant au cas par cas.

— Vous possédez une collection d'armes anciennes, poursuivit Eve, inébranlable.

— C'est exact, confirma Simpson. Mais elle est très modeste. Et toutes les pièces sont déclarées. Je me ferai un plaisir de les remettre au commandant Whitney pour vérification.

— Excellente idée, approuva celui-ci avec une résolution qui désarçonna Simpson. Merci de votre coopération.

Ulcéré, le chef de la police se leva d'un bond.

— Quand ce malentendu sera éclairci, je saurai me souvenir de cet entretien, commandant Whitney.

Il toisa Eve d'un regard noir et méprisant.

— On ne s'attaque pas impunément au chef de la police et de la sécurité, lieutenant Dallas, lâcha-t-il entre ses dents avant de quitter le bureau avec raideur et dignité.

Déçue, Eve se tourna aussitôt vers son supérieur.

— Pourquoi l'avez-vous laissé partir, commandant ? Avec un peu plus de temps, il aurait fini par craquer.

— Simpson n'est pas le seul sur la liste de DeBlass, objecta Whitney. Et pour l'instant, aucun lien n'est établi entre lui et les deux autres victimes. Trouvez-m'en un et je vous laisserai carte blanche.

Il marqua une pause songeuse, feuilletant la

copie du dossier fiscal transmis anonymement à son bureau.

— Dites-moi, Dallas, vous paraissiez très préparée à cet interrogatoire. Un peu comme si vous vous y attendiez... Je n'ai pas à vous rappeler que le piratage d'informations privées est sévèrement puni par la loi.

— Non, commandant.

Comme Eve se dirigeait vers la porte, elle crut l'entendre murmurer « bon travail ». Mais elle pouvait se tromper...

Dans l'ascenseur qui la ramenait à son bureau, son portable sonna au fond de sa poche.

— Lieutenant Dallas, un appel pour vous. Charles Monroe.

— Dites-lui que je le rappelle.

Dans le couloir, elle se servit un gobelet de café insipide et s'enferma dans son bureau. A défaut d'autres pièces à conviction décisives, elle se plongea pour la énième fois dans l'examen minutieux des trois vidéos. Soudain, elle plissa les yeux devant Lola Starr. Elle ordonna un arrêt sur image, puis un gros plan.

— Tiens, tiens... Peau rougie sur la fesse gauche, murmura-t-elle dans son enregistreur. Jusqu'ici, ce détail m'avait échappé. Les séquelles d'une petite fessée ? Notre homme a peut-être des tendances sadomaso...

Elle s'empressa de repasser le film de Sharon DeBlass, mais ne remarqua aucune trace du même genre sur la peau parfaite de la jeune femme.

— Visionnage Georgie Castle, ordonna-t-elle en désespoir de cause.

Elle en connaissait chaque détail par cœur. *Mmm, c'était formidable,* déclarait la prostituée à genoux, assise sur ses talons.

— Allez, tourne-toi un peu, murmura Eve avec impatience.

Après un bâillement repu, Georgie s'allongea lascivement sur le ventre et étreignit un oreiller.

— Arrêt sur image ! Mais oui, on dirait que toi aussi tu as eu droit à la fessée. On progresse, commenta Eve à mi-voix.

Elle avala une gorgée de café tiède qui lui arracha une grimace.

— Partage de l'écran. Victimes une et deux. Depuis le début.

Le sourire de chatte de Sharon, la petite moue boudeuse de Lola... Les deux femmes regardaient l'homme derrière la caméra, lui parlaient. Soudain, Eve se pétrifia. Elle venait de remarquer un détail que la brutalité des meurtres lui avait masqué jusqu'ici : les yeux de Lola fixaient un point plus élevé ! Bien sûr, cela pouvait s'expliquer par la différence de hauteur des lits, songea Eve qui ne voulait pas crier victoire trop vite. Elle ajouta l'image de Georgie Castle aux deux premières. Les trois femmes penchaient légèrement la tête en arrière. Normal, puisque l'assassin se tenait debout devant elles. Mais l'angle du regard de Georgie était identique à celui de Lola !

D'une main fébrile, Eve composa le numéro du Dr Mira sur son vidéocom.

— Je m'en moque ! répliqua-t-elle avec agacement au droïde du standard. Dites-lui que c'est très urgent !

Une musique sirupeuse lui agressa les oreilles. Eve dut patienter de longues minutes.

— Docteur Mira ? J'ai une question à vous poser.

— Oui, lieutenant ?

— L'hypothèse de deux meurtriers est-elle plausible ?

— Un imitateur ? Très improbable puisque la méthode n'a pas été dévoilée.

— Pourtant, je viens de remarquer des ruptures. Des détails, mais à mon avis ils sont essentiels.

Elle exposa ses découvertes à la psychanalyste.

— Laissez-moi vous soumettre une hypothèse théorique, docteur. Le premier meurtre serait l'œuvre d'un homme qui connaissait bien Sharon. Il aurait agi sur un coup de tête, mais aurait fait preuve d'assez de sang-froid pour couvrir ses traces. Les deux autres seraient des versions affinées du premier, commis par un être froid et calculateur, sans aucun lien avec ses victimes. Quelqu'un de plus élancé !

— Cela reste une théorie, lieutenant. Désolée, mais, à mon avis, il est plus probable que les trois homicides soient le fait du même homme qui aura pris de l'assurance au fil de ses crimes. Personne ne pouvait connaître les détails du premier meurtre au point de le reproduire avec autant de fidélité.

— Très bien, merci de votre collaboration, docteur Mira.

Eve déconnecta le vidéocom avec un soupir de découragement. L'ordinateur avait lui aussi réfuté cette théorie. Mais après tout, pourquoi être déçue ? chercha-t-elle à se consoler. La situation serait bien plus ardue si elle devait traquer deux meurtriers au lieu d'un !

Son vidéocom bourdonna à nouveau.

— Dallas, j'écoute, maugréa-t-elle avec une impatience non dissimulée.

— Je vous tiens enfin, mon lieutenant en sucre ! Je commençais à m'imaginer que vous m'aviez oublié !

— Désolée, monsieur Monroe, mais je n'ai pas le temps de jouer.

— Hé, ne coupez pas ! J'ai un petit cadeau pour vous.

— Ni d'écouter vos sous-entendus douteux.

— Flirtez une ou deux fois avec une femme et elle ne vous prendra plus au sérieux de toute votre vie, soupira-t-il, l'air sincèrement vexé. Vous m'aviez demandé de vous appeler si jamais un détail me revenait, vous avez déjà oublié ?

— Non. Alors ?

— A propos du journal intime de Sharon... Comme vous le cherchez, j'imagine qu'il n'était pas dans son appartement.

— Vous feriez un détective hors pair, monsieur Monroe, ironisa Eve.

— Sans vouloir vous offenser, je préfère mon métier. Bref, je me suis demandé où elle avait pu le cacher et je me suis souvenu du coffre.

— Nous avons déjà vérifié. Merci quand même.

— Attendez. Comment y avez-vous eu accès sans moi puisque Sharon est morte ?

— Comment ça, sans vous ? demanda Eve, intriguée.

— Il y a deux ou trois ans, elle m'a demandé de signer à sa place le dossier de location d'un coffre. Elle ne voulait pas que son nom apparaisse. J'ai inscrit celui de ma sœur Annie qui habite Kansas City. Sharon payait le loyer et j'ai fini par oublier. J'ignore même si elle l'avait encore, mais j'ai pensé que cette histoire pouvait vous intéresser.

— Quelle banque ? s'enquit Eve avec un soudain intérêt.

— Le Crédit de Manhattan à Madison.

— Ecoutez-moi, monsieur Monroe. Vous êtes chez vous, n'est-ce pas ?

— Oui.

— Alors, ne bougez pas. Je vous rejoins d'ici un quart d'heure. Je vous emmène faire un petit tour à Madison.

— A défaut de mieux... On dirait que je viens de vous donner un sacré tuyau, mon lieutenant en sucre.

— Ne bougez pas, j'arrive.

Elle avait déjà enfilé sa veste quand le vidéocom retentit à nouveau.

— Dallas, ici le standard. Transmission pour vous. Vidéo bloquée. Refus d'identification.

— Lancez la recherche.

— Recherche lancée.

— Alors, passez-moi la communication, ordonna-t-elle en passant la bandoulière de son sac sur son épaule. Ici Dallas, j'écoute.

— Etes-vous seule ? fit une voix tremblante,

celle d'une femme au bord des larmes et de la panique.

— Oui. Avez-vous besoin d'aide?

— Ce n'était pas ma faute! Je vous supplie de me croire, ce n'était pas ma faute!

— N'ayez crainte, il ne vous est fait aucun reproche. Racontez-moi ce qui est arrivé.

— Il m'a violée. Je n'ai pas pu l'empêcher. Il l'a violée aussi. Puis il l'a tuée. Et maintenant, ça va être mon tour.

— Où vous trouvez-vous? demanda Eve, tous ses sens en alerte, tandis que l'ordinateur n'en finissait pas de rechercher le lieu de l'appel. Je suis prête à vous aider, mais vous devez me dire où vous êtes.

Un gémissement apeuré se fit entendre à l'autre bout de la ligne, suivi d'un silence seulement interrompu par une respiration saccadée.

— Il disait que c'était un secret, reprit la voix oppressée. Je n'avais le droit de rien dire. Il l'a tuée parce qu'elle a parlé. Personne ne me croira jamais.

— Moi, je vous crois. Je veux vous aider. Dites-moi juste...

La communication fut brusquement coupée. Eve réprima un juron.

— Provenance de l'appel? demanda-t-elle laconiquement en basculant sur le standard.

— Fort Royal en Virginie. N° 703-555-3908. L'adresse est...

— Inutile. Passez-moi de toute urgence le capitaine Ryan Feeney à la division de détection électronique.

Les deux minutes d'attente parurent interminables à Eve.

— Feeney, commença-t-elle, sans préambule quand il décrocha enfin, je tiens un gros poisson.

— Quoi ?

— Je ne peux pas entrer dans les détails maintenant, mais j'ai besoin de ton aide. Peux-tu aller chercher Charles Monroe ?

— Bon Dieu, Eve, tu tiens l'assassin ?

— Pas encore. Monroe va te conduire au deuxième coffre de Sharon DeBlass. Moi, j'ai un avion à prendre !

Puis elle appela Connors. Trois précieuses minutes s'écoulèrent avant qu'il ne soit en ligne.

— J'allais justement t'appeler, Eve. Je dois partir pour Dublin. Veux-tu m'accompagner ?

— Connors, j'ai besoin de ton avion. Tout de suite. Je dois me rendre d'urgence en Virginie. Par la navette normale, je vais perdre un...

— L'avion t'attend prêt au décollage porte 22, terminal C.

Eve ferma les yeux de soulagement.

— Merci, Connors, je te revaudrai ça.

Sa gratitude s'évanouit quand elle aperçut Connors qui l'attendait tout sourires devant la porte d'embarquement.

— Je n'ai pas le temps de t'expliquer, lui annonça-t-elle sèchement en se dirigeant d'un pas résolu vers l'ascenseur.

— Nous parlerons dans l'avion.

— Il est hors de question que tu m'accompagnes. Mission officielle...

— C'est mon avion, la coupa-t-il d'une voix calme mais déterminée, tandis que l'ascenseur les emportait vers le sas d'embarquement.

Eve le foudroya d'un regard exaspéré.

— Ne peux-tu donc jamais rien offrir sans contrepartie ?

— Bien sûr que si, mais je ne vois pas le rapport.

Fidèle au poste, l'hôtesse les attendait à l'entrée de l'appareil.

— Bienvenue à bord, monsieur, lieutenant. Désirez-vous un rafraîchissement ?

— Non, merci, répondit Eve d'une voix glaciale en s'engouffrant dans l'avion.

Tandis que Connors s'installait dans son fauteuil, elle se mit à arpenter la cabine au pas de charge.

— Dis au commandant de bord de décoller immédiatement !

— Pour cela, il faudrait d'abord que tu t'assoies et que tu boucles ta ceinture, fit remarquer Connors avec un calme olympien.

Eve s'exécuta de mauvaise grâce.

— Je croyais que tu partais en Irlande, le relança-t-elle, les yeux furibonds.

— Ce n'est pas une priorité. Ecoute, Eve, ton départ précipité en Virginie semble indiquer une avancée majeure dans l'enquête DeBlass. Beth et Richard sont mes amis et je me dois de leur apporter mon soutien.

— Il ne s'agit pas d'une affaire personnelle, Connors, protesta-t-elle en tapant nerveusement les accoudoirs du fauteuil, tandis que l'avion s'ébranlait sur la piste.

— Pour moi, si. Juste après ton appel, Beth m'a contacté pour me demander de venir. Elle avait l'air bouleversée. Mets-toi à ma place, je ne pouvais pas l'abandonner à sa détresse.

Eve se sentit contrainte de céder.

— Bon, je ne peux pas t'empêcher de m'accompagner, mais je te préviens : laisse-moi travailler tranquille.

— A propos, il paraît que le Central était en émoi ce matin, lança-t-il avec un pétillement ironique dans le regard. A cause semble-t-il de certaines informations anonymes...

Elle poussa un soupir excédé.

— Je te suis reconnaissante pour ton aide, le remercia-t-elle à contrecœur d'une voix bougonne.

— Assez pour me raconter le résultat de l'interrogatoire ?

Elle se tourna vers le hublot d'un air buté.

— Simpson va tenter de mettre l'affaire sur le dos de son cabinet comptable. Le fisc va l'inculper pour fraude. J'imagine que l'enquête déterminera l'origine des fonds. Etant donné l'imagination du grand patron, je mise sur les méthodes classiques : pots-de-vin, corruption...

— Et le chantage ?

— Simpson payait Sharon, c'est sûr. Il l'a même avoué avant que son avocat n'ait eu le temps de le réduire au silence. Il s'en tiendra sûrement à cette version. Moins risqué qu'une accusation de meurtre.

Eve sortit son portable de sa poche et composa le code de Feeney.

— Tu l'as ? demanda-t-elle dès que le visage de son collègue apparut sur l'écran miniature.

Feeney lui montra un coffret de disquettes.

— Toutes étiquetées et datées. Environ vingt ans de confidences.

— Commence par la fin. J'arriverai à destination d'ici une vingtaine de minutes. Je te transmettrai mon rapport dès que possible.

— Hé, mon lieutenant en sucre...

Tout sourire, Charles Monroe remplaça soudain Feeney à l'écran.

— Alors, bien joué, non ?

— Beau travail, Monroe. Surtout pas un mot à quiconque, compris ?

— Compris, chef, répondit-il en lui lançant un baiser avant que Feeney ne le repousse hors du champ.

— Dallas. Je rentre au Central. Reste en contact.

Avec un sourire triomphant, Eve empocha son portable. Connors lui lança un regard à la fois soupçonneux et amusé.

— Mon petit lieutenant en sucre... ?

— Laisse tomber, Connors, rétorqua-t-elle en fermant les yeux, bien décidée à ignorer son sarcasme.

Dès l'atterrissage, Eve fut forcée d'admettre que le seul nom de Connors constituait un sésame autrement plus efficace qu'un insigne de policier. En quelques minutes, ils furent à bord d'un puissant véhicule de location, avalant les kilomètres qui les séparaient encore de Fort Royal. Connors s'était installé d'autorité au volant.

— Tu as déjà participé à l'Indicar ? demanda-t-elle, impressionnée par sa conduite nerveuse digne d'un pilote de Formule 1.

Il lui jeta un bref coup d'œil, tandis que la voiture fonçait sur la Route 95 à plus de deux cents kilomètres à l'heure.

— Non, mais j'ai couru quelques grands prix.

— Maintenant, je comprends...

Eve serra les dents et se cramponna à son fauteuil quand la voiture décolla à la verticale et dépassa avec audace — et en toute illégalité — une petite file de voitures qui, en comparaison, semblaient se traîner sur la route.

— Tu disais que Richard était un ami proche. Comment le décrirais-tu ?

— Un homme intelligent, dévoué et tranquille.

— Et sa relation avec son père ?

Connors reposa le véhicule en douceur.

— La personnalité du sénateur est écrasante. Selon les maigres informations que Richard et Beth m'ont confiées, il s'agit d'une relation émaillée de conflits et de frustrations.

— Et avec sa fille ?

— Les choix de Sharon étaient en totale contradiction avec, disons, les principes moraux de son père. Mais Richard est un fervent partisan de la liberté d'action et d'expression. Pourtant, quel père accepterait de bonne grâce que sa fille gagne sa vie en vendant son corps ?

— Il s'est occupé de la sécurité durant la dernière campagne de son père, n'est-ce pas ?

A nouveau, Connors fit décoller la voiture, marmonnant une histoire de raccourci. Cette fois, ils quittèrent la route et survolèrent en rase-mottes un bosquet et quelques maisons résidentielles. Concentré sur la manœuvre, Connors n'ouvrit pas la bouche. Eve cessa de compter en silence les multiples infractions au code de la route.

— La loyauté familiale transcende la politique, reprit Connors en descendant dans une rue dégagée. Si Richard est souvent en conflit avec son père, il ne souhaite pas pour autant sa mort. Et comme il est spécialisé en droit de la sécurité, il semble normal qu'il intervienne dans ces questions.

Plongée dans ses réflexions, Eve resta un moment silencieuse.

— A ton avis, jusqu'où irait DeBlass pour protéger son fils ?

— Le protéger de quoi ? Richard est...

Soudain, Connors saisit toute l'ampleur du sous-entendu. Il jeta à Eve un regard empreint d'une profonde gravité.

— C'est ridicule, laisse-moi te dire que tu fais fausse route.

— Nous verrons bien.

Sous le ciel d'un bleu étincelant, la propriété nichée dans les collines paraissait paisible. Dans le parc, les premiers crocus pointaient timidement de la pelouse grillée par le gel. Les apparences sont souvent trompeuses, songea Eve. Ces murs de brique rose pimpante et ces vitres rutilantes n'abritent pas la sérénité de destins heureux.

Elizabeth vint ouvrir en personne. La mine défaite et pâle, elle avait les yeux gonflés et rougis par les larmes. Depuis leur dernière rencontre, elle s'était beaucoup amaigrie, si bien que sa jupe pourtant ajustée flottait maintenant sur ses hanches. Elle se jeta dans les bras de Connors.

— Oh, Connors, je suis désolée de t'avoir dérangé. Je n'aurais pas dû te demander de venir.

— Voyons, Beth, tu ne me déranges pas, répondit Connors en lui soulevant le menton avec une gentillesse qui toucha Eve en plein cœur.

Remarquant qu'il n'était pas seul, Elizabeth essaya de retrouver sa contenance.

— Lieutenant Dallas...

Eve discerna une brève lueur accusatrice dans le regard que l'avocate lança à Connors.

— Ce n'est pas lui qui m'a amenée, madame Barrister, mais le contraire. Ce matin, j'ai reçu un appel de cette maison. Etait-ce vous ?

Elizabeth recula d'un pas, tordant ses mains avec une nervosité extrême.

— Non... C'était sans doute Catherine. Elle est arrivée à l'improviste la nuit dernière. Hystérique, affolée... Sa mère a été hospitalisée et le diagnostic des médecins est très réservé. J'imagine que le stress des dernières semaines aura eu raison de ses nerfs. C'est pourquoi je t'ai appelé, Connors. Richard est complètement désemparé et je ne sais plus quoi faire. Il est au salon avec sa sœur.

Elle jeta un regard inquiet vers la porte du salon.

— Catherine refuse de s'expliquer et de prendre un calmant. Elle nous a juste autorisés à prévenir son mari et son fils de sa présence ici, en insistant pour qu'ils ne viennent à aucun prix. La pauvre est dans tous ses états : elle s'imagine qu'ils sont en danger.

— Si elle m'a appelée, elle acceptera peut-être de me parler, intervint Eve.

— Peut-être...

D'un pas incertain, Elizabeth traversa le hall et les fit entrer dans le salon baigné de soleil. Assise sur le canapé, Catherine DeBlass était prostrée dans les bras de son frère. Richard leva un regard accablé vers Connors.

— C'est gentil d'être venu. Nous sommes en plein chaos, Connors, articula-t-il d'une voix tremblante.

Connors s'accroupit devant Catherine.

— Elizabeth, et si tu faisais apporter du café ?

— Oui, bien sûr. Excusez-moi, j'en oublie mon rôle de maîtresse de maison.

— Catherine, commença-t-il d'une voix douce.

Il posa une main réconfortante sur son bras. Aussitôt Catherine sursauta, les yeux écarquillés de peur.

— Que... que faites-vous ici ?

— Je suis venu voir Beth et Richard. Je suis désolé que vous n'alliez pas bien.

— Comment pourrais-je aller bien ? répondit-elle avec un petit gloussement hystérique. Nous sommes tous souillés, nous sommes tous coupables !

— De quoi ?

Catherine secoua la tête avec vigueur et se recroquevilla contre le dossier du canapé.

— Je refuse de vous parler.

— Madame DeBlass, intervint Eve. Je suis le lieutenant Dallas. Vous m'avez appelée ce matin.

— Non, non, c'est faux ! s'écria Catherine, paniquée. Je n'ai pas appelé ! Je n'ai rien dit !

Comme Richard allait se pencher vers sa sœur, Eve l'en dissuada du regard. Délibérément, elle s'assit entre eux et prit la main glacée de Catherine entre les siennes.

— Vous avez demandé mon aide. Maintenant je suis là, dit-elle d'une voix réconfortante.

— Non, c'est impossible. Personne ne peut m'aider. Je n'aurais jamais dû appeler. Cela ne doit pas sortir de la famille. J'ai un mari, un fils. Je dois les protéger.

Les larmes se mirent à rouler le long de ses joues.

— Nous vous protégerons, lui assura Eve avec douceur. Il est trop tard pour protéger Sharon. Mais il ne faut pas vous accabler.

— Je n'ai rien fait pour l'empêcher, murmura Catherine dans un sanglot étranglé. Inconsciemment, j'étais même peut-être contente… parce que j'étais enfin libre.

— Madame DeBlass, je suis là pour vous venir en aide, à vous et à votre famille. N'ayez crainte, rien ne pourra vous arriver. Dites-moi qui vous a violée.

— Mon Dieu, qu'est-ce que vous racontez ? murmura Richard, frappé de stupeur.

D'un regard noir, Eve lui intima le silence.

— C'est un secret, bredouilla Catherine, les lèvres tremblantes.

— Non, il ne faut pas. Ce genre de secret vous ronge de l'intérieur. Il vous glace de peur, de culpabilité et de honte. La seule riposte contre celui qui vous impose le silence est de tout révéler.

Agitée de spasmes nerveux, Catherine regarda son frère, les yeux luisants de terreur. Eve prit son visage entre ses mains.

— Regardez-moi, madame DeBlass, et dites-moi qui vous a violée, qui a violé Sharon.

— Mon père ! cria Catherine dans une plainte déchirante. Mon père ! Mon père ! Mon père !

Secouée de violents sanglots, elle enfouit son visage entre ses mains.

— Ô mon Dieu, c'est impossible... bredouilla Elizabeth qui, prise de vertiges, heurta le droïde qui apportait le café. Mon Dieu, ma petite fille...

Dans un fracas de porcelaine brisée, le contenu de la cafetière se répandit sur le tapis d'Orient.

Richard se précipita pour soutenir sa femme avant qu'elle ne s'évanouisse.

— Je vais le tuer, je vais tuer ce salaud ! siffla-t-il entre ses dents.

Puis il enfouit son visage dans les cheveux d'Elizabeth et la serra contre lui, effondré.

— Beth... Oh, Beth...

— Occupe-toi d'eux pendant que j'essaie de la réconforter, murmura Eve à Connors.

— Tu pensais que c'était Richard, n'est-ce pas ? lui demanda-t-il à voix basse.

Eve leva vers lui un regard éteint.

— Oui. Au fond de moi, je ne pouvais sans doute pas concevoir qu'un crime aussi abject puisse ravager deux générations.

— D'une façon ou d'une autre, le sénateur DeBlass est un homme mort, répondit-il, les traits durs comme la pierre.

18

Malgré sa conviction intime que les sanglots ne guériraient pas une blessure aussi profonde, Eve laissa Catherine DeBlass pleurer jusqu'à sa dernière larme. Par bonheur, Connors était là. Jamais elle n'aurait pu gérer la situation seule. Ce fut lui qui réconforta ses amis, ordonna au droïde de ramasser la vaisselle cassée et de nettoyer le tapis. Quand Elizabeth se fut un peu calmée, il lui suggéra de demander une tasse de thé à l'office pour sa belle-sœur. L'avocate alla la chercher elle-même et referma avec soin la porte du salon.

— Tiens, Catherine, bois un peu. Ça te fera du bien.

Catherine prit la tasse entre ses mains tremblantes.

— Je suis désolée, murmura-t-elle. Je croyais que toute cette abomination avait cessé. Je me suis efforcée de m'en convaincre. C'était une question de survie.

— Ne t'inquiète pas, répondit Elizabeth

d'une voix éteinte avant de retourner d'un pas mal assuré auprès de son mari.

— Madame DeBlass, intervint Eve, il est nécessaire que vous me racontiez toute l'histoire depuis le début. Madame DeBlass ? insista-t-elle, comme Catherine cherchait à éviter son regard. Je suis obligée de vous enregistrer, vous comprenez pourquoi, n'est-ce pas ?

— Il ne vous laissera jamais.

— Il n'aura pas le choix. C'est d'ailleurs la motivation de votre appel. Vous savez que je peux l'empêcher de nuire.

— Il vous craint, murmura Catherine. Je le sais. Il a peur des femmes. C'est pourquoi il leur fait du mal. Il se peut qu'il ait brisé ma mère par des drogues. Parce qu'elle savait.

— Votre mère était au courant que votre père abusait de vous ?

— Oui. Elle feignait l'ignorance, mais je le lisais dans son regard. Elle tenait par-dessus tout à sauvegarder les apparences. Alors elle fermait les yeux et continuait de se consacrer comme si de rien n'était à ses réceptions mondaines.

Catherine prit sa tête entre ses mains.

— Quand il venait dans ma chambre la nuit, je voyais à l'expression de ma mère le lendemain matin qu'elle savait. Mais quand j'essayais de lui parler, elle jouait l'innocente. Elle prétendait que j'imaginais des choses et m'ordonnait de me taire par respect pour la famille.

Elle serra à nouveau sa tasse à deux mains.

— Quand j'étais petite, à six ou sept ans, il venait la nuit et me caressait. Il disait que c'était normal parce qu'il était papa et moi sa petite maman. C'était un jeu, disait-il, un jeu secret. Il m'ordonnait de lui faire certaines choses...

Catherine fut prise à nouveau de spasmes violents.

— Vous n'êtes pas obligée de tout raconter, la réconforta Eve. Dites-moi ce que vous pouvez.

— J'étais obligée de lui obéir. Dans la maison, mon père incarnait l'autorité toute-puissante, n'est-ce pas, Richard ?

Etreignant les mains de sa femme, celui-ci acquiesça d'un hochement de tête.

— Je ne t'ai jamais rien avoué parce que j'étais morte de peur et de honte. Et puis, comme maman refusait d'admettre la vérité, je pensais que c'était normal.

Elle déglutit avec difficulté.

— Le jour de mon douzième anniversaire, mes parents ont organisé une fête à la maison avec beaucoup d'amis. Il y avait un gros gâteau et des poneys, tu t'en souviens, Richard ?

— Oui, je m'en souviens, bredouilla-t-il, les yeux embués de larmes.

— Cette nuit-là, la nuit même de mon anniversaire, il est venu. Il m'a dit que maintenant j'étais assez grande, qu'il avait un cadeau pour moi. Et il m'a violée.

Posant sa tasse toujours pleine sur la table basse, elle enfouit son visage entre ses mains et se mit à se bercer d'avant en arrière.

— Un cadeau, c'est le mot qu'il a employé ! Je l'ai supplié d'arrêter parce qu'il me faisait mal. Et puis, à douze ans, j'étais en âge de comprendre l'horreur de son acte. Mais il m'a plaqué une main sur la bouche et a continué. Durant toutes ces années, il est revenu régulièrement. Puis je suis partie à l'université, très loin pour qu'il ne puisse plus m'atteindre. Et je me suis efforcée de me convaincre que rien n'était jamais arrivé.

» J'ai essayé d'être forte, de construire ma vie. Je me suis mariée parce que j'imaginais être à l'abri. Justin est si gentil, si doux. Jamais il ne m'a fait de mal. Mais je ne lui ai jamais rien avoué. Je me disais que sinon il me mépriserait. Alors j'ai continué de me persuader que j'avais vécu un mauvais rêve. Parfois, je parvenais à y croire. Souvent, même. Je me consacrais entièrement à ma famille et à mon travail. Mais un jour, j'ai compris qu'il s'en prenait désormais à Sharon. J'ai voulu l'aider mais j'ignorais comment m'y prendre. Alors j'ai laissé faire. Comme ma mère. Il a tué Sharon et, maintenant, ça va être à mon tour.

— Pourquoi pensez-vous qu'il ait tué Sharon ? demanda Eve, intriguée.

— Sharon n'était pas faible comme moi. Elle a réussi à se retourner contre lui. A Noël dernier, alors que nous étions tous là, feignant d'être une famille unie, je les ai entendus se disputer. Ils s'étaient isolés dans son bureau. Sans bruit, j'ai entrouvert la porte et je les ai espionnés. Mon père était hors de lui. Il reprochait à Sharon de tourner ses convictions politiques et morales en ridicule devant l'opinion. « C'est toi qui as fait de moi ce que je suis, espèce d'ordure », lui a-t-elle répondu du tac au tac. J'étais tellement contente que j'en aurais presque applaudi. Elle lui a tenu tête et l'a même menacé de le dénoncer à moins qu'il n'accepte de payer. Elle possédait des preuves, consignées dans leurs moindres détails scabreux, et elle n'hésiterait pas à s'en servir s'il refusait de jouer selon les nouvelles règles du jeu. Il était fou de rage et lui a lancé des injures à la tête. Et puis...

Catherine s'interrompit, à nouveau au bord des larmes.

— Sharon a ôté son chemisier, lâcha-t-elle dans un souffle.

Elle tressaillit en entendant le gémissement contenu d'Elizabeth.

— Elle lui a dit qu'il pouvait la posséder comme n'importe quel client. A condition qu'il paie. Qu'il paie beaucoup plus. Il était de dos, mais j'imagine aisément avec quelle concupiscence il devait la regarder. Il s'est avancé vers elle et a commencé à lui caresser les seins. A cet instant, Sharon a regardé dans ma direction avec un incroyable dégoût, peut-être même de la haine. Parce que je n'avais jamais rien fait. J'ai refermé la porte et me suis enfuie en courant, au bord de la nausée. Oh, Elizabeth...

— Ce n'est pas ta faute, Catherine. Elle aurait dû essayer de m'en parler. Je n'ai jamais rien vu, rien entendu. Comment aurais-je pu imaginer? Moi, sa propre mère, je n'ai pas su la protéger.

— J'ai essayé de lui parler, tu sais, la fois où je suis allée à New York. D'un ton méprisant, elle m'a reproché de garder la tête dans le sable. « Chacune sa méthode, m'a-t-elle dit, mais la mienne est plus efficace. » Quand j'ai appris sa mort, j'ai compris. Aux obsèques, j'ai regardé mon père droit dans les yeux. Il s'est approché de moi et m'a serrée dans ses bras comme pour me réconforter. Il m'a murmuré de faire très attention, de me rappeler ce qui arrive quand on trahit un secret familial. Puis il m'a parlé de Franklin et des grands projets qu'il avait pour lui. Combien je serais fière de lui... si je savais me montrer prudente. Que pouvais-je faire ? C'est mon fils.

Eve serra un peu plus sa main en un geste de réconfort.

— Il va vous falloir du courage, madame DeBlass. Un témoignage officiel devant la police, puis devant un tribunal est toujours une épreuve pénible.

— Il ne laissera jamais cette affaire aller jusqu'au procès.

— Je ne lui donnerai pas le choix, répondit Eve.

Peut-être pas pour meurtre, se dit-elle. Pas encore. Mais pour abus sexuels, sans aucun doute.

— Madame Barrister, je pense que votre belle-sœur devrait se reposer.

Elizabeth l'aida à se lever et l'entraîna doucement vers la porte.

— Viens t'allonger un peu à l'étage.

— Je suis désolée, murmura Catherine d'une voix lasse en s'appuyant sur le bras d'Elizabeth. Pardonne-moi, je t'en supplie.

— Nous avons une psychanalyste spécialisée

au Central, monsieur DeBlass. Il serait bon que votre sœur aille la consulter.

— Oui, répondit-il d'un air absent, les yeux rivés sur la porte.

— Vous sentez-vous à même de répondre à quelques questions ?

— Mon père est non seulement un tyran, murmura-t-il comme pour lui-même, mais c'est aussi un monstre. Comment puis-je accepter que mon propre père soit un monstre ?

— Il a un alibi pour la nuit où Sharon est décédée, indiqua Eve. Il m'est impossible de l'inculper pour meurtre.

— Un alibi ?

— Derrick Rockman a déclaré se trouver avec votre père à Washington-Est jusque près de deux heures du matin.

— Rockman serait prêt à raconter tout ce que mon père lui demande.

— Même s'il s'agit de couvrir un meurtre ?

Richard DeBlass réprima un frisson.

— Pour mon père, c'est le moyen le plus simple de se disculper. Pourquoi irait-on imaginer qu'il est mêlé à cette affaire ? Et même dans ce cas, la déclaration de Rockman le lave de tout soupçon. Pure précaution.

— Comment votre père aurait-il pu se rendre à New York sans laisser de trace informatique des deux trajets ?

— Je l'ignore. S'il a utilisé sa navette, le voyage est forcément inscrit dans le carnet de bord.

— Un carnet de bord peut toujours se falsifier, intervint Connors. Mais cela nécessite quelques pots-de-vin judicieux : le pilote, peut-être le mécanicien, dans tous les cas un contrôleur aérien.

— Je m'en occupe dès mon retour à New York, dit Eve, satisfaite de cette nouvelle piste prometteuse.

Si elle parvenait à prouver que la navette avait volé cette nuit-là, le sénateur était perdu.

— Et ses armes anciennes ?

D'un pas mal assuré, Richard alla se servir un verre de whisky sur la desserte et le but d'un seul trait.

— C'est une véritable obsession. Il ne perd pas une occasion de les montrer. Quand j'étais plus jeune, il a essayé à plusieurs reprises de m'y intéresser. Mais Connors vous confirmera qu'il n'y est jamais parvenu.

— Richard pense que les armes à feu sont un dangereux symbole d'abus de pouvoir. Et je peux dire aussi que le sénateur s'en est procuré certaines au marché noir.

— Pourquoi ne m'en avais-tu rien dit ? s'étonna Eve.

— Tu ne me l'avais pas demandé.

Elle réprima un soupir agacé et n'insista pas. Pour l'instant.

— Votre père s'y connaît-il en matière de sécurité ? Je veux parler des aspects techniques.

— Certainement. Il s'enorgueillit de savoir se défendre. C'est un des rares sujets de conversation que nous pouvons aborder sans risquer de dispute.

— Le considéreriez-vous comme un expert ?

— Non, répondit Richard d'une voix lasse

en se massant les tempes. Je dirais plutôt un amateur doué.

Subitement, il s'effondra dans un fauteuil, la tête entre les mains.

— Désolé, lieutenant, mais je n'en peux plus. J'ai besoin de temps pour me remettre de ce terrible choc.

— Bien entendu, monsieur DeBlass. Je vais ordonner que votre père soit placé sous surveillance. S'il vous plaît, ne cherchez pas à le voir.

— Vous craignez que je n'essaie de le tuer ? répondit-il avec un ricanement désabusé.

Il leva un regard grave vers Eve.

— Dieu sait que j'en meurs d'envie, lieutenant... Mais jamais je n'en aurai le courage.

Quand ils furent dehors, Eve se dirigea vers la voiture d'un pas résolu sans le moindre regard pour Connors.

— Tu t'en doutais, n'est-ce pas ?

— Que DeBlass était impliqué ? Oui, c'est exact.

— Et tu ne m'as rien dit !

— Non.

Elle voulut ouvrir rageusement la portière, mais Connors arrêta son bras.

— Ce n'était qu'une impression, Eve. J'ignorais tout pour Catherine. Je suspectais seulement que Sharon et DeBlass entretenaient une liaison.

— C'est un mot trop propre pour leur ignoble relation.

— Je l'ai suspecté à la façon dont elle

m'avait parlé de lui durant notre unique dîner. Mais, je le répète, ce n'était qu'une impression. Et puis... (il la fit pivoter vers lui et plongea un regard tendre dans le sien)... quand je t'ai mieux connue, j'ai préféré garder mes craintes pour moi. Je ne voulais pas te faire de mal.

Eve se dégagea d'un geste brusque. Avec douceur, il lui prit la tête du bout des doigts.

— Tu n'avais personne qui pouvait te venir en aide ?

— Il n'est pas question de moi ! protesta-t-elle avec véhémence.

Mais les trémolos dans sa voix trahissaient son trouble intense.

— Je ne peux pas me permettre d'y penser, Connors. Sinon, je vais tout gâcher et cette ordure pourrait s'en sortir.

— N'as-tu pas dit à Catherine que la seule riposte est d'en parler ?

— J'ai du travail ! répondit-elle d'un ton catégorique.

Connors refoula sa frustration.

— Je suppose que tu veux te rendre à l'aéroport de Washington ?

— Oui, confirma-t-elle en montant dans la voiture, côté passager. Dépose-moi à la station la plus proche.

— Tu ne vas pas te débarrasser aussi facilement de moi.

— Très bien, allons-y, dit-elle avec un soupir résigné.

Elle sortit son vidéocom de son sac.

— Je dois faire mon rapport.

Tandis qu'ils descendaient l'allée sinueuse du parc, Eve contacta Feeney.

— Je suis en route pour Washington-Est, annonça-t-elle sans lui laisser le temps de parler. Cette fois, je le tiens !

— Ah oui, toi aussi ? répondit Feeney, surexcité. Je n'ai même pas eu besoin d'aller plus loin que la dernière entrée. Enregistrée le matin du meurtre… Quelle veine qu'elle ait porté son journal à la banque ce jour-là ! Elle avait un rendez-vous à minuit. Devine avec qui !

— Son grand-père.

— Bon sang, Dallas, comment le sais-tu ? s'exclama-t-il, abasourdi.

— S'il te plaît, Feeney, poursuivit-elle en croisant les doigts, dis-moi qu'elle cite son nom.

— Elle l'appelle le sénateur, ou ce gros cochon de grand-père. Attends, écoute : « *Cinq mille dollars tous les quinze jours, je ne me plains pas. Ça vaut presque la peine de le laisser me baver dessus. Et puis ce cher vieux grand-papa a encore de la ressource… Quelle ordure ! Mais il ne perd rien pour attendre. Lorsque j'en aurai assez de ce petit jeu, je transmettrai mon journal aux médias. En plusieurs exemplaires. Il devient fou dès que je le menace de tout révéler. Ce soir, je vais m'amuser, je vais donner une bonne frousse au sénateur. Seigneur ! Quelle douce vengeance de le tenir ainsi entre mes mains après les horreurs qu'il m'a fait subir !* » Ce journal apporte la preuve de sa présence chez sa petite-fille la nuit du meurtre. Le sénateur est fichu.

— Peux-tu m'obtenir un mandat ?

— Le commandant a donné des ordres pour qu'il te soit transmis dès ton appel. Tu es autorisée à interpeller DeBlass pour homicide sur la personne de sa petite-fille et de deux prostituées.

— Où puis-je le trouver ?

— Au Sénat. C'est aujourd'hui qu'il défend son projet de loi sur la moralité en assemblée plénière.

— Parfait. Je m'y rends immédiatement.

Eve coupa la communication et se tourna vers Connors.

— A ton avis, quelle est la vitesse de pointe de cet engin ?

— Nous allons le savoir tout de suite.

Si Whitney ne lui avait pas ordonné d'être discrète, Eve n'aurait eu aucun scrupule à interpeller le sénateur DeBlass à la tribune devant ses pairs. Elle se força donc à attendre dans la galerie la fin de son discours exalté sur la décadence morale du pays et l'insidieuse corruption distillée par la dépravation des mœurs. Chiffres à l'appui, il dénonça avec véhémence le manque de moralité chez les jeunes, la violence criminelle, la déchéance urbaine, la prolifération des drogues prohibées, conséquence à ses yeux d'un déclin moral généralisé, de la mansuétude de la justice à l'égard des criminels et de la liberté sexuelle débridée.

Ecœurée et tremblante de rage, Eve se boucha les oreilles. D'un geste apaisant, Connors lui caressa doucement la nuque.

— A ton avis, quelle va être la réaction des médias quand le scandale va éclater? lui demanda-t-il à mi-voix.

— Ils vont le crucifier, murmura Eve avec détermination. Mais j'espère qu'ils n'en feront pas un martyr.

— L'incarnation de la morale soupçonnée d'inceste, de relations avec des prostituées et de meurtres, ça m'étonnerait. C'est un homme fini.

Soudain, un tonnerre d'applaudissements retentit dans l'hémicycle. Eve se leva d'un bond. Au diable la discrétion! Tandis que le président de la chambre interrompait la séance pour une heure à grand renfort de coups de marteau, elle brandit son insigne sous le nez de l'huissier médusé et se fraya un passage à travers la foule des parlementaires jusqu'à DeBlass, congratulé de tous côtés par ses conseillers et ses amis politiques. Quand il aperçut Eve et Connors à sa suite, il se figea, le regard dur et les mâchoires serrées.

— Lieutenant, si vous désirez me parler, suivez-moi dans mon bureau. Seule. Je peux vous accorder dix minutes.

— Vous allez avoir tout votre temps. Sénateur DeBlass, vous êtes en état d'arrestation pour les meurtres de Sharon DeBlass, Lola Starr et Georgie Castle.

Un murmure abasourdi monta de la foule qui l'entourait. Eve éleva la voix.

— Vous êtes en outre inculpé de viols incestueux sur les personnes de Catherine DeBlass, votre fille, et Sharon DeBlass, votre petite-fille.

Tout ce que vous direz pourra être retenu contre vous.

Elle ferma l'une des menottes sur le poignet droit du sénateur, bouillonnant d'indignation. Puis elle le força à se retourner et lui attacha les mains dans le dos.

— C'est un scandale odieux ! Je suis sénateur des Etats-Unis et vous êtes ici en territoire fédéral ! J'exige ma libération immédiate !

— Ces deux agents fédéraux vont vous escorter, ajouta-t-elle, désignant les deux hommes en uniforme qui l'accompagnaient. Vous êtes autorisé à vous faire assister d'un avocat.

— Vous pouvez dire adieu à votre insigne, lieutenant ! lui souffla-t-il d'une voix rauque et haletante, tandis qu'elle l'entraînait à travers la foule des sénateurs abasourdis.

— Gardez votre souffle, sénateur. Nous serions désolés que vous nous claquiez entre les doigts à cause d'une crise cardiaque.

A la sortie de l'hémicycle, Eve le remit entre les mains des agents fédéraux. Parmi les parlementaires et conseillers qui s'étaient précipités dans le couloir à leur suite, Eve reconnut Rockman. Dissimulant sa rage derrière un masque glacial, il s'avança vers elle.

— Vous commettez une terrible méprise, lieutenant.

— Je suis persuadée du contraire, Rockman. Par contre, vous avez commis dans votre déposition une erreur de taille qui vous rend complice de meurtre. Dès mon retour à New York, je m'occupe de votre cas.

— Le sénateur DeBlass est un homme d'une

envergure exceptionnelle. Vous n'êtes qu'un vulgaire pion à la solde du Parti libéral qui a juré sa perte et n'hésite pas à employer les méthodes les plus viles pour le détruire.

— Le sénateur DeBlass n'est qu'un ignoble pédophile incestueux. Un violeur et un assassin. Et je suis fière d'être le policier qui l'aura démasqué. Si vous ne voulez pas plonger avec lui, vous feriez mieux de contacter votre avocat !

Eve tourna les talons et le planta au milieu de la galerie. Elle dévala l'escalier d'honneur et traversa le hall luxueux du Sénat, suivie par Connors qui dut se retenir de la serrer dans ses bras. Sur le perron, une meute de journalistes massés devant les portes se précipita vers elle, mais elle poursuivit son chemin à grandes enjambées comme s'ils n'étaient pas là.

— Quel style, lieutenant Dallas ! Très impressionnant, la félicita-t-il avec enthousiasme, tandis qu'ils tentaient de rejoindre la voiture au milieu de la foule. Au fait, je ne crois plus être amoureux de toi, Eve. Maintenant, j'en suis sûr.

— Partons d'ici, Connors, murmura Eve qui sentait une irrépressible nausée lui nouer la gorge. Partons d'ici au plus vite.

Par sa seule volonté, elle parvint à tenir jusqu'à l'embarquement. A peine eut-elle terminé d'une voix éteinte son rapport à son supérieur qu'elle fut prise de vertiges et manqua de s'évanouir. Repoussant le bras de Connors, elle s'enferma d'un pas chancelant dans les toilettes, secouée par de violents haut-le-cœur.

Désemparé, Connors resta un moment derrière la porte. Puis, devinant que ses paroles de réconfort seraient pour l'instant inutiles, il murmura ses instructions à l'hôtesse et regagna son fauteuil en proie à une profonde inquiétude. Quand Eve revint s'asseoir en face de lui, au bout de longues minutes, le visage livide et défait, il lui tendit une tasse fumante.

— Bois un peu, ça va te faire du bien.

— Qu'est-ce que c'est ?

— Du thé avec un trait de whisky.

— Pas d'alcool pendant le service, murmura-t-elle, les yeux vides.

— Bois, bon sang ! ordonna-t-il avec fermeté. Ou c'est moi qui te le fais avaler !

Il actionna l'intercom et donna son feu vert pour le décollage. D'une main tremblante, Eve porta la tasse à sa bouche, mais ses dents claquaient tant qu'elle ne put en avaler qu'une petite gorgée. Quand Connors s'avança pour la réconforter dans le cercle chaleureux de ses bras, elle se réfugia au fond de son fauteuil. La nausée avait repris de plus belle, harcelant son estomac et renforçant encore les pulsations sourdes de son sang qui lui martelaient les tempes.

— Mon père me violait, avoua-t-elle dans un souffle, choquée d'entendre ses propres mots franchir ses lèvres. Régulièrement. Et il me battait aussi. Que je me débatte ou non ne changeait rien. Il me violait et me battait quand même. Je ne pouvais rien faire. Comment peut-on se défendre contre ceux qui sont chargés de vous protéger ?

Connors lui prit la main et la serra quand Eve essaya de la dégager.

— Eve, je suis désolé. Terriblement désolé.

— Ils disent qu'ils m'ont trouvée à huit ans dans une impasse à Dallas. J'étais couverte de plaies et j'avais un bras cassé. Il avait dû m'abandonner là. Ou bien je m'étais échappée, je ne me souviens pas. Mais il n'est jamais venu me chercher. Personne n'est venu.

— Et ta mère ?

— Je ne sais pas. Je n'ai aucun souvenir d'elle. Peut-être était-elle morte. Ou feignait-elle de ne rien voir comme la mère de Catherine. J'ai seulement des cauchemars, des flashes. Toujours des pires moments. J'ignore jusqu'à mon nom. Ils n'ont jamais réussi à m'identifier.

— Mais au moins tu étais en sécurité.

— On voit que tu n'as jamais été ballotté de foyer en famille d'accueil. Ce n'est pas un sentiment de sécurité qu'on éprouve, mais d'impuissance. Avec leurs bonnes intentions, ils finissent par t'user jusqu'à la trame.

Avec un soupir las, elle se laissa aller dans son fauteuil et ferma les yeux.

— Je ne voulais pas arrêter DeBlass, Connors. Je voulais le tuer de mes propres mains à cause de ce qui m'est arrivé. J'en ai fait une affaire personnelle.

— Tu n'as fait que ton travail, Eve.

— Il faut que tu saches... Je crois qu'il y a en moi quelque chose de mauvais. Comme un virus qui rôde dans mon organisme et surgit quand mon système de défense est affaibli. Je suis dangereuse, Connors.

— Et moi, j'aime le danger.

Il lui prit la main et y déposa un baiser tendre.

— Je ne l'avais encore jamais dit à personne.

— Ça t'a fait du bien ?

— Je l'ignore. Peut-être. Seigneur, je suis éreintée.

— Repose-toi sur moi.

Connors glissa son bras autour de sa taille et l'attira contre lui.

— Juste un peu alors, murmura Eve qui nicha sa tête dans le creux de son épaule. Jusqu'à notre arrivée à New York.

— Juste un peu, répéta Connors qui resserra son étreinte et lui caressa les cheveux avec une infinie douceur.

19

L'interrogatoire s'avéra long et laborieux. Sur les conseils de son avocat, le sénateur DeBlass refusait obstinément d'ouvrir la bouche. Mais son teint écarlate laissait entrevoir à Eve l'espoir de le faire craquer.

— Il a été établi que vous entreteniez une liaison incestueuse avec votre petite-fille, Sharon DeBlass, répéta-t-elle avec insistance.

— Mon client n'a pas confirmé ces allégations, intervint l'avocat d'une voix assurée.

Elle l'ignora et plongea son regard droit dans celui du sénateur.

— J'ai ici la transcription d'un extrait du journal que tenait Sharon DeBlass, daté du jour de sa mort, poursuivit-elle en glissant le document sur la table.

D'un geste posé, l'avocat le ramassa et le parcourut avec un calme olympien. Quelle que fût sa réaction, il se garda bien de la trahir.

— Ce papier ne prouve rien, lieutenant Dallas. Purs fantasmes autodestructeurs d'une femme à la réputation sulfureuse, depuis longtemps en froid avec sa famille.

— Ce n'est pas tout, sénateur DeBlass, poursuivit Eve avec obstination. Vous avez également abusé pendant des années de votre propre fille Catherine.

— Grotesque ! s'exclama le sénateur malgré le signe de son avocat.

— Je dispose d'une déclaration signée devant témoins de la main même de votre fille, insista Eve qui lui tendit le papier officiel.

L'avocat s'en saisit avant que son client n'ait pu esquisser un geste. Il l'étudia avec la plus grande attention, puis le plia entre ses mains manucurées.

— Vous ignorez peut-être que Catherine DeBlass est depuis longtemps traitée pour dépression, paranoïa et stress.

— Si cela se révèle exact, il sera aisé de prouver que ces symptômes découlent directement de votre harcèlement sexuel répété sur sa personne depuis son enfance, sénateur DeBlass. Nous allons également nous intéresser de près aux troubles de votre femme, actuellement sous surveillance médicale pour dépression nerveuse.

Bien décidée à accroître la pression, Eve se leva lentement de son fauteuil et s'appuya sur le bureau, soutenant avec défi le regard glacial du sénateur.

— La nuit de la mort de Sharon DeBlass, vous étiez à New York, et non pas à Washington-Est comme vous le prétendez. Vous avez payé le pilote de votre navette afin qu'il falsifie le carnet de bord, poursuivit-elle sans se laisser perturber par l'intervention énergique de l'avocat. Vous vous êtes rendu à l'appartement de votre petite-fille et avez couché avec elle en enregistrant vos ébats. Vous aviez emporté une arme, un Smith & Wesson calibre 38. Vous l'avez abattue de trois balles parce que vous ne supportiez plus ses railleries et ses menaces.

Le regard mobile du sénateur et sa respiration rauque trahissaient une inquiétude de plus en plus vive.

— Mon client ne reconnaît pas posséder l'arme en question...

— C'était excitant, n'est-ce pas ? insista Eve, revenant à la charge sans prêter attention à l'avocat. Vous vous sentiez invulnérable. Qui irait imaginer qu'un sénateur des Etats-Unis puisse assassiner aussi sauvagement sa propre petite-fille ? Vous étiez parfait dans le rôle du grand-père indigné. Et vous avez recommencé. Quelle meilleure façon de dissimuler votre crime que de faire croire à l'œuvre d'un psychopathe ?

De plus en plus congestionné, le sénateur vida d'un trait le verre d'eau qu'il avait réclamé peu avant. Puis son teint passa du rouge écarlate au grisâtre. La respiration haletante et saccadée, il voulut boire à nouveau, mais sa main tremblait tant que le verre se fracassa sur le carrelage.

— L'interrogatoire est terminé, intervint l'avocat qui se leva d'un bond et aida le sénateur à se redresser. La santé de mon client est précaire. Il lui faut une assistance médicale immédiate.

Eve appuya sur un bouton. Aussitôt, la porte blindée s'ouvrit.

— Appelez l'équipe médicale, ordonna-t-elle au policier en uniforme qui montait la garde à l'entrée. Le sénateur ne se sent pas très bien.

Le regard mauvais, elle se tourna vers ce dernier.

— Il va falloir vous habituer. Je n'ai pas encore vraiment commencé.

Deux heures plus tard, après avoir classé son rapport et rencontré le procureur, Eve quitta enfin le Central et affronta les embouteillages. Après une journée aussi rude, elle avait besoin de décompresser un peu, de revenir sur les événements un par un avec quelqu'un qui saurait l'écouter et lui apporter son soutien. Elle prit la direction de la demeure de Connors. Lui seul saurait par sa présence réconfortante tenir à distance les spectres obsédants du passé.

Quand son vidéocom de bord bourdonna, elle pria le ciel pour que ce ne soit pas un appel de Whitney lui demandant de reprendre son service.

— Dallas, j'écoute.

Le visage fatigué de Feeney apparut à l'écran.

— Salut, fillette. Je viens de visionner les disquettes de l'interrogatoire. Beau travail.

— Avec ce maudit avocat, je n'ai pas pu aller aussi loin que je le souhaitais. Mais je vais faire craquer DeBlass, Feeney. Tu peux me croire.

— Le dossier est solide et madame le procureur est prête à te canoniser, mais pour le moment j'ai une mauvaise nouvelle à t'annoncer : l'oiseau s'est envolé.

Sous le coup de la stupéfaction, Eve écrasa la pédale de frein. Dans un concert de klaxons furieux, elle se rangea en catastrophe sur le trottoir d'un brusque coup de volant à droite.

— Comment ça, l'oiseau s'est envolé ?

— Mise en liberté sous caution personnelle, expliqua Feeney avec une grimace. Tous les arguments y sont passés : sénateur des Etats-Unis, toute une vie de bons et loyaux services à la patrie, cœur fragile... Jusqu'au juge qui était dans sa poche.

— C'est insensé ! protesta-t-elle. Il est accusé de trois meurtres, bon sang ! Le procureur m'avait assuré qu'elle allait refuser toute mise en liberté sous caution !

— Elle se sera laissé attendrir. L'avocat de DeBlass a déployé toute son éloquence. Son plaidoyer aurait arraché des larmes à une pierre. A l'heure qu'il est, DeBlass est de retour à Washington-Est avec pour consigne des médecins le repos absolu. Il a obtenu un délai de trente-six heures avant le prochain interrogatoire.

— S'il croit m'échapper, il se trompe ! pesta Eve en frappant son volant du plat de la main. Il peut toujours jouer au vieux sénateur vénérable et malade, je ne le laisserai pas me glisser entre les doigts !

— Le commandant s'inquiète qu'il ne profite de ce report pour recharger ses batteries. Il veut que tu travailles sur le dossier avec le procureur dès demain matin, huit heures.

— J'y serai. Crois-moi, Feeney, il ne s'en sortira pas.

Bouillonnante de rage, elle s'inséra à nouveau dans la circulation dense de l'avenue. Elle fut tentée un instant de rentrer à son appartement et de passer la soirée plongée dans les méandres du dossier. Mais elle n'était plus qu'à cinq minutes de chez Connors.

La grille s'ouvrit devant sa voiture et elle se hâta de monter l'allée sinueuse. Comme elle gravissait les marches du perron, son cœur se mit à battre la chamade. Tu es une idiote, se réprimanda-t-elle, on dirait une adolescente énamourée. Mais quand Summerset ouvrit la porte, elle arborait un sourire rayonnant.

— Je dois voir Connors, dit-elle en pénétrant dans le vestibule.

— Désolé, lieutenant, mais il n'est pas ici.

— Oh... ne put que prononcer Eve, un peu honteuse de l'immense déception qui venait de l'envahir. Où puis-je le trouver ?

Le visage du majordome se ferma.

— Je crois qu'il est en réunion. Le voyage en Europe qu'il a dû annuler le contraint à travailler tard.

A cet instant, le chat dévala les escaliers et vint se frotter aux jambes d'Eve. Elle le prit dans ses bras et lui caressa le ventre.

— A quelle heure l'attendez-vous ?

— Monsieur consacre beaucoup de temps à ses affaires, lieutenant. Je ne suis pas censé l'attendre.

— Dites-moi, Summerset, rétorqua Eve qui commençait à perdre patience, pourquoi me traitez-vous comme un rongeur indésirable chaque fois que j'ai le malheur de pointer mon nez ici ?

Choqué, le majordome devint livide.

— Je n'ai pas l'habitude des manières frustes, lieutenant Dallas. Monsieur est un homme d'élégance et de goût. Il a l'oreille des présidents et des monarques. D'ordinaire, il ne fréquente que des femmes d'excellente famille au savoir-vivre irréprochable.

— Et moi, je n'ai ni haute lignée ni savoir-vivre et cela vous rend malade, n'est-ce pas ?

Eve aurait pu trouver la force d'en rire si la pique ne l'avait pas atteinte si près du cœur.

— Il semble pourtant que la vulgaire Cendrillon ait réussi à attirer l'attention de votre patron. Dites-lui que j'ai repris le chat, ajouta-t-elle en sortant d'un pas indigné.

Quel snob imbuvable ! se dit Eve en démarrant en trombe. Durant le trajet jusqu'à son immeuble, la complicité silencieuse du chat s'avéra étrangement réconfortante. Que lui importait après tout l'opinion d'un petit majordome coincé ? Comme pour lui donner raison, le chat sauta sur ses genoux et entreprit de lui pétrir les jambes avec un ronronnement de contentement. Quand les griffes traversèrent son jean, elle esquissa une grimace, mais ne le repoussa pas.

— Il va falloir que je te donne un nom, lui murmura-t-elle. Je n'ai jamais eu d'animal avant toi. J'ignore comment Georgie t'avait baptisé, mais ne t'en fais pas, on va bien trouver quelque chose.

Elle entra dans le garage souterrain de son immeuble. Devant son emplacement, un voyant jaune clignotait. J'ai encore oublié de payer le loyer, songea-t-elle, réprimant un juron à l'idée de la forte amende qu'il lui faudrait verser si le signal virait au rouge. Avec l'affaire DeBlass, elle ne trouvait même plus le temps de régler ses factures. Peut-être allait-elle après tout profiter de sa soirée pour mettre un peu d'ordre dans ses comptes...

Eve jeta son sac en bandoulière sur son épaule et prit le chat sous le bras. Quel matou obèse, lui dit-elle, tu dois peser au moins dix kilos. Et si je t'appelais Hardy? ajouta-t-elle en montant dans l'ascenseur. Dès qu'il fut dans l'appartement, le chat fonça droit à la cuisine. Prenant sa nouvelle responsabilité très au sérieux, Eve l'y suivit et lui proposa un reste de porc à la sauce aigre-douce, exhumé du réfrigérateur, accompagné d'une coupelle de lait. Apparemment peu difficile sur la nourriture, le matou se jeta sur sa gamelle avec voracité.

Eve le regarda manger un moment. Très vite, Connors vint occuper ses pensées. Elle aurait tellement voulu qu'il soit à ses côtés en cet instant... Il prétendait être amoureux d'elle, mais pouvait-elle vraiment le prendre au sérieux? Il existait tant de conceptions de l'amour. Et puis c'était un sentiment qu'elle n'avait encore jamais connu. Eve se servit un demi-verre de vin et se contenta de le contempler, l'esprit ailleurs. Sans aucun doute, Connors lui inspirait une émotion nouvelle dont la force la déconcertait. Mieux valait pourtant ne pas bousculer les événements. Les décisions précipitées étaient presque toujours source de regrets. Eve exhala un long soupir. Pourquoi diable n'était-il pas chez lui ? Elle posa son verre sur la table de la cuisine et se passa une main dans les cheveux. Le gros problème quand on s'attache à quelqu'un, c'est la solitude qu'on éprouve en son absence, songea-t-elle avec mélancolie.

Allez, Eve, au travail, s'encouragea-t-elle, bien décidée à chasser son spleen. Un dossier à clore, une petite incursion dans ses comptes... Peut-être prendrait-elle le temps d'un bon bain chaud qui dissiperait le stress de la journée avant de préparer sa réunion avec le procureur. Laissant le chat à ses agapes, elle se rendit dans sa chambre. Les réflexes engourdis par une journée épuisante, elle réagit un quart de seconde trop tard. Sa main était déjà sur son laser, mais Eve la laissa retomber quand elle aperçut le long canon du revolver ancien braqué sur son cœur. Colt 45, pistolet à six coups, héros de la Conquête de l'Ouest, se surprit-elle à penser.

— Voilà qui ne va pas arranger votre cas, Rockman.

Sans cesser de tenir Eve en joue, Derrick Rockman sortit de derrière la porte.

— Sortez lentement votre arme, lieutenant, et lâchez-la par terre.

Eve s'exécuta sans quitter l'homme des yeux. A cette distance, la blessure qu'un Colt 45 lui infligerait ne serait pas belle à voir.

— Poussez-la du pied vers moi. Très bien... Ah, j'oubliais, ajouta-t-il avec un sourire en coin, voyant Eve glisser une main dans sa poche, donnez-moi aussi votre portable. Je préfère que tout ceci reste entre nous. Parfait.

— Certains trouveront votre loyauté envers le sénateur admirable. Moi, je la trouve stupide. Mentir pour lui fournir un alibi est une chose, menacer un agent de la force publique en est une autre.

— Vous faites fausse route. La loyauté n'a rien à voir ici. Otez donc votre veste au lieu de raconter des bêtises, lieutenant Dallas.

Les yeux toujours braqués sur Rockman, Eve dégagea une épaule d'un geste lent. Sans qu'il le remarque, elle enclencha son enregistreur caché dans sa poche.

— Si ce n'est pas par loyauté, alors pourquoi me tenez-vous en joue ?

— Je rêvais d'une occasion de vous descendre, lieutenant, mais je ne voyais pas trop comment l'intégrer dans mon plan.

— Votre plan ?

— Asseyez-vous sur le bord du lit, Dallas. Et enlevez vos chaussures. Après, nous pourrons bavarder. Je tiens ma première occasion, et sûrement la dernière, de discuter avec vous de mes exploits. Alors ces chaussures, ça vient ?

Eve choisit le côté du lit le plus proche du vidéocom.

— Vous avez manigancé tous ces crimes avec DeBlass, n'est-ce pas ?

— Pourquoi vous acharnez-vous ainsi sur lui ? Le sénateur DeBlass aurait pu devenir Président et ensuite accéder aux plus hautes fonctions à la Fédération mondiale des nations.

— Avec l'inévitable Rockman à ses côtés.

— Epargnez-moi vos sarcasmes, lieutenant. A nous deux, nous aurions conduit le pays puis le monde tout entier sur une voie nouvelle. Ce pays a trop longtemps été dirigé par les diplomates. Nos généraux perdent leur temps à négocier au lieu de commander. Avec mon aide, le sénateur aurait mis un terme à cet insupportable laxisme. Mais vous avez ruiné toutes ses chances.

— C'est un détraqué sexuel, doublé d'un assassin.

— Il avait l'étoffe d'un grand chef d'Etat. Jamais vous ne le traînerez devant un tribunal.

— Il sera jugé et condamné. Et ma mort n'y changera rien.

— Grossière erreur, lieutenant. Voyez-vous, quand je l'ai quitté il y a moins de deux heures, le sénateur DeBlass se trouvait dans son bureau à Washington-Est. J'étais à ses côtés lorsqu'il a choisi un Magnum 457, une arme très puissante. Je l'ai regardé placer le canon dans sa bouche et mourir en patriote.

— Seigneur, il s'est suicidé ! s'exclama Eve, effarée.

— Il a choisi de mourir dans l'honneur, à l'image d'un valeureux guerrier japonais, rectifia Rockman, la voix vibrante d'admiration. C'était le seul moyen. Jamais il n'aurait pu supporter l'humiliation d'un procès. L'enquête permettra d'établir qu'il est mort avant vous. Et comme la méthode sera identique à celle des meurtres précédents et que deux autres victimes viendront compléter la liste, le sénateur sera réhabilité. A titre posthume, certes, mais son honneur sera sauf. Il aura droit à des funérailles nationales et j'organiserai une campagne contre les autorités incompétentes coupables de cette odieuse erreur judiciaire à l'origine de sa mort. Ensuite, je reprendrai le flambeau et partirai à la conquête du pays.

Incapable d'en entendre davantage, Eve se leva d'un bond.

— Vous n'êtes qu'un pauvre fou mégalo ! s'écria-t-elle, écœurée.

La réplique ne se fit pas attendre. Du revers de la main, Rockman lui assena une claque magistrale. Sous la violence du choc, Eve pivota sur elle-même et s'affala sur la table de nuit. Le verre qu'elle y avait laissé se brisa sur le sol.

— Lève-toi ! ordonna Rockman, fou de rage.

A moitié assommée, la joue brûlante, Eve poussa un faible gémissement. Elle se redressa avec difficulté et se retourna, veillant à rester devant le vidéocom qu'elle avait réussi à allumer malgré le voile noir qui dansait devant ses yeux. Il s'agissait désormais de gagner du temps.

— A quoi bon me tuer, Rockman ?

— Vous n'imaginez pas la jouissance que va me procurer votre mort, lieutenant. Après une erreur judiciaire aussi révoltante, vos états de service et vos mobiles vont être passés au crible et l'opinion apprendra que vous avez enfoncé DeBlass pour protéger le suspect numéro un avec qui vous couchiez. Votre immoralité sera étalée sur la place publique. Quelle erreur de confier des responsabilités à une femme !

— Vous n'aimez pas les femmes, Rockman ?

demanda Eve en essuyant le sang qui coulait à la commissure de ses lèvres.

— Elles ont parfois leur utilité, mais n'en restent pas moins des putains. Vous n'avez peut-être pas vendu votre corps à Connors, mais c'est lui qui vous a achetée. Ainsi votre assassinat restera dans la logique de mon plan d'élimination.

— Votre plan ?

— Croyez-vous donc DeBlass capable de planifier et d'exécuter une série de meurtres aussi méticuleux ?

Rockman marqua une pause lourde de sens. Eve écarquilla les yeux de stupeur.

— Il a bien tué Sharon, poursuivit-il avec une écœurante fatuité. Un coup de tête. Mais après, il a paniqué.

— Vous étiez là… Vous étiez avec lui la nuit où il a assassiné Sharon !

— Je l'attendais dans la limousine. C'était toujours moi, son homme de confiance, qui le conduisais à ses rendez-vous galants.

— Sa propre petite-fille ! s'exclama Eve, espérant sans oser se retourner que la conversation était bien transmise. Cette liaison odieuse ne vous dégoûtait pas ?

— C'est Sharon qui me dégoûtait, lieutenant. Elle profitait de sa faiblesse. Chaque homme a le droit d'en avoir une, mais elle l'a exploitée par pure cupidité et a fini par proférer des menaces. En réalité, la mort de cette garce m'a soulagé. Elle l'aurait trahi dès qu'il serait devenu Président.

— Donc, vous l'avez aidé à couvrir ses traces ?

— Bien sûr, confirma Rockman. Et je suis très heureux d'avoir pu lui rendre ce service, même si ma frustration était grande de devoir rester dans l'ombre.

Eve se remémora le profil établi par le docteur Mira. Un homme d'une intelligence supérieure, mais aussi d'une vanité presque pathologique.

— Vous avez dû agir très vite. Vite et avec brio, poursuivit-elle, cherchant à flatter son ego dans l'espoir de le pousser à parler.

Un sourire satisfait se dessina sur les lèvres de Rockman.

— En effet. Le sénateur m'a appelé sur le vidéocom de la voiture. Il était à moitié fou de peur. Si je ne l'avais pas calmé, cette garce aurait bien failli parvenir à ses fins.

— Parce que c'est Sharon que vous condamnez ? s'insurgea Eve.

— Elle n'était qu'une putain. Une putain morte, répondit-il avec un haussement d'épaules, son arme toujours braquée sur elle. J'ai donné un sédatif au sénateur, puis je suis allé saboter le système de surveillance. L'habitude du sénateur d'enregistrer ses ébats m'a donné l'idée d'utiliser la caméra pour une charmante mise en scène. J'ai effacé toutes les empreintes digitales dans la chambre et sur le revolver. Comme il avait pris soin d'utiliser une arme non déclarée, je l'ai laissée sur place. Puis nous sommes rentrés à Washington-Est. Malheureusement, le sénateur ne s'est souvenu que plus tard du journal de sa petite-fille. J'ai dû prendre le risque de retourner à son appartement. Mais comme nous le savons désormais, elle l'avait bien caché. Ensuite, ce fut un jeu d'enfant de manipuler cet imbécile de Simpson afin qu'il mette la pression sur vous.

— Puis vous avez décidé d'assassiner Lola Starr et Georgie Castle, dans le seul but de brouiller les pistes.

— Exact. Mais à la différence du sénateur, j'y ai pris un plaisir immense. Du début à la fin.

Ainsi, j'avais raison, songea Eve, déçue d'avoir suivi la conclusion erronée de son ordinateur. Il y avait bien deux assassins…

— Et vous avez choisi au hasard ? Vous ne les connaissiez même pas ?

Rockman éclata de rire.

— J'aurais dû, à votre avis ? Elles n'étaient que de vulgaires traînées. Les femmes qui affaiblissent les hommes en écartant les jambes me répugnent. Et vous aussi, vous me répugnez, lieutenant.

— Pourquoi m'avez-vous envoyé les disquettes ? poursuivit Eve qui commençait à être à court de questions.

Où était donc Feeney ? Pourquoi une unité d'assaut n'était-elle pas en train de défoncer la porte ?

— Je me suis délecté de vous voir vous démener, lieutenant Dallas. Une femme persuadée de pouvoir penser comme un homme, laissez-moi rire ! Je vous ai mise sur la piste de Connors, mais il vous a embobinée pour mieux vous sauter. Réaction féminine typique... Vous m'avez beaucoup déçu.

Derrick Rockman fit un pas de côté vers la caméra qu'il avait installée devant le lit et appuya sur la touche « enregistrement ».

— Déshabille-toi !

— Vous pouvez me tuer, répondit Eve, l'estomac serré. Mais je ne vous laisserai pas me violer.

— Tu te soumettras à mes fantasmes comme toutes les autres. Les femmes finissent toujours par céder.

Il pointa son arme droit sur son ventre.

— Avec les autres, j'ai d'abord visé la tête. Mort instantanée, probablement indolore. As-tu idée des souffrances atroces que tu vas endurer si je te tire une balle de 45 dans les tripes ? Tu me supplieras à genoux de t'achever. Déshabille-toi, j'ai dit ! ordonna-t-il à nouveau, une lueur lubrique dans le regard.

Les bras ballants, Eve n'esquissa pas le moindre geste. Elle était prête à affronter la douleur, mais à aucun prix elle ne laisserait le cauchemar recommencer.

A leur insu, le chat se glissa dans la chambre.

— Comme vous voulez, lieutenant, dit Rockman avec un sourire vicieux.

Il mit le doigt sur la détente. Au même instant, le chat se faufila entre ses jambes. Rockman sursauta. Profitant de l'effet de surprise, Eve fondit sur lui, tête baissée et de tout son poids le plaqua violemment contre le mur.

20

En sortant de la cantine, un demi-hamburger au soja à la main, Feeney s'arrêta près de la machine à café et discuta avec deux collègues des détails d'un cambriolage particulièrement impressionnant. Après quelques anecdotes et une deuxième tasse de café, il décida de rentrer chez lui. Il faillit même ne pas retourner à son bureau, songeant avec satisfaction à la soirée télé et à la bière fraîche qui l'attendaient. Mais Feeney était un homme d'habitudes. Il passa en coup de vent dans son bureau, histoire de vérifier si l'accès à son précieux ordinateur était verrouillé, et entendit soudain la voix d'Eve.

— Hé, Dallas, qu'est-ce que tu fabriques à cette heure-ci dans...

Perplexe, il laissa sa phrase en suspens. La pièce était vide.

— Je travaille trop, marmonna-t-il en secouant la tête juste avant d'entendre à nouveau la voix: ... *vous étiez avec lui la nuit où il a assassiné Sharon!*

— Ô mon Dieu!

Sur l'écran du vidéocom, il reconnut Eve en gros plan, de dos près de son lit. Elle masquait son agresseur, mais la liaison audio était nette. Il alerta en toute hâte les secours, priant le ciel pour qu'il ne fût pas trop tard.

En bondissant, Eve écrasa la queue du chat qui poussa un miaulement suraigu et le revolver tomba sur le sol avec un bruit mat. Rockman, qui la dominait par la taille et le poids, mit à peine quelques secondes à se remettre de l'attaque surprise. Dans le corps à corps acharné qui s'engagea, elle se défendit avec une hargne décuplée, allant même jusqu'à se servir de ses dents et de ses ongles. Les yeux luisants de haine, Rockman lui décocha dans les côtes un coup de poing magistral qui lui coupa le souffle. Pliée de douleur, Eve tomba à genoux. Rockman s'abattit de tout son poids sur son dos et tous deux roulèrent dans une mêlée déchaînée. Malgré les habiles esquives d'Eve, il ne fut pas long à avoir le dessus. Avec un rictus de dément, il lui plaqua les épaules contre le sol. La tête d'Eve heurta lourdement le plancher et une nuée d'étoiles scintillantes dansa devant ses yeux. Sans pitié, Rockman lui serra la gorge dans une poigne de fer. Commençant à suffoquer, elle savait qu'elle ne résisterait pas longtemps à l'assaut de ce fou furieux rompu aux techniques de combat, mais elle était résolue à vendre chèrement sa peau. Eve chercha à l'atteindre aux yeux, mais rata sa cible : ses ongles lacérèrent profondément la joue de Rockman qui hurla de douleur. En représailles, il aurait pu aisément l'étrangler s'il n'avait préféré tenter de récupérer son arme, presque à portée de main sur le plancher. Avec l'énergie du désespoir, elle lui assena une prise de karaté dans le coude. Aussitôt, les doigts se desserrèrent autour de sa gorge. Elle tenta à son tour de s'emparer du revolver.

Rockman fut le plus rapide.

Un paquet sous le bras, Connors entra dans l'immeuble d'Eve. Il était touché qu'elle soit venue jusque chez lui et entendait bien qu'elle garde cette agréable habitude. Maintenant que son enquête était close, il espérait la convaincre de prendre quelques jours de vacances bien mérités. Il possédait aux Antilles une petite île qu'elle apprécierait sûrement. Ils nageraient ensemble dans les eaux bleu azur du lagon, feraient l'amour sous les cocotiers... Le sourire aux lèvres à cette délicieuse perspective, il appuya sur l'intercom.

Soudain, l'enfer se déchaîna derrière lui.

— Police ! Dégagez le passage ! hurla Feeney qui déboula dans le couloir, suivi d'une douzaine d'hommes en armes.

— Eve ! cria Connors, éperdu d'angoisse, tandis que deux policiers tentaient de l'entraîner vers l'ascenseur.

— Bloquez toutes les issues ! aboya Feeney dans son portable. Et que ces maudits tireurs se mettent en position !

— DeBlass ? s'enquit Connors en se débattant, éperdu d'angoisse.

— Rockman, corrigea le capitaine. Chaque seconde compte, Connors. Laissez-nous travailler !

— Je reste avec vous ! répliqua celui-ci, les poings serrés.

En un clin d'œil, Feeney évalua la situation. Pas question de monopoliser deux éléments d'élite pour maîtriser un civil qui à l'évidence était prêt à tout pour venir en aide à Eve.

— Dans ce cas, faites ce que je vous dis !

A cet instant, une détonation retentit dans l'appartement. Avant que les policiers aient eu le temps d'enfoncer la porte, Connors glissa sa carte codée dans la serrure et se précipita à l'intérieur, suivi de Feeney.

Eve eut l'impression qu'un pieu de glace venait de lui transpercer le bras. Puis la douleur fulgurante disparut, comme engourdie par la fureur. Dans un sursaut d'énergie, elle agrippa le poignet de Rockman et tenta de lui faire lâcher prise en lui plantant les ongles de toutes ses forces dans la chair. Mais le sang poisseux qui s'écoula de ses blessures l'obligea très vite à lâcher prise.

— Vous vous battez comme une femmelette, Dallas, ironisa Rockman.

Un sourire sadique déforma son visage.

— Je vais vous violer. A quoi bon lutter ?

Il pressa son corps contre le sien en une répugnante parodie d'acte amoureux. Son visage était si proche qu'Eve sentait avec horreur son souffle chaud et haletant lui effleurer le cou. Pétrifiée de dégoût et de terreur, elle s'affaissa sur le plancher. Le cauchemar innommable allait recommencer... Excité par le goût de la victoire, Rockman lui lâcha les poignets et déchira sa chemise avec un cri de victoire. Son sourire lubrique et triomphant s'évanouit quand, dans un formidable sursaut de volonté, Eve lui envoya un coup de poing en pleine figure. Des gouttelettes de sang s'écrasèrent sur son buste dénudé. Ses coups redoublèrent de violence et bientôt le nez de Rockman se mit à saigner comme une fontaine.

Eve n'entendit pas les secours pénétrer au pas de charge dans l'appartement. Avec l'énergie du désespoir, elle se dégagea de l'étreinte de Rockman et le renversa sur le dos. Les yeux étincelants de rage, elle le chevaucha et s'acharna sur lui comme une furie de toute la force de ses poings ensanglantés.

— Seigneur, Eve !

Connors et Feeney ne furent pas trop de deux pour la maîtriser. Avec des grondements de bête fauve, elle se débattait comme un diable entre leurs bras. Puis Connors la serra contre lui et lui blottit la tête dans le creux de son épaule.

— C'est fini, Eve. Calme-toi, je t'en supplie. C'est fini.

— Il allait me tuer comme il a tué Lola Starr et Georgie Castle, articula-t-elle d'une voix tremblante de rage.

Elle s'arracha à son étreinte.

— Il allait me tuer, mais d'abord il voulait me violer. C'est là qu'il a commis l'erreur décisive.

— Tu es blessée, murmura-t-il, affolé du sang qui maculait son visage et ses mains. Viens.

Il l'aida à s'asseoir sur le bord du lit.

— Ça va ?

Elle s'abandonna entre ses bras.

— Oui, ne t'en fais pas, répondit-elle sans conviction. Dieu merci, tu as reçu mon message, Feeney.

— Ouais, répondit celui-ci en s'épongeant le front avec son mouchoir.

— Pourquoi as-tu mis si longtemps ? J'ai bien cru que ma dernière heure était arrivée.

— Je n'étais pas dans mon bureau, marmonna-t-il, horriblement embarrassé. Un boulot d'enfer.

Feeney actionna son portable.

— Situation sous contrôle. Envoyez une ambulance.

— Je refuse d'aller à l'hôpital, protesta Eve.

— Ce n'est pas pour toi, Dallas.

Il baissa les yeux vers Rockman qui émit un faible gémissement.

— Je préfère ça. Quand il sera plus présentable, coffre-le pour les meurtres de Lola Starr et de Georgie Castle.

— Tu es sûre ?

Les jambes encore flageolantes, elle se leva et sortit son enregistreur de la poche de sa veste.

— Tout est là. C'est DeBlass qui a assassiné Sharon, mais notre homme est complice après coup. Par la même occasion, inculpe-le pour tentative de viol et d'homicide sur agent de la force publique. Et pour faire bonne mesure, ajoutes-y effraction.

— Ça marche, répondit Feeney en empochant l'enregistreur. Seigneur, Eve, tu es dans un sale état.

— S'il te plaît, sors cette ordure d'ici, dit Eve d'une voix lasse.

Feeney fit signe à deux policiers.

— Une minute, intervint Connors qui se pencha vers Rockman et le releva par les revers de sa veste. Regardez-moi, Rockman. Voyez-vous clair ?

Il parvint à ouvrir ses yeux tuméfiés et hocha vaguement la tête.

— Parfait.

Avec la rapidité de l'éclair, le poing de Connors percuta le visage déjà ravagé du conseiller qui s'effondra sur le sol.

— Ouh là ! s'exclama Feeney. Il semble que notre ami ait quelques difficultés à tenir sur ses jambes.

Il se pencha vers lui et lui passa les menottes.

— Emmenez-le, ordonna-t-il à deux policiers. Dites aux ambulanciers de m'attendre. Je l'accompagne.

Feeney sortit un sac plastique et y glissa le revolver.

— Belle pièce, crosse en ivoire... Ce genre d'arme doit faire de sacrés trous.

— A qui le dis-tu ! intervint Eve d'une voix morne, portant instinctivement sa main à son bras endolori.

Il la regarda avec effarement.

— Nom de Dieu, Eve, il t'a tiré dessus ?

— Je ne sais plus, répondit-elle, les yeux dans le vague.

Elle sursauta quand Connors déchira la manche de sa chemise.

— Une balle lui a éraflé le bras, annonça-t-il d'une voix blanche. Elle doit absolument voir un médecin.

Il arracha un lambeau de tissu et entreprit d'éponger la plaie.

— Je vous laisse vous en charger, d'accord? Dallas, je vais demander à une équipe de passer nettoyer les dégâts. Tu vas devoir déménager pour cette nuit.

— Peut-être...

Le chat bondit sur le lit. Eve le caressa en souriant. Galahad, se dit-elle, mon chevalier blanc.

— Je dois y aller. A plus tard, Dallas.

— Merci encore, Feeney.

A peine le capitaine eut-il quitté l'appartement que Connors s'agenouilla devant Eve.

— Tu es en état de choc, ma chérie. Tu dois voir un médecin.

— Un analgésique fera l'affaire, objecta-t-elle avec un haussement d'épaules. Il y en a dans la salle de bains.

Connors s'y rendit aussitôt et dénicha une boîte de comprimés contre la douleur dans l'armoire à pharmacie presque vide. Il lui en donna un avec un verre d'eau et mouilla une serviette de toilette.

— Zut, j'ai oublié de dire à Feeney que DeBlass est mort, dit Eve en se tirant les cheveux. Suicidé.

— Ne t'inquiète pas, il l'apprendra toujours assez vite, répondit Connors d'une voix apaisante en nettoyant avec douceur la blessure à son bras.

L'entaille n'était pas belle à voir, mais l'hémorragie s'était déjà ralentie. Quelques points de suture suffiraient à refermer la plaie. Il rinça la serviette et lui lava le visage. Sa lèvre inférieure était ouverte et son œil droit était gonflé et tuméfié, mais il constata avec soulagement que la plupart du sang qui poissait son visage n'était pas le sien. Pourtant, il ne put empêcher ses mains de trembler.

— Tu vas avoir un drôle d'hématome sur la joue.

— J'ai l'habitude, répondit Eve d'une voix pâteuse.

Le comprimé commençait à agir, la plongeant dans un brouillard apaisant. Elle esquissa un faible sourire quand Connors la déshabilla jusqu'à la taille à la recherche d'autres blessures.

— Quelles mains magnifiques tu as ! murmura-t-elle comme sur un nuage cotonneux. J'adore quand elles se posent sur moi. Personne ne m'a jamais touchée ainsi, tu sais. Et puis tu es si beau... Je t'aime, Connors. Parfois je me demande ce que tu fais avec une fille comme moi. Le milliardaire et la tête brûlée. Crois-tu que notre amour ait la moindre chance ?

Connors doutait qu'elle se souvienne plus tard de ses paroles. Il se chargerait de les lui rappeler.

— L'avenir nous le dira, ma chérie.

— D'accord, murmura-t-elle en se lovant contre lui, les yeux fermés. Et si tu m'emmenais chez toi maintenant ? J'aimerais juste dormir un peu avant d'aller au Central faire mon rapport.

— Et si nous allions plutôt à l'hôpital le plus proche ?

— Non, pas question, protesta-t-elle, à moitié endormie. J'ai horreur des médecins et des hôpitaux.

Elle leva des yeux vitreux vers lui et serra ses bras autour de son cou.

— Emmène-moi dans ton lit, Connors. Tu sais, le grand sous les étoiles.

Connors l'enveloppa dans sa propre veste. Quand il aida Eve à se lever, sa tête roula contre son épaule.

— N'oublie pas Galahad.

— Qui ça ?

— Le chat. Qui aurait imaginé que ce gros matou me sauverait la vie ?

— En récompense, il aura droit à du caviar à tous les repas pendant ses neuf vies, répondit-il en prenant le chat sous son bras.

— La porte est fichue, remarqua Eve avec un petit rire amusé. Le propriétaire va être furax mais je sais comment l'amadouer, plaisanta-t-elle en embrassant Connors dans le cou.

Elle poussa un soupir empreint d'une profonde lassitude.

— Quel soulagement que tout soit enfin fini ! Je suis contente que tu sois là, Connors.

— Tout le plaisir est pour moi.

Dans le couloir, Connors déposa le chat sur

la moquette et ramassa le paquet qu'il avait laissé tomber en se précipitant dans l'appartement. Il en aurait sûrement besoin pour se faire pardonner quand Eve se réveillerait dans un lit d'hôpital.

— Pas de cauchemar cette nuit, murmura-t-elle, tandis qu'il la soutenait jusqu'à l'ascenseur, le chat sur leurs talons.

Il l'embrassa sur le front avec une tendresse infinie.

— Non, ma chérie, pas de cauchemar cette nuit.

Composition Interligne B-Liège
Achevé d'imprimer en France (Malesherbes)
par Maury-Imprimeur le 15 mars 2012.
Dépôt légal novembre 2010.
1er dépôt légal dans la collection : février 1997.
N° d'impression : 171493

Éditions J'ai lu
87, quai Panhard-et-Levassor, 75013 Paris
Diffusion France et étranger : Flammarion